À espera dos Filhos da Luz

Ana Maria Braga

À espera dos Filhos da Luz

Mensagens

POCKET
OURO

Capa e ilustração de mapa
Alexandre Jorge

Diagramação
Leandro B. Liporage

Foto de capa
Publius Vergilius

Revisão
Eni Valentin Torres

Produção editorial
Rachel Rimas

Texto estabelecido segundo o Acordo Ortográfico da Língua Portuguesa de 1990, em vigor no Brasil desde 2009.

PocketOuro é um selo da Editora Nova Fronteira Participações S.A.

Rua Nova Jerusalém, 345 – Bonsucesso
Rio de Janeiro – RJ – CEP: 21042-235
Tel.: (21)3882-8200 – Fax: (21)3882-8212/8313
www.ediouro.com.br

Dedico aos meus filhos
Mariana e Pedro José.
Razões da minha vida.

Agradecimentos

Aos meus cúmplices amigos e amigas de todos os dias: Você! Nosso encontro diário pela TV me faz sonhar com a eternidade.

Aos meus amigos de convivência diária na TV, no escritório e principalmente em casa... Meus principais aliados!

Agradecimento especial

Cinthia Dalpino parindo este ano dois filhos, o dela e o nosso.

"Os Filhos da Luz estão chegando para fazer do sonho o próximo sonho real."

Nota da autora

Há anos recebo propostas de editoras para que eu organize um livro de mensagens. Mas nunca me sentia à vontade para fazê-lo. Primeiro porque não achava justo com meus fãs e telespectadores assinar um livro com uma compilação de mensagens dos mais diversos autores. Não seria um trabalho feito por mim. Queria esperar o momento certo. E sabia que os sinais me mostrariam a melhor hora de agir.

E foi o que aconteceu.

Quando essa oportunidade se apresentou novamente, no início de 2009, tive um estalo e senti que era o momento mágico de concretizar mais um sonho.

Então, dei asas a ele. E decidi que faria um romance. Um romance com mensagens.

Teria que ser um livro que refletisse tudo aquilo em que eu acredito. E todos sabem o quanto acredito em como as pequenas atitudes positivas do dia a dia influenciam os grandes e decisivos momentos da nossa vida. Não é de hoje que eu prego que temos cem trilhões de células no nosso corpo que trabalham a nosso favor. E somos a voz de comando dessas células. Sabendo dar o comando certo, esse batalhão estará diariamente trabalhando em nosso benefício.

Além de atitudes mentais positivas, a história deveria conter todos aqueles sentimentos antagônicos que rodeiam a nossa rotina: fé e descrença, amor e ódio, esperança e derrotismo, paixão e decepção, perdão e orgulho, medo e coragem, uniões e separações, mostrando sempre como nossas atitudes em pequenos momentos podem determinar o rumo da nossa vida. A ideia era motivar as pessoas a terem inspiração e desejo de criar um mundo melhor para si mesmas.

A construção desse mundo deveria partir de dentro, porque ele é consequência dos nossos atos e reflete o que fazemos de bom ou de ruim em cada segundo da nossa vida.

E eu tinha apenas uma certeza: abordaria todos os aspectos possíveis do ser humano, trazendo à tona os conflitos e os sentimentos mais diversos que nos impulsionam e incomodam. Não tinha a pretensão de solucioná-los, e sim de colocá-los em evidência.

Foram longas horas de trabalho para saber exatamente como começar. Não haveria regras: era só deixar a imaginação fluir e as histórias surgirem, como quando conduzimos nossos sonhos...

Mas eu queria mais: não seria um livro com data de validade, mas um livro que pudesse ser lido em qualquer época. E, para isso, tinha que ser atemporal. Pensei: por que não situarmos nossos personagens na Idade Média? Sim, na Idade Média! Assim, as pessoas conseguiriam perceber que os tempos mudam, mas o ser humano é o mesmo sempre. Ele evolui com a tecnologia, mas continua igual por dentro.

Ficou tudo muito claro para mim. E, a partir de então, foi só embarcar na viagem da imaginação.

Espero que você também embarque com a mente livre e o coração despreocupado. E que se envolva com estes personagens tão simples em suas complexidades, para que esta história possa influenciá-lo positivamente no decorrer da sua vida.

O livro é uma grande mensagem, assim como a vida é um grande aprendizado. E só aprende quem se entrega. Porque a porta do coração só pode ser aberta por dentro.

Divirta-se.

Montecito

1

"Tudo neste mundo tem seu tempo;
Cada coisa tem sua ocasião.

Há um tempo de nascer e tempo de morrer;
Tempo de derrubar e tempo de construir.

Há tempo de ficar triste e tempo de se alegrar;
Tempo de chorar e tempo de dançar;
Tempo de espalhar pedras e tempo de ajuntá-las;
Tempo de abraçar e tempo de afastar.

Há tempo de procurar e tempo de perder;
Tempo de economizar e tempo de desperdiçar;
tempo de rasgar e tempo de remendar;
tempo de ficar calado e tempo de falar.

Há tempo de amar e tempo de odiar;
Tempo de guerra e tempo de paz."

Eclesiastes 3, 1-8

Corria o ano de 1350, em algum lugar do Velho Mundo.

Ela acordava todos os dias às seis e vinte. Desperta, ouvia o burburinho que crescia no vilarejo à medida que o sol dava o ar de sua graça. Mas não tinha forças para se levantar. Nem motivo. Desde a morte de seu companheiro, havia adquirido novos hábitos. Estranhos, mas novos, muito diferentes daqueles que se esperavam de uma viúva.

Maria perdera o desejo de saborear a vida. Ficava deitada horas a fio, pensativa, sem disposição para mover um músculo sequer na tentativa de continuar sua jornada. Logo ela, que nunca havia mudado uma só vírgula em sua rotina, via-se agora diante de estrofes inteiras desestruturadas. Os olhos, antes brilhantes e cheios de uma felicidade que a caracterizara por toda a vida, comoviam pelo desconsolo quase palpável. Naquela casa, todo o calor humano parecia ter se dissipado, deixando os cômodos frios, permeados de uma infelicidade massacrante.

Maria deu um suspiro profundo enquanto olhava para a madeira podre do teto, onde já se formavam grandes teias de aranha, que ela acreditava serem o reflexo do que acontecia em sua alma. Seu sofrimento silencioso ganhava dimensão fantasmagórica. Revirou-se na cama, sentindo o corpo esmagado pela dor que irradiava do peito, e pôs-se a chorar. Por quase trinta minutos, derramou lágrimas abafadas durante anos.

Não chorara quando recebera a notícia da morte do marido, nem quando o enterrara. Mantivera-se forte durante meses, e só de vez em quando se lamentava, para que os filhos, Rebeca e Damião, tivessem uma vaga ideia da dor devastadora que não a abandonava um só minuto.

Maria fora se deixando abater cada vez mais por essa melancolia, que amargara até suas palavras mais doces. Não planejara nada. A transformação acontecera de forma inevitável. E ela fora definhando, refém dos sentimentos que pressionavam seu coração. Não oxigenava suas emoções poluindo seus pensamentos e seu fluxo sanguíneo com a derradeira ideia de uma morte tranquila.

Maria não via mais cor, graça, nem amor. Vivia em um estado de constante ausência de emoções.

Naquele dia, Maria adormeceu. Em um sono profundo. E nunca mais acordou.

"Chega um tempo em que não se diz mais: meu Deus.
Tempo de absoluta depuração.
Tempo em que não se diz mais: meu amor.
Porque o amor resultou inútil.
E os olhos não choram.
E as mãos tecem apenas o rude trabalho.
E o coração está seco.
(...)
És todo certeza, já não sabes sofrer."

Carlos Drummond de Andrade,
"Os ombros suportam o mundo"

"A hora mais escura do dia é a que vem antes de o sol nascer."

Provérbio árabe

Por ironia do destino, naquele mesmo dia fúnebre na casa de Maria, em um casebre no meio da floresta, Rebeca trazia ao mundo uma menina, que enchia de luz o cômodo sombrio. As folhas secas e amareladas caíam lenta e continuamente lá fora, enriquecendo a terra vermelha com novas tonalidades e anunciando o início do outono. A imponente floresta não representava um perigo para Rebeca. Desde que se instalara no casebre de madeira, com tábuas que rangiam quando o vento soprava mais forte, a mulher sentia-se parte da natureza que a envolvia.

Rebeca ainda não sabia, mas a menina que acabara de nascer seria uma iluminada. Era evidente que ela tinha algo de diferente: um brilho e uma doçura, até quando chorava de mansinho, como se já percebesse o mundo à sua volta e pudesse criar uma leveza capaz de amenizar a dor de um dia triste. Anos depois, Ana Clara saberia por que recebera esse nome e entenderia que seu destino fora traçado logo que abrira os olhos e saíra do aconchego do útero materno: trazer algum encanto a um mundo cheio de desencanto.

Cansada, Rebeca se recuperava do esforço do parto. Não fora difícil massagear a barriga durante as contrações, como a mãe lhe ensinara. Mas não imaginava que fosse doer tanto. Era uma sensação estranha, que começava na parte baixa do abdômen e percorria a lombar, deixando as pernas ligeiramente adormecidas. Em alguns momentos durante o trabalho de parto, teve medo de chorar baixinho e se descuidar diante do desespero com tamanha força para expulsar o bebê de seu ventre.

Tinha ficado ensopada de suor. Será que toda mulher sofria daquele jeito quando dava à luz? Embora tivesse se preparado ao longo da gestação para enfrentar sozinha as dificuldades, sentiu medo. Quando tudo aquilo começou, Rebeca se viu em outra dimensão, o corpo quase anestesiado pela dor. Ela rogava por força. Se não tinha ninguém para ampará-la, que os céus lhe enviassem ajuda. E, depois que tudo acabou, ficou tão cansada que teve vontade de dormir por uma semana.

Enquanto lembrava de cada segundo de agonia, teve a sensação de que não estivera sozinha. Estava tão fora de si que não sabia quanto tempo Ana Clara levara para nascer. Sentiu a calma da floresta e percebeu que anoitecia. Precisaria acender as tochas, mas não tinha energia nem para se levantar.

Olhou para a pequena Ana Clara ao seu lado. Tinha a pele macia como veludo. Era um bebê que precisava de cuidados. Seus cuidados. Rebeca esticou o braço, e seus dedos finos e compridos alcançaram a mão delicada de Ana

Clara. Foi nesse momento que teve seu primeiro contato com o magnetismo pessoal da filha. Pela ponta dos dedos da recém-nascida parecia fluir uma energia anímica que a revigorava, como se um fio condutor ainda existisse entre as duas. Uma sensação de dever cumprido se misturava a um sentimento inquietante que não sabia de onde vinha. "Essa criança ficou tanto tempo dentro de mim que agora sinto que perdi uma parte do meu corpo", pensou, aflita. De repente, voltou a ser uma só. E aquilo lhe causava certa estranheza. Então se lembrou de que era hora de fazer uma oração, daquelas que enchem o coração de esperança. A prece traria proteção especial à criança que acabara de nascer.

Fez um esforço silencioso para se sentar, mas o incômodo era grande, e a dor não ia embora. Quase praguejou em voz alta. "Por que diabos fui me meter nesta floresta sozinha?", indagou a si mesma, lembrando os meses passados. Mas a dor que ainda afligia seu coração mostrou-se maior. "É melhor não pensar nisso agora", decidiu.

Imaginou o tapete de folhas que a estação tecia lá fora. Como era bonito quando os pássaros cantavam na janela, acompanhando o ritmo da natureza. E imaginou também como seriam os anos seguintes: ela e Ana Clara naquela floresta, fazendo parte daquilo tudo. Um calafrio percorreu sua espinha. Não, não queria ter uma vida reclusa, nem que a filha se tornasse um bicho do mato, mas seria inevitável que passassem um tempo por ali. Teriam que se adaptar às regras da floresta e esquecer a vida em Montecito.

Preparou um modesto ritual para imantar aquele pequeno ser e protegê-lo dos maus espíritos que pareciam ter se instalado naquela região desde que o pai morrera. Juntou as mãos, num gesto de reverência, e colocou-as sobre a cabeça de Ana Clara, dizendo:

Que esta criança preserve a pureza em seu coração e espalhe luz onde houver sombras.

Que ela nunca se entregue aos maus pensamentos, aos medos e aflições.

Que os desgostos não a atormentem e ela consiga extrair dos problemas lições para uma vida cheia de felicidade.

Que ela saiba respeitar os caminhos de todos os seres, e um propósito maior guie seus passos e a batida de seu coração.

Rebeca se lembrava bem da oração, que aprendera com a mãe. Maria sempre tivera o cuidado de acalmá-la antes de dormir. Dizia que palavras doces mandavam os pesadelos embora. E era verdade. Quantas vezes via-se diante de um problema que julgava sem solução e, após uma simples oração, sentia-se mais confiante? Não conseguia entender como aquelas palavras agiam para transformar uma situação, mas sabia que faziam efeito. Eram como bálsamo numa ferida. A mãe dizia que a fé movia montanhas, mas Rebeca às vezes duvidava de que fosse capaz de tanto. Talvez por isso tivesse fugido de casa com o bebê na barriga.

Encheu-se de saudade da mãe. Como estaria Maria? Rebeca obrigou-se a se concentrar na oração. Não queria se perder nos pensamentos, como frequentemente acontecia quando começava uma longa prece.

"E que ela compreenda que o que se leva desta vida é e sempre será invisível aos olhos, e que os maiores mistérios não podem ser vistos nem tocados.

"Mas podem ser sentidos pelo coração.

"Que clareie a mente dos que não entendem essa verdade e encha-se de sabedoria e fé para enfrentar os momentos em que a Vida lhe trouxer surpresas."

Sentiu uma brisa suave invadir o casebre e, com ela, um agradável perfume de alfazema. Lembrou que Maria, sua mãe, costumava ter sempre ramos dessa planta por perto. Chamava-a de erva do amor e dizia que trazia pureza e tranquilidade, além de afastar a perturbação de uma noite de sono ruim.

O olfato sempre lhe trazia lembranças. Normalmente boas lembranças. Mas, naquele momento, a recordação que surgiu fez com que ela se arrependesse de ter largado a mãe sozinha no vilarejo. Como saíra de casa logo que descobrira que estava grávida, a mãe devia estar preocupada com ela durante todos aqueles meses. Um gosto amargo de pesar fez-se presente. "Como tive coragem de deixá-la?"

Na época, imaginou que deixar o vilarejo seria a melhor alternativa para ambas. Seu bebê não teria um pai, e todos em Montecito iriam questioná-la sobre isso. Decidiu partir rumo à floresta, a fim de evitar comentários e perguntas. Insistiu com a mãe que não a procurasse, pois estaria em local seguro. Manteria discrição a respeito do bebê que carregava para não expor a mãe a uma situação vexaminosa. Já criara constrangimentos demais para Maria. "Ela não merece sofrer por minha causa", pensou, lembrando as diversas vezes que a mãe tinha sido infeliz por causa do outro filho, Damião. Muitas vezes, achava que o melhor era que as pessoas vivessem sozinhas. "Assim não nos decepcionaríamos", imaginava. Mas ela sabia que viver era um aprendizado muito difícil. E que a convivência com os familiares era a mais dura das provas.

"O tipo de felicidade de que preciso não é tanto fazer o que quero, e sim não fazer o que não quero", pensou. Mal teve tempo de concluir o raciocínio. Ouviu passos apressados esmagando as folhas secas do lado de fora e sentiu o coração disparar. Alguém se aproximava. A porta estava entreaberta, mas, ainda assim, Damião bateu, com suas mãos grandes e fortes, para anunciar sua presença. Ela não o convidou para entrar, mas, mesmo assim, o irmão invadiu o casebre com o rosto contorcido de dor.

Rebeca ficou apreensiva. Damião era o único que sabia onde ela estava. Prometera não contar a Maria e sempre proteger a irmã dos perigos da floresta. Além disso, de quando em quando, lhe levava mantimentos de primeira necessidade.

Ele demorou um pouco para entender o que tinha se passado naquela tarde. Ergueu as sobrancelhas, atônito, ao ver a recém-nascida enrolada no manto azul-escuro, o mesmo que tinha levado semanas antes para proteger Rebeca do frio.

— Veja, Damião — Rebeca disse, ainda um pouco assustada, quase sussurrando —, ela nasceu. — E apontou para Ana Clara, na tentativa desesperada de que alguém desse à sua filha a atenção que ela merecia.

Ele observou a menina com uma curiosidade comovida. Baixou o olhar, surpreso com o acontecido. Como daria a notícia à irmã? Tinha acabado de dar à luz e poderia estar com a saúde frágil. Mas ele não tinha escolha. Rebeca viu na expressão dele que havia algo errado, e o medo paralisou seus músculos. Ele pigarreou, sem saber se contava o que tinha ido ali para contar ou se deveria esperar um momento mais oportuno, mas resolveu dizer logo de uma vez, antes que perdesse a coragem.

— Nossa mãe — ele abaixou os olhos, com receio de encará-la — se foi. Hoje de manhã. Fui escondido ao vilarejo, para levar mantimentos, e a encontrei sem vida. Parece que morreu dormindo.

A primeira coisa que veio à mente de Rebeca foi uma frase de sua tia, que ela não via há muitos anos: "A morte não existe. Quando a pessoa está cansada da vida, se despe da carne e regressa ao mundo astral." Rebeca lembrou que, quando era mais nova, a tia fora acusada pelos monges de praticar magia. Maria queria enfrentar todas as acusações até as últimas consequências, mas sua irmã, a tia de Rebeca, decidira sair do vilarejo para evitar que toda a família fosse prejudicada. "Por que tentamos fugir do que devemos encarar?", Rebeca pensou, tentando entender por que estava se lembrando da história de sua tia quando devia dar atenção à morte de sua mãe.

Aquilo era triste demais para ela. Pensou que talvez seu coração não fosse capaz de suportar tantas emoções. Primeiro, aquele vazio por não ter mais um sopro da vida em seu ventre. E agora o falecimento de sua mãe. No meio de uma floresta cheia de árvores, ela se sentia sem raízes. Que crueldade o destino tinha lhe reservado!

— Eu não devia ter saído de lá! — gritou, com evidente remorso. — E por que não fiquei com ela? Por que a deixei sozinha? Por que não enfrentei as consequências desta gravidez maldita? — Ao dizer isso, olhou para Ana Clara, que ainda dormia.

Tinha raiva do papel miserável que fizera a mãe representar. Mas jamais passara pela sua cabeça o dia em que Maria viria a falecer. Ela era forte. Ou não? A possibilidade de ter tido alguma culpa na morte da mãe a estava remoendo. Arrependeu-se de todas as ofensas que destinara a ela enquanto moravam juntas. "Por que só nos arrependemos de provocar dor nos outros quando eles partem? Seria tão bom se conseguíssemos perceber que as pessoas são frágeis enquanto ainda estão vivas...", ponderou. E pensou em todos os sorrisos que esquecera de dar a ela. Em toda a atenção que não lhe dispensara. Em todas as palavras não ditas. Em todo o amor não declarado. E chorou.

"A dor do remorso dói mais que a dor física."

Tolstói

O medo de ter sido culpada pela morte da mãe atrofiava seus sentidos. Rebeca estava com o coração destroçado. Sentiu o corpo fraco amolecer, deitou-se no chão frio e veio à tona o pavor que sentia da morte. Dessa vez era a mãe que a abandonava naquele mundo melancólico e escuro. O velho casebre parecia gemer, abalado pela força dos acontecimentos.

"A morte elimina todas as dores do corpo, assim como o sono elimina o cansaço e as dores de um corpo que trabalhou arduamente. A morte é uma anistia de um encarceramento do corpo físico."

Paramahansa Yogananda

Sua mãe não tinha mais vida. "Mas que vida era aquela?", pensou, chorando baixinho. Olhou para a criança que acabara de trazer ao mundo e, em uma fração de segundo, sua memória resgatou um instante mágico, que lhe mostrou como Maria reagia diante do inevitável. Lembrou-se do dia em que o pai morrera. Rebeca parecia despencar em um abismo, mas Maria a confortava: "Considere tanto o sofrimento como a alegria fatos da vida e continue orando, não importa o que aconteça. Assim, sua fé estará mais fortalecida do que nunca." E, desde esse dia, sempre que a via pelos cantos, triste e chorosa, a mãe dizia: "A morte é inevitável. É nossa única certeza na vida. Mas não viva esperando por ela, senão não conseguirá ser feliz. O segredo é manter-se serena na alegria e na tristeza, para que a infelicidade não a atinja e o entusiasmo não a iluda."

"O entusiasmo", Rebeca pensou. Tinha sido iludida demais por esse sentimento quando se apaixonara. E a infelicidade se abatera sobre ela meses depois. "Tudo por causa do maldito entusiasmo", disse a si mesma.

Ouvindo as tábuas rangendo sob os passos preocupados de Damião, Rebeca chorou até destruir a beleza daquele momento que tinha acabado de acontecer: o nascimento de sua filha. Não era uma moça sensível demais, mas não conseguia se conter. Tinha tanto sentimento no peito que, se não chorasse, ele ia explodir em mil pedaços.

Lembrou-se do escaravelho que vira pela manhã. Não o associara a nenhum mau presságio. Pelo contrário. Achou que poderia ser o sinal de um parto tranquilo. Mas o que ele estava anunciando era outra coisa. Ninguém conseguia enganar a morte. Nem mesmo Maria.

Com a ajuda do irmão, Rebeca levantou-se, e juntos abriram um grande baú de tampa pesada. Era a única herança de sua família. Ela se lembrou das palavras de Maria na última vez que tinham se visto: "Se está decidida a ir embora, leve este baú. E esconda este pergaminho envolto em âmbar até que a criança que você está gerando tenha quinze anos. Então, deixe que ela toque nele. Nem minhas irmãs nem eu tivemos a sorte de conseguir abri-lo. Você também não. Espero que seu bebê seja o predestinado."

Era com amargura que Rebeca se lembrava do dia em que fizera quinze anos e tentara abrir o pergaminho. Na época, sabia que as possibilidades eram remotas, mas alimentava uma esperança silenciosa. Tinha colocado uma roupa especial para a ocasião e fora levada, pela mãe, até o baú onde ele estava.

Suas mãos suavam, e, antes que ela o tocasse, Maria lhe contara que, havia muitas gerações, todos os membros da família, ao completar quinze anos, cumpriam o ritual, na tentativa de abrir aquele misterioso documento. Mas todas as investidas de seus antepassados tinham sido em vão. E uma conhecida lenda que se propagara pelo vilarejo havia muitos anos as deixava desconfiadas. Algumas pessoas já não acreditavam que alguém conseguiria quebrar aquela superfície sólida que isolava o objeto. Outras preferiam acreditar que alguém especial o tocaria e seria capaz de abri-lo com facilidade. Na dúvida, passavam-no de geração para geração, fazendo com que filhos e netos tentassem a sorte.

Rebeca tinha esperanças de que seria capaz de abri-lo em seus quinze anos. Quando colocou a ponta dos dedos no objeto de cor indefinida, aguardou alguns minutos, que lhe pareceram uma eternidade, antes de finalmente desistir. Lembrava-se agora, com um aperto no peito, dos olhares que seus pais tinham lhe lançado, denunciando pena. Odiava que tivessem pena dela. Sentia-se fracassada por não conseguir abrir o pergaminho com o toque das mãos.

Suas tias não tinham filhos, o que fazia dela uma forte candidata a Predestinada. Damião, por sua vez, se recusara a tocar no objeto, menosprezando a crença da família. Mas Rebeca descobrira que não era a escolhida e, toda vez que ela abria o grande baú, se lembrava do aperto no peito que sentira naquele dia.

A lenda relacionada com o pergaminho era magnífica. Dizia-se, inclusive, que, mesmo sem saber ler, a pessoa escolhida saberia entender tudo o que estava escrito ali. E não sendo a Predestinada, Rebeca ainda carregava uma forte angústia por sentir a responsabilidade que tinha de gerar uma criança com dons especiais.

O imaginário do vilarejo havia feito brotar histórias em torno do pergaminho, todas elas diferentes versões de como o misterioso objeto chegara às mãos de sua família, todas elas recheadas de histórias improváveis que Rebeca preferia ignorar.

Maria contava que o pergaminho já havia sido furtado diversas vezes, mas ele sempre reaparecia misteriosamente, dias depois, no mesmo lugar. Para Rebeca, a pessoa que o havia roubado certamente não tinha conseguido abri-lo. Frustrada, acabava devolvendo-o. Mas a mãe insistia em dizer que ele reaparecia sem que a pessoa que o tinha roubado soubesse.

Rebeca ajeitou seus longos cabelos castanhos em uma trança, acomodou-se no chão, onde a luz fosca do cair da noite ainda iluminava o casebre, e respirou fundo. Sem a mãe, sua vida seria mais solitária dali em diante, apesar da nova companhia que acabara de nascer. Olhou para Ana Clara e notou que seu tom de pele era diferente do dela. Havia saído de seu ventre, mas era parecida com o pai. Teve uma leve esperança, mas não conseguia acreditar que tivesse conseguido gerar uma Predestinada.

E foi assim que vida e morte continuaram.

"Se és capaz de arriscar numa única parada
Tudo quanto ganhaste em toda a tua vida,
E perder, e, ao perder, sem nunca dizer nada,
Resignado, tornar ao ponto de partida;
De forçar coração, nervos, músculos, tudo
A dar seja o que for que neles ainda existe.
E a persistir assim quando, exaustos, contudo,
Resta a vontade em ti que ainda ordena: persiste!"

Rudyard Kipling

Já estava escuro quando Damião saiu da casa de Rebeca. Ficou preocupado por deixar a irmã sozinha com um bebê, mas sua mulher, Abigail, também estava prestes a dar à luz e ele não queria perder esse momento.

Embora a ansiedade fosse grande, Damião não conseguia parar de pensar na morte da mãe. Sentia remorso por não ter passado mais tempo com ela. Saíra de casa ainda muito jovem, tentado pelos amigos a uma aventura pela floresta. E, desde então, só a tinha visitado ocasionalmente e em segredo.

O filho de Maria não premeditara tornar-se um ladrão. Fora incitado pelos amigos, que o chamavam de Damião Grandão e sempre lhe propunham desafios para testar seus limites. Um dia, saíram para caçar na floresta e encontraram os guardas da realeza cochilando ao lado de uma carroça cheia de uma carga preciosa: peles e carnes. Era a oportunidade de ouro. Esse foi, então, o primeiro ato criminoso de Damião, que assim encontraria a glória e o reconhecimento. Os ladrões daquela região, principalmente os que costumavam roubar miudezas, passaram a considerá-lo o mais temido criminoso daquelas bandas. E o título lhe dava orgulho. Não conseguia imaginar uma vida de pobre trabalhador do vilarejo. Era muito mais vantajoso usar sua força e sua astúcia para roubar viajantes desavisados.

> *"Muitas das circunstâncias da vida são criadas por três escolhas básicas: as disciplinas que você decide manter, as pessoas com quem você decide estar e as leis que você decide obedecer."*
>
> *Charles Millhuff*

A caminho de casa, ponderava, enquanto coçava a barba rala: Maria teria morrido de solidão? Mas não, não era hora de pensar nisso. Tudo o que queria era que aquele pesadelo acabasse logo. Queria fugir de si mesmo.

Lembrou as providências que teria que tomar quando seu filho, ou filha, nascesse. Sua razão de viver era Abigail. Conhecera a cigana quando ela estava acampada com seu povo no meio da floresta e ficou enfeitiçado por ela desde a primeira vez que a vira. Abigail dançava à luz de uma fogueira, que deixava seus cabelos ruivos ainda mais vibrantes. Levava dentro de si toda a liberdade e leveza de espírito por que ele tanto ansiava. E era absolutamente sedutora. Em questão de dias, já estavam entregues um ao outro. Era pura paixão. Então Abigail engravidara.

Mas ela não queria constituir família. Muito menos com um homem inconstante como Damião. Dizia que, quando desse à luz, largaria o bebê na porta do convento da cidade, para que fosse criado pelas freiras e recebesse uma educação decente. Corriam rumores de que ela procurara uma feiticeira para pedir uma poção abortiva, mas Damião preferia ignorá-los.

"O que o homem quer é simplesmente a livre escolha, não importa o que isso possa custar e aonde possa levar."

Fiodor Dostoiévski

Também não dava ouvidos à mulher. Ficava inquieto quando ela dizia que ia abandonar a criança, mas, como era caprichosa, ele achava que talvez só quisesse chamar atenção. Porém, quem a conhecia sabia que ela era uma mulher de palavra e que ia realmente cumprir o que dizia. E continuar sua vida sozinha pelo mundo.

"Temos nos comportado quase como um bando de cegos. Num mundo tão bonito, vivemos em pequenos compartimentos da nossa própria miséria. Ela é familiar. Você não

quer ser afastado da sua miséria, do seu sofrimento. Em contrapartida, há tanta alegria à sua volta... Você tem apenas de perceber isso e tornar-se um participante, não um espectador."

Osho

Nos arredores da floresta em que Ana Clara nascera, ficava o vilarejo de casas simples e ruas estreitas, mas carregadas de histórias. Ali, pequenas moradias contrastavam com um imponente castelo no alto da colina e com a riqueza de detalhes da igreja local. O lugar abrigava muitas famílias, que faziam questão de estar sempre informadas sobre a vida das outras. Não é de admirar que a notícia da morte de Maria logo tivesse corrido o vilarejo inteiro.

Cercado por uma muralha alta de pedra, o povoado fazia parte dos domínios de José, o conde de Montecito, homem de honra e decência inquestionáveis. Mas, embora fosse uma pessoa boa, ele carregava culpas tão graves que mal suportava ver o próprio rosto refletido no espelho.

Naquela noite, do alto da torre norte do castelo, cuja vista espetacular do vilarejo e da floresta que o cercava chegava a dar vertigem, José estava sendo assaltado por pensamentos que o atingiam como flechadas. Enquanto olhava o vazio da noite, teve a nítida impressão de que algo estava escapando a seu controle. O silêncio o incomodava tanto quanto os próprios pensamentos. Meteu as mãos nos bolsos e olhou para o limo das pedras que cobriam um canto úmido da torre. De repente, tudo lhe pareceu sombrio.

Sabia que algo estava errado. Mas o quê? Tentou de todas as maneiras arrancar Rebeca de sua mente. Mas não podia. Onde estaria agora a mulher pela qual fora perdidamente apaixonado? Soubera, por um guarda que fazia questão de detalhar o entra e sai do vilarejo, que havia meses ela não aparecia por lá.

A notícia da morte de Maria o deixara desnorteado. Ela era a mãe da mulher que ele amava e que abandonara cruelmente para sustentar um estilo de vida que fosse admirado no povoado. "Quantas vezes deixei de fazer as coisas de que gostava para ser aceito pelos outros! Quanto mais procuro a aprovação dos outros, mais me torno refém deles", pensou. Para ele, a vida era assim, cheia de falsas aparências e mentiras. Cada vez que abria mão de sua felicidade para fazer o que outras pessoas achavam correto, sentia-se menor. E mais infeliz.

Continuou olhando a imensidão verde e perigosa da floresta. Rebeca devia estar ali, escondida em um casebre qualquer, sob o olhar atento de Damião, dando à luz uma criança. Parte dele estava na floresta, junto dela.

Apaixonara-se pela plebeia sem se dar conta disso. Quando percebeu, já estava completamente envolvido. Ao saber que Rebeca estava grávida, pensou em fugir com ela, mas se viu diante de um impasse. O suserano do condado vizinho lhe fez uma proposta irrecusável se concordasse em se casar com sua filha, uma bela jovem chamada Antonia.

O casamento era conveniente para ambos. O pai da noiva possuía inúmeros lotes de terras, então José deixara-se levar pela ambição. Ele duplicaria sua área de influência, o que também multiplicaria seu poder e a arrecadação de impostos. Mas agora, casado, e passados todos aqueles meses, pensava se valera a pena. Toda aquela terra o tornara muito mais rico, mas seu coração estava vazio. Nem seu filho querido o tornava mais feliz. Francisco nascera prematuro, e Antonia parecia preocupada, mesmo vendo que o bebê agora parecia forte e sadio.

José sentia-se um fraco. Tinha certeza de que não fizera a escolha certa. Mas, às vezes, não era possível voltar atrás nas decisões. "Se pudéssemos voltar no tempo e consertar os pequenos estragos! Fazer as escolhas com o coração", refletiu. Ele se voltou para contemplar o vilarejo e teve a impressão de que todos estavam dormindo. Só ele parecia estar sem sono.

Pensou em como eram intricados os caminhos da vida. Estivera frente a frente com o amor e resolvera virar-lhe as costas a fim de manter-se fiel às convenções. Passou a mão áspera no limo da pedra e considerou que talvez devesse procurar Rebeca. Afinal, ela carregava um filho seu. Mas como assumir diante de todos aquela relação?

O fato de a moça ser apenas uma plebeia denegriria sua imagem diante do mesmo povo que lhe jurara lealdade em troca de proteção, cedendo suas terras e uma parte de sua colheita anual para o sustento dos homens da guarda. José ocupava o topo da hierarquia do condado, enquanto Rebeca se encontrava no mais baixo escalão. E a hierarquia não podia ser quebrada.

Por isso, o mais sensato fora aceitar o acordo oferecido pelo pai de Antonia, uma mulher cuja única preocupação era satisfazer a própria vaidade. A vida ao lado dela era penosa, mas devolvê-la aos pais teria consequências desastrosas. Tinha que cumprir sua parte no acordo.

Mas que sentimentos eram aqueles que o assolavam no meio da noite? Tratou de afastá-los. Ouviu o choro de Francisco e percebeu que Antonia acordaria para cuidar da criança. Teria que voltar ao quarto de dormir. Teria que voltar para Antonia e tratar de esquecer Rebeca.

2

"Jamais desesperes, mesmo perante as mais sombrias aflições de tua vida, pois das nuvens mais negras cai água límpida e fecunda."

Provérbio chinês

Era o ano de 1367. O tempo tinha passado, distraído e rápido demais. Aos dezessete anos, a filha de Rebeca já sabia que tinha algo de especial. Nada de sobrenatural acontecera a Ana Clara, mas suas intuições a tornavam uma jovem diferente das garotas da região. Ela tinha traços físicos diferentes dos da mãe: sua pele era clara como a neve, seus olhos eram grandes e profundos como o mar e seus cabelos eram dourados como o sol. Era assim que Rebeca a descrevia quando Ana Clara era criança e lhe perguntava se era bela. E era assim que Ana Clara descreveria a si mesma, comparada à neve, ao mar profundo e ao sol. Porque acreditava na mãe mais que em si mesma.

Há apenas um ano, Rebeca e a filha estavam morando na casa que pertencera a Maria. Durante dezesseis anos, Rebeca retardara o retorno ao vilarejo, permanecendo na floresta onde Ana Clara tinha nascido. Sua justificativa era de que não suportaria acordar todos os dias na casa onde vivera com sua mãe. Achava que as lembranças seriam fortes e cruéis. Mas Ana Clara percebia que, além disso, a mãe tinha medo. Receio de não ser aceita de volta, de ser discriminada por morar sozinha com a filha ou de ser questionada sobre o tempo que passara na floresta. Só não imaginava que sua real aflição estava ligada ao fato de que, voltando ao vilarejo, havia a possibilidade de reencontrar José. E, mais que isso, Rebeca temia enfrentar a realidade de que o conde tinha uma família e vivia aparentemente feliz.

Durante todos aqueles anos, Ana Clara vira Damião algumas vezes. Sabia que o tio cuidara para que a casa no vilarejo não tivesse sido invadida. Não concordava com a vida de bandoleiro que ele levava, mas tinha certeza de que tinha sido graças a ele, que aparecia no povoado de vez em quando e ameaçava todos que tivessem a intenção de invadir a propriedade de Maria, que a casa não tinha sido ocupada.

Quando ficou sabendo que passariam a viver no vilarejo, Ana Clara sentiu medo. Era como interromper o fluxo de sua vida para recomeçá-la em outro lugar. Recusava-se a obedecer à mãe e tentou dissuadi-la da ideia, mas Rebeca estava decidida. Não fazia sentido continuar exilada na floresta quando a casa que tinha sido de Maria estava vazia.

Mas todos os temores de Ana Clara se dissiparam no momento em que pisou no povoado. Ficou imediatamente encantada. Ali havia vida, sons, cores. Até o aroma das coisas era diferente. Como não se encantar com um lugar onde as pessoas podiam ouvi-la, além das árvores e dos pássaros? Mas ainda parecia um bichinho assustado. Era tímida demais, embora acreditasse que ninguém lhe faria mal algum.

Tudo naquele vilarejo a surpreendia: a maneira como as mulheres falavam, como os homens se vestiam. Mas o que mais lhe agradava era a diversidade de sabores que experimentava: temperos diferentes dos que usava na floresta, e pães e manteigas tão gostosos e fresquinhos que, quando acordava, chegava a salivar só de pensar neles. Também notava os detalhes a que não estava habituada na floresta: as construções irregulares das casas, as ruas de terra, os pequenos becos de pedra que pareciam ter sido criados pela natureza. E o vaivém dos moradores.

Logo que decidiu retornar, Rebeca instruiu a filha a não alimentar conversa infrutífera com os novos vizinhos. Criada no meio de bichos e árvores, Ana Clara achava encantadora a ideia de se relacionar com pessoas, mas, como a mãe a advertira sobre os perigos das línguas ferinas — que na verdade ela não sabia o que eram —, obedecia, embora respondesse aos cumprimentos quando Rebeca não estava por perto.

Ana Clara achava engraçado o fato de algumas pessoas cochicharem na sua presença. Sentia que muitas vezes falavam dela, mas não imaginava que seria menosprezada pelo fato de sua mãe ser solteira. Ali as famílias eram compostas de mãe, pai e filhos. E ela não tinha pai. Às vezes sua curiosidade era tão grande que pensava em perguntar a Rebeca por que não tinha um pai, mas ficava com medo e vergonha de tocar nesse assunto. Não queria aborrecer a mãe com perguntas desse tipo.

Via pela janela que as pessoas tinham costumes muito peculiares. Não pareciam preocupadas com o som dos ventos, a leveza das flores, a beleza do entardecer ou a luminosidade da lua. Só pareciam enxergar a si mesmas. E falavam sem parar. Seria aquilo uma virtude? Eram muitas as perguntas a que Ana Clara não sabia responder, mas não estava procurando pelas respostas. Ainda.

Naquela casa, tão diferente da precária cabana em que morara durante anos na floresta, a jovem sentia-se acolhida e segura. Era uma experiência absolutamente diferente dormir sem o uivo dos lobos, sem a possibilidade aterrorizante de um ataque repentino.

Em contrapartida, ali Ana Clara captava a energia da morte impregnada nas paredes sujas e abandonadas. Sentia uma aura de tristeza e melancolia, uma impressão que tentava amenizar com orações. Era estranho, mas, apesar de gostar do lugar, poderia enumerar uma porção de sentimentos contraditórios desde que chegara ali. Quando seu coração ficava sufocado com aquela sensação, punha-se de joelhos, sentava sobre as pernas e rezava até que elas começassem a formigar. Sentia o ar mais leve e agradável quando fechava os olhos e visualizava grandes feixes de luz saindo de seu coração e iluminando todo o ambiente. Era como se uma presença acolhedora varresse para fora todas as tristezas acumuladas dentro da casa.

> *"Oração é um simples olhar dirigido para o céu, um grito de agradecimento e de amor, tanto no sofrimento como na alegria. A oração traz um alívio confortador para o espírito e deve ser feita com a voz que brota do coração."*
>
> *Santa Terezinha*

Aquela construção, assim como as de alguns camponeses que viviam no povoado, fora erguida com blocos de pedra. A lareira ficava no meio da sala para proporcionar melhor aquecimento no inverno. E a casa tinha um único quarto, no qual Rebeca e Ana Clara estendiam a cama de palha.

Do lado de fora, dois porcos gordos e duas belas galinhas conviviam no que parecia ser a mais perfeita harmonia da natureza, que era quebrada apenas por mais um membro do grupo: o genioso galo de crista carnuda e avermelhada, que agia como se fosse um cão de guarda e tentava atacar todo ser humano que ousasse se aproximar da casa. Para Ana Clara, aqueles animais faziam parte de uma única e exemplar família feliz.

A maioria dos habitantes de Montecito apreciava sentar-se à soleira da porta e observar o vaivém dos comerciantes e o falatório das mulheres. Era assim que Ana Clara escapava da costumeira solidão. Ela ansiava pelas horas em que o aroma dos alimentos dos vizinhos lhe penetrava as narinas. Podia ouvir as pessoas em conversas animadas enquanto faziam suas refeições. Porém, à noite, quando os moradores se recolhiam, as ruas ficavam vazias e portas e janelas se fechavam. O cenário se tornava bastante sombrio, já que, à luz das candeias, tudo assumia dimensões assustadoras.

No vilarejo, não havia um só morador que não se sentisse confortável ao observar a muralha que cercava todo o lugar. Ali eles se sentiam seguros. Estavam a salvo de ataques de inimigos e dos bandidos e forasteiros. Mas Ana Clara não compartilhava do mesmo sentimento. Aquele muro de pedra lhe dava a sensação de estar enclausurada. A jovem também sentia coisas inexplicáveis ao observar por muito tempo uma teia de aranha que só conseguia ver quando a luz do sol se refletia nos fios. A teia estava localizada exatamente sobre a cama de palha na qual dormia. E, quando fixava os olhos naquela estrutura de impressionante geometria, feita de fios viscosos intricadamente entrelaçados, pensava que, apesar de se sentir desconfortável com a presença das temidas aranhas pela casa, suas teias preenchiam os espaços vazios com um toque harmonioso.

Foi em uma noite quente e abafada, enquanto ouvia o estrondo dos trovões que anunciavam uma tempestade, que ela se deparou mais uma vez com o misterioso baú empoeirado de Rebeca.

Sempre vira aquele objeto estrategicamente escondido na cabana, e a mãe já lhe contara diversas vezes a história do pergaminho selado e envolto em âmbar. Sabia que o documento era uma herança preciosa de seus antepassados, e chegara a pensar que por causa dele tinham ficado tanto tempo na floresta. Mas a mãe jamais a incentivara a tocá-lo. Explicava que somente alguém muito especial poderia abri-lo. E Rebeca não acreditava que esse ser iluminado pudesse ser sua filha. A menina, como sempre, acreditava na mãe.

Por isso, desde os quinze anos, Ana Clara controlava o impulso de tocá-lo.

Ao mesmo tempo em que queria ser a predestinada, tinha medo de que nada acontecesse quando pusesse as mãos naquele tesouro. E, nesse caso, seu profundo anseio de deixar a mãe orgulhosa de sua existência iria por água abaixo. Mas a curiosidade a atormentava e, diante da oportunidade, dessa vez resolveu abrir o baú. Fez isso com cuidado, suas pálpebras trêmulas e suas mãos suadas. Algo havia mudado, pois ela sentia uma chama no peito que lhe dizia que deveria ir em frente e que era a hora de tentar abrir o pergaminho. Só que o medo de desapontar seus antepassados era tão grande quanto essa sensação.

Observou com curiosidade o âmbar amarelo que envolvia o pergaminho e pensou que seria impossível derretê-lo apenas com um toque. Nervosa, reparou que as palmas de suas mãos estavam muito quentes. O objeto parecia iluminado e a atraía. Não podia mais resistir a ele. Tinha que tocá-lo. Os segundos que precederam esse momento mágico foram um misto de agonia e satisfação. Ana Clara estava confiante de que era capaz de abrir o pergaminho. As pontas de seus dedos tocaram o âmbar, e ela sentiu a terra tremer, como se um raio tivesse atingido uma região muito próxima dali. Fechou os olhos, aproximou ainda mais a mão do objeto e sentiu uma espécie de choque.

Quando abriu os olhos, mal pôde acreditar: aquela película dura tinha derretido por completo. E a pele de cabra que era o pergaminho, enrolada num pedaço de madeira, se libertava pouco a pouco. Seu coração disparou. Aprendera a ler, só esperando aquele momento, mas seu nervosismo a impedia de abrir o documento. Chegou a cogitar a hipótese de fechá-lo e colocá-lo de volta no baú, mas era tarde demais. Ele se desenrolava diante de seus olhos. E sua curiosidade só crescia a cada segundo.

Filha da Luz,

Você percorreu um longo caminho. Atravessou Tempo e Espaço para chegar a este momento de sua vida. E tem um longo trabalho a fazer. Uma missão lhe foi destinada. Você sabe disso desde que nasceu, embora possa ter pensado que estava enganada.

Neste dia, pontos de luz se espalham pelo mundo. E todos estão tendo acesso a novos conhecimentos que levarão o planeta a seguir um novo rumo.

Cada um dos Filhos da Luz manterá os pontos de luz acesos, inicialmente dentro de si mesmo, e depois os irradiará para outros, até que todos se encontrem para uma missão maior. A partir de agora, treze pergaminhos chegarão a você nos momentos em que estiver preparada. Mas atenção: seja receptiva à energia que está ao seu redor, responda às inspirações que baterem na porta do seu coração. Abra-o para acolher a mensagem.

Lembre-se: este é o primeiro dia do resto de sua nova vida. O movimento dos corpos celestes cria campos de energia que podem afetar o modo de agir e pensar dos seres humanos, da mesma maneira que a lua cheia exerce um efeito sobre as atividades da Terra, como a maré e as colheitas.

Os astros serão responsáveis pelo momento propício para que a colheita das palavras semeadas no pergaminho seja feita. Quando o eixo da Lua estiver alinhado de maneira a facilitar nosso contato e despertar sua intuição, você receberá o próximo pergaminho. E lembre-se de que certos fenômenos não são passíveis de explicação.

Ana Clara era pura emoção. Ainda estava emocionada por ter conseguido abrir o pergaminho, mas não imaginara que sua decisão teria desdobramentos. Ficou assustada com o rumo dos acontecimentos. De onde realmente viriam aqueles pergaminhos? Que espécie de mágica era aquela que o mantinha selado até que determinada pessoa o tocasse? Quem teria escrito tudo aquilo? Seu coração saltitava no peito. Estava ansiosa por novas revelações, mas sabia que, a partir daquele instante, teria uma responsabilidade maior sobre seus atos e suas palavras. Era uma Predestinada.

Tentou imaginar por que fora escolhida e não conseguia acreditar que outros treze pergaminhos trariam a sequência dos ensinamentos. Quem estaria por trás daquilo tudo? Quem seriam os outros "Filhos da Luz" que estavam espalhados pelo mundo recebendo ensinamentos naquele mesmo momento? Seria a mesma mensagem?

Repetiu para si mesma as palavras de que se lembrava: "(...) tem um longo trabalho a fazer. Uma missão lhe foi destinada. (...) manterá os pontos de luz acesos (...) dentro de si mesmo". Então se lembrou das palavras "até que todos se encontrem". Então encontraria os outros? Achou melhor fazer o que o pergaminho dizia: ser receptiva à energia ao redor, responder às inspirações e abrir o coração para receber as novas mensagens.

Olhou mais uma vez para o pergaminho e teve uma nova surpresa. As palavras escritas à tinta foram se desmanchando, formando borrões, até desaparecerem por completo. Estava absolutamente em estado de choque com tudo o que acontecera. Por que tinha sido ela a escolhida para uma missão? Que missão era aquela? E se não fosse capaz de cumpri-la? "Talvez não seja uma bênção, e sim uma maldição", disse a si mesma.

Uma ventania inesperada fez a porta bater com violência. Ana Clara conhecia bem os sinais da natureza e jamais os desprezava. Avançou em passos rápidos em direção à porta e, como num passe de mágica, o vendaval se dissipou e uma luz se fez visível. Com o choque do inesperado, a jovem recordou um rosto que vira em sonho. Poderia jurar que estava vendo a mesma mulher. Era uma senhora com poucas rugas e, se não fosse a expressão tranquilizadora e a presença pacífica, Ana Clara teria saído correndo em disparada. Mas a aparência serena da mulher a acalmou. Deixou-se invadir por aquela onda de luz e sentiu um bem-estar instantâneo.

Fechou os olhos e ouviu uma voz, que não sabia distinguir de onde vinha: "Quem já passou por um momento de agonia, tristeza, medo ou instabilidade talvez tenha percebido que as mudanças só acontecem quando desistimos de tentar impedir o fluxo dos acontecimentos. Basta mudarmos nossa maneira de enxergar as coisas para que elas se apresentem de forma diferente." Abriu os olhos, assustada. A imagem não estava mais ali. Mas a voz, que parecia tomar conta do seu pensamento, prosseguia: "Condenando a si mesma, você torna o paraíso que poderia estar dentro de você um inferno. Não é questão de mudar de lugar, e sim de mudar de atitude em relação a si mesma."

Essas palavras ecoaram em sua mente com tal intensidade que Ana Clara teve a impressão de que sua cabeça ia entrar em ebulição. Não conseguia assimilar todas as informações. Seria uma alucinação? Uma inspiração divina? Ou começara a enlouquecer, como às vezes ouvia certos vizinhos cochicharem entre si quando a viam conversar com pássaros e flores?

Começou a suar e tentou racionalizar tudo aquilo. Não estava vendo mais nenhum clarão ou imagem, mas tinha plena certeza de que as palavras não eram apenas ecos de seu pensamento. Estava sem ar, e sua respiração ficou curta. Quem acreditaria que estava tendo visões, que ouvia vozes, que sentia coisas inexplicáveis?

Mais uma vez, a voz lhe invadiu a mente: "Tenha fé. Quando sua vida estiver repleta de dificuldades, não se apavore. Este mundo já está cheio de tristezas. Não o polua com maus pensamentos, raiva, culpa ou descrença. Tenha fé e siga em busca do amor, da alegria e da paz."

Foi então que resolveu obedecer à voz. Fez uma oração para ter o discernimento necessário naquele momento. Juntou as mãos com força, fechou os olhos e pediu com toda a fé que possuía em seu coração. Acreditava que uma força maior a guiava. Orava aos céus, pedindo respostas às suas dúvidas, mas não sabia quem a estaria escutando: "Guardai-nos e protegei-nos para que andemos sempre no caminho da verdade. Guiai-nos e dai-nos o conhecimento que nos libertará. Permiti que vosso amor celestial se manifeste e se irradie sempre por meio de nós para abençoar tudo o que tocarmos."

Sentiu um aroma de alfazema que lhe parecia familiar, embora não conseguisse associá-lo claramente a alguém ou a alguma lembrança. Suas emoções pareciam cavalos indomáveis. Eram muitas novidades ao mesmo tempo. Não se sentia preparada. "Quando tudo está calmo, acontece algo que mexe com a falsa tranquilidade", pensou.

Preferiu não contar a ninguém sobre o pergaminho. E esperar que o próximo fosse até ela.

"Bons jovens se preparam para o sucesso. Jovens brilhantes se preparam para as derrotas. Eles sabem que a vida é um contrato de risco e que não há caminhos sem acidentes."

Augusto Cury

O castelo amanhecera agitado. As paredes não podiam contar os segredos dos antepassados do conde, mas Francisco percebera que havia algo estranho no comportamento de José. Tentara iniciar uma conversa com o pai — queria que o conde lhe dissesse o que o perturbava —, mas não conseguira nada.

Na noite anterior, fizera-lhe algumas perguntas, mas José se esquivara, dizendo que eram apenas bobagens que lhe perturbavam o pensamento. Francisco não conseguia entender a inabilidade do pai em lidar com as emoções. "Tão próspero nos negócios e incapaz de ter uma conversa com o filho", pensava. Quando o jovem imaginava seu futuro, tinha apenas uma certeza: seria bem diferente do pai.

Ele não conseguia entender por que as pessoas vestiam armaduras para não revelarem seus sentimentos mais íntimos. Via no pai, assim como na maioria dos homens do vilarejo, principalmente nos comerciantes bem-sucedidos, uma frieza com a família que o deixava desconcertado. "Por que não conseguem ser amorosos? O que os impede de demonstrar as emoções? Será que acham que vão se tornar muito vulneráveis?"

Algumas vezes, saía pelo vilarejo simplesmente para observar as pessoas, e via maridos dando ordens às mulheres como se fossem suas empregadas. E odiava aquela maneira de agir. Para ele, num mundo ideal, os homens entenderiam que, quanto mais se aproximassem da família, mais teriam um porto seguro no qual se abrigar.

A família, na visão de Francisco, era um lugar sagrado no meio de uma guerra, um local fora do alcance de qualquer ataque. E transformar um lugar onde se está a salvo num campo de batalha era a maior burrice que podia imaginar. "Se no único lugar onde posso ter paz, onde posso ser eu mesmo, me fecho diante dos outros, ou crio situações de guerra, minha vida será um constante inferno", filosofava. Mas sabia que na maioria das casas isso acontecia: um campo de batalha na guerra do dia a dia. Só tinha uma certeza: não seria assim quando se casasse.

"A felicidade não está nas circunstâncias por que passamos, mas em nós mesmos. Não é algo que vemos, como um arco-íris, ou que sentimos, como o calor de uma fogueira. A felicidade é algo que somos."

John Sheerin

Desde que voltara à vila, Rebeca tornara-se uma pessoa cada dia mais amarga. Em vez de responder às provocações que ouvia nas ruas, engolia os comentários e tinha vontade de invadir o castelo em busca de José, com Ana Clara ao seu lado. Sentia-se constantemente observada, como se o povo da vila a considerasse promíscua por ter uma filha e não ser casada. Muitos a questionavam diretamente, mas ela não dava satisfação a ninguém, simplesmente mudava de assunto.

Já não havia rastros em Rebeca da mulher generosa que saíra de casa para refugiar-se na floresta, ao ser rejeitada, tendo no ventre uma criança por quem já nutria um imenso amor.

Com o passar dos anos, sua raiva por ter sido descartada por José só crescia. Sua mágoa era alimentada, ano após ano, com a lembrança da morte de sua mãe, sozinha, na casa que Rebeca se viu forçada a abandonar.

Sem perceber, projetava toda a mágoa e todo o ressentimento na filha. Por mais que tentasse esquecer tudo que acontecera, toda vez que olhava para Ana Clara, a prova viva de seu relacionamento com José, amargava uma dor indescritível. Tentava ser amável com a menina, mas, com o passar dos anos, as coisas só pioravam. Às vezes, tinha consciência de como era dura com a filha, mas, na maioria dos dias, nem percebia como seu comportamento mudava quando Ana Clara estava por perto.

Era como se no rosto de Ana Clara estivesse estampada toda a recordação dos tempos tristes de abandono e tristeza que tinham começado quando percebera que criaria a filha sozinha, sem o pai e sem sua mãe Maria.

Mas Rebeca não era de todo indiferente e percebeu que Ana Clara estava mudada. Mostrava um rosto calmo e um brilho diferente no olhar. Um dia, quando a filha lhe preparava um espesso caldo de legumes num grande caldeirão de três pernas colocado diretamente sobre o fogo, Rebeca tentou arrancar-lhe alguma confissão ou saber o porquê daquela mudança repentina. Por que, de um dia para o outro, ela não se importava mais com os comentários maldosos de vizinhos que sentiam prazer em envenenar-lhe o pensamento? Por que parara de chorar como criança no meio da noite?

Nunca tinha aceitado muito bem o sofrimento da filha. Achava que ela era sensível demais e que devia se acostumar com a frieza dos acontecimentos e das pessoas para conseguir lidar com os golpes que a vida ainda lhe daria.

O que Rebeca não sabia era que Ana Clara, depois que percebera que suas orações e a força do seu pensamento eram capazes de protegê-la e ajudá-la a resolver seus conflitos, tornara-se mais forte. Conseguia concentrar-se em si mesma e perceber quando sentia algo que não era seu: "as emoções dos outros", como as chamava. Os outros poderiam ser seus vizinhos, a mãe e até mesmo seres invisíveis que vagavam por perto.

Ana Clara tinha aprendido, com suas experiências e percepções, que fazia parte de um Todo, e que qualquer desequilíbrio nesse Todo a afetaria de alguma forma. Por isso, tinha que tentar não ficar suscetível à onda de emoções e energias negativas que vagavam pelo ar. Se estivesse sensível ou vulnerável, qualquer coisa poderia interferir em seu humor ou seu comportamento. E isso ela não queria.

"Não peças tarefas iguais às suas forças Ore por forças iguais às suas tarefas."

Phillips Brooks

Por isso, acordava todos os dias, fazia suas orações para manter o equilíbrio e pedir proteção, e ficava atenta a tudo que acontecia à sua volta. Não deixaria que perturbações lhe desconcentrassem. Sabia que as pessoas carregavam energias, insatisfações, medos, aflições e preocupações e muitas vezes contaminavam ambientes e pessoas. Mas ela não permitiria que isso acontecesse. Havia decidido que teria em volta de si uma aura de proteção que lhe serviria de escudo.

Enquanto sentia o cheiro forte das ervas aromáticas que Ana Clara despejava no caldo lhe abrir o apetite, Rebeca lembrou-se de sua mãe, Maria. Uma onda de nostalgia invadiu-lhe a alma. Passara noites e noites imaginando por que sua mãe desistira da vida. Dezessete anos tinham se passado, mas, de vez em quando, ainda via Maria dizendo-lhe em sonho que não se deixasse abater: "Não repita meu erro. Tive que ingressar no mundo dos mortos para aprender como deveria ter agido no mundo dos vivos."

Só que Rebeca não dava ouvidos a sonhos e acreditava que a morte colocava um ponto final na existência. Então, para ela, Maria não tinha como se comunicar. Às vezes queria acreditar que há uma continuidade, mas não conseguia se convencer disso. Olhou novamente para Ana Clara e reclamou que estava faminta.

— Você podia, pelo menos, aprender a deixar o jantar pronto antes de eu chegar em casa morta de fome — ralhou com a filha.

Ana Clara habituara-se aos constantes resmungos da mãe. Associava esse mau humor ao trabalho cansativo que Rebeca executava diariamente. A hostilidade com que ela expressava suas queixas não a abalava, e Ana Clara tentava sempre com mais afinco fazer nascer um pouco de doçura no coração endurecido da mãe.

Como Ana Clara tinha uma percepção excepcional, conseguia enxergar através das palavras e dos atos, por isso sabia que a mãe não era má pessoa. Entendia que ela sofria muito por não ter conseguido mudar a própria sorte e, ao mesmo tempo, se revoltava consigo mesma por ser infeliz.

Ana Clara agora estava com os ouvidos abertos para o desconhecido, e seu coração adquiria cada vez mais virtudes, das quais uma voz mágica iria se aproveitar. Ela então deixou o preparo do caldo de lado, fitou a mãe e começou a falar, cheia de energia: "Conforme forem seus pensamentos, assim será seu interior. Conforme for seu interior, assim será o seu mundo. Se seu interior for instável e cinzento, seu mundo será instável e cinzento. É por isso que as palavras estão cheias de veneno, e as pessoas estão sempre atormentadas pela dor. Porque as pessoas não estão em paz, nem felizes."

Os olhos de Rebeca faiscaram, denunciando que ela estava prestes a brigar com Ana Clara pela sua petulância. Mas, antes que pudesse dizer qualquer coisa, sua filha prosseguiu: "Por que faz isso consigo mesma? Por que culpa os outros pela sua amargura? Não percebe que a alegria deve vir de dentro?"

Aquilo já era demais. Rebeca levantou-se da mesa, decidida a dar uma bela lição na filha, mas Ana Clara permaneceu imóvel e continuou, dizendo cada uma das palavras bem devagar: "Você é a única responsável pela sua alegria. Não tente achar um culpado para sua infelicidade. Você pode mudar o seu destino; ele está em suas mãos. É fácil reclamar das coisas, mas, em vez disso, por que não tenta mudá-las?"

Depois disso, as duas ficaram caladas. Rebeca fixou os olhos no rosto da filha, que estava com uma expressão que ela nunca tinha visto antes, e nada mais foi dito naquela noite.

"A imaginação é mais importante do que o conhecimento."

Albert Einstein

Na manhã seguinte, Ana Clara cuidava do jardim sempre florido e repleto de borboletas azul-turquesa quando apareceu, para conversar com ela, Alaor, um cego que vivia na floresta e que quase todos consideravam louco. Sua deficiência era, para os religiosos, um castigo de Deus. E grande parte dos moradores da vila o evitava.

Já que Alaor não podia vê-los, sequer disfarçavam a expressão de repúdio quando se deparavam com o pobre homem, cujos trajes estavam sempre rasgados e malcuidados. Além disso, Alaor mantinha os cabelos desgrenhados cobrindo os olhos, o que alimentava a lenda de que era apenas um demente que vivia na floresta.

Mesmo sem poder enxergar, Alaor apreciava o hábito de passear pelo vilarejo. Gostava particularmente de ouvir as crianças brincando na praça, o latido dos cães, o falatório das mulheres, e, como era um sábio, não se incomodava com os eventuais xingamentos que ouvia. Pedia a Deus que abençoasse cada ser humano que estivesse em seu caminho.

Ana Clara sentia um profundo respeito e uma enorme admiração por aquele homem. Para os vizinhos, fazia sentido que ela, a garota de modos excêntricos e que falava sozinha, conversasse com o velho louco e cego. Se eles tivessem prestado mais atenção, acabariam percebendo, como Ana Clara, que a deficiência visual daquele homem só fazia com que seus outros sentidos ficassem ainda mais aguçados.

Sob os olhares curiosos dos vizinhos que passavam diante de sua casa e os observavam, Ana Clara relatou a Alaor tudo que acontecera no dia anterior: os pressentimentos, as intuições e as palavras que saíram de sua boca involuntariamente, sem que ela pretendesse ferir sua mãe, que ficara visivelmente abalada. Tinham sido palavras sinceras, que vinham de seu coração, mas cuja franqueza tinha sido assustadora.

Como costumava fazer, ele coçou a longa barba branca e fechou os olhos. Ana Clara sabia que Alaor fazia isso quando estava concatenando os pensamentos, mas não entendia por que ele fechava os olhos, já que não enxergava nada. Foi então que ele contou a seguinte história:

"Certa vez, quando era muito jovem e meus pais ainda eram vivos, recebemos uma prima em nossa casa. Seu nome era Raquel. Diziam que ela era muito bonita. Embora com os outros ela fosse agradável e gentil, em casa me maltratava como se eu fosse um cachorro. Era ranzinza, egoísta e provocadora de intrigas. Por trás das pessoas sempre apontava seus defeitos, mas, na presença delas, fazia elogios fingidos. Todos a viam como uma donzela cheia de qualidades, mas, na verdade, a inveja e a maldade habitavam seu coração."

Alaor parou para tomar fôlego, e Ana Clara pediu que continuasse. Estava ansiosa para aprender. Era raro poder falar com alguém, com todas as advertências que a mãe lhe fizera, então, quando isso acontecia, gostava de ficar horas conversando. Então o cego prosseguiu: "Um dia, tínhamos visitas em casa, e todas elas elogiaram a beleza das palavras de Raquel e o amor que dedicava ao primo cego. Porém, assim que as pessoas foram embora, ela me confessou que só agia daquela maneira com a intenção de que as pessoas certas percebessem suas virtudes e lhe garantissem um belo futuro longe daquela pobreza, que lhe causava repulsa. Meu pai acabou chegando na hora, a tempo de ouvir a confissão. Então ele lhe disse, carinhosamente: 'de nada adianta que seus lábios derramem mel se seu coração é amargo e petrificado. Aquele cuja afabilidade e cuja doçura são sinceras nunca será desmentido.'"

Depois dessas palavras, Alaor apoiou as duas mãos no cajado, franziu as sobrancelhas de um jeito único e concluiu, sabiamente: "As flores nascem exatamente onde as pessoas precisam delas. Lembre-se disso. Se está aqui, neste tempo, neste lugar, recebendo estes sinais, então você deve segui-los, sempre sendo autêntica e fel às suas convicções. Não tenha medo de dizer o que sente, mas lembre-se: se quiser que os outros creiam em você, o modo como você é por dentro vale mais do que todas as palavras."

Ana Clara sorriu e seus olhos lacrimejaram. Tinha certeza de que estava no caminho certo.

> *"O homem de bem tira boas coisas do tesouro do seu coração, e o mau, do mau tesouro do seu coração; pois a boca fala aquilo do que o coração está cheio."*
>
> *Lucas 6,43-45*

> *"Viver é a coisa mais rara do mundo. A maioria das pessoas apenas existe."*
>
> *Oscar Wilde*

Nessa mesma manhã, Rebeca estava tentando se concentrar no trabalho de abrir e fiar lã para Manoel, o mercador mais próspero da cidade, mas não conseguia tirar da cabeça as palavras de Ana Clara durante o jantar da noite anterior. Como ela se atrevera? Logo Ana Clara, que sempre preferira o silêncio a palavras vazias, tinha tido a coragem de lhe dizer aquilo. Ousara afirmar que seu mundo era cinzento. Será que ela tinha ideia do quanto Rebeca se sentia vazia e invisível, sendo órfã, mãe solteira e sem a menor perspectiva de vida? E como a menina aprendera tantas coisas sobre a vida, se tinha vivido tanto tempo na floresta, sem contato com ninguém? Porém, apesar de estar com o orgulho ferido, concordava com o que a filha tinha dito. Sabia que não estava em paz, e muito menos feliz.

Seu coração se debatia numa confusão de sentimentos. "Conforme for seu interior, assim será o seu mundo." Aquela frase a tornava responsável pelo próprio fracasso.

Mas como mudar seu interior diante de um mundo que não era nada daquilo com que sonhara na infância?

Apesar de ter visto que a filha tinha razão em suas palavras, Rebeca ainda estava magoada, e passou o dia pensando em como dar o troco a Ana Clara. Falaria sobre como a vida era difícil. Se a filha a julgava tão amarga e infeliz, que se colocasse no lugar da mãe, para ver se conseguiria fazer melhor.

Quando saiu do trabalho, Rebeca estava mais cansada do que de costume. Sua amargura era ainda mais visível, e seu coração tinha ainda mais espinhos. Caminhou para casa com passos rápidos e enérgicos. O sol já se punha, e a iluminação era precária, talvez por isso nem tenha se dado conta de que cruzara com Alaor perto de sua casa. Se tivesse percebido a presença do homem, com certeza ralharia com a filha por recebê-lo, já que ninguém na região abriria a porta para o velho que era tido como louco. Ao entrar, viu que a filha já fizera o jantar. Na mesa, pão fresco, manteiga salgada e uma sopa que parecia apetitosa, mas nem sinal de Ana Clara. Rebeca estava tão faminta que não se preocupou em procurar a filha. Fez uma prece de agradecimento pela comida e começou a tomar a sopa, que estava suculenta, cheirosa, e cujo sabor trazia à tona lembranças da época em que era criança e a mãe, Maria, cozinhava para ela.

Mas nem esse jantar delicioso serviu para atenuar seu mau humor. Quando Ana Clara finalmente entrou em casa, esfuziante por causa das boas notícias que tinha, logo percebeu o descontentamento de Rebeca, que rompeu o silêncio:

"Sofremos demasiado pelo pouco que nos falta e alegramo-nos pouco pelo muito que temos..."

William Shakespeare

— Onde você estava até esta hora? O que devo pensar de você, andando por aí sozinha?

Ana Clara suspirou e teve certeza de que o humor de Rebeca não era dos melhores. Mas entre o que havia aprendido desde que tivera acesso ao pergaminho estava a lição de que aquele que permanece impassível ante a calúnia é um homem que vê a realidade das coisas, então resolveu ignorar a rispidez da mãe. Deu seu sorriso mais sincero e contou por que não estava em casa quando Rebeca chegou.

— Resolvi procurar um trabalho para ajudar nas despesas de casa. — A menina abaixou os olhos, para não ver a reação de Rebeca, e continuou: — Vou ajudar Rita, que acabou de dar à luz, a fiar lã. Serei sua aprendiz.

Timidamente, Ana Clara mostrou seu entusiasmo em conhecer a família para a qual trabalharia, mas Rebeca tratou de acabar com sua alegria. Embora concordasse com a ideia de a filha trabalhar, não queria que ela comemorasse o fato de ter conseguido um emprego como aprendiz. Além disso, ainda estava magoada com o que Ana Clara tinha dito na noite anterior, então fez questão de minar suas expectativas.

— Trabalho não é, nem nunca foi, diversão. Se você vai trabalhar, ótimo. Está mais do que na hora, mas trate de tirar esse sorrisinho do rosto, porque não vai ser divertido. O bom é que agora você vai entender como é cansativo acordar cedo todos os dias e trabalhar sem nenhum reconhecimento. Quero ver você manter seu ânimo com as novas obrigações. — Ana Clara não disse nada, e Rebeca continuou, elevando o tom de voz: — E não pense que vai poder abandonar o serviço de casa. Quero só ver toda essa alegria ir por água abaixo quando você perceber que trabalhar não é tão fácil quanto parece.

A menina, que até esse dia acabava se calando sempre que a mãe lhe tirava o ânimo, dessa vez reagiu.

— Já reparou que algumas pessoas só veem o lado ruim das coisas? Não conseguem admitir que alguém seja feliz? Querem envenenar o entusiasmo alheio com palavras que minam toda a motivação? — Rebeca abriu a boca para começar a repreendê-la, mas Ana Clara não parou de falar. — Como veem o mundo sob uma ótica pessimista, essas pessoas querem que também o vejamos assim, em vez de participarem da felicidade e se contagiarem com a alegria. — Respirou fundo e continuou seu discurso. — O que os destruidores de sonhos não percebem é que perdem muita energia tentando minar a euforia do outro.

Rebeca arregalou os olhos, espantada com a audácia da filha, e tentou dizer algo, mas a menina não deixou e continuou falando.

— Infelizmente, algumas pessoas se deixam contaminar por esse veneno. São as inseguras, que precisam da aprovação alheia para partir rumo a um objetivo. São volúveis a ponto de se deixarem convencer por outras pessoas a abandonar seus sonhos. — Fez uma breve pausa e prosseguiu, sorrindo: — Mas ainda bem que existem os otimistas, que não se deixam abater pelos comentários negativos, porque sabem que, ainda que coisas ruins aconteçam, serão capazes de superá-las, porque têm o coração puro e dedicado às coisas boas da vida.

Depois disso, Ana Clara pareceu sair dessa espécie de transe. Essa não era a primeira vez que falava coisas involuntariamente. Deixou a mãe sozinha e foi para a cama, sem saber se aquelas palavras tinham brotado em seu coração ou haviam sido inspiradas por uma suave presença misteriosamente sentida a todo instante naquela casa.

3

"Aqueles que se envergonham do que não merece pudor e que não se envergonham daquilo que merece, que enxergam o pecado onde não existe e nada enxergam onde o pecado existe, tais pessoas, abraçando falsas doutrinas, ingressam no caminho do mal."

Buda

A família do conde era respeitada em toda a região. E era Joana, a segunda filha de José, cujo sorriso irradiava um calor intenso e benéfico, a responsável por deixar perplexos os mais conservadores. Dotada de uma sinceridade imbatível, ela dizia o que pensava sem meias palavras e sempre acabava criando situações constrangedoras por causa disso.

Naquela manhã, ela estava tomando seu chá devagar. Cortava o pão com as mãos para comer com queijo de cabra e tentava prolongar esse momento de prazer à mesa. Mas um comentário desastroso da irmã, Eliza, acabou com sua alegria.

— Você sabe que mamãe vai interná-la em um convento? Eu a ouvi dizer isso ao padre Aurélio ontem.

Embora Eliza tivesse personalidade completamente diferente da irmã e fosse mais pacata e vulnerável, gostava de cutucá-la sempre que tinha oportunidade. Dos três filhos do conde, Eliza era sempre a mais apagada. Não costumava se envolver em grandes conflitos, nem impor sua opinião, sendo sempre influenciada pelos outros. E isso incomodava Joana, principalmente quando pedia sua posição sobre certos assuntos e Eliza se esquivava. Mas o principal motivo de discussão das jovens era sempre Antonia.

Como a filha mais nova, na maioria das vezes, ficava na barra da saia da mãe, Joana tinha acessos de fúria quando Eliza concordava com o que Antonia dizia.

Joana respirou fundo. A relação com a mãe nunca fora amigável, Antonia seria capaz de mandá-la para o convento somente para atormentá-la. Sentiu o perfume das maçãs e tentou mostrar indiferença ao reagir ao que Eliza dissera.

— Pobre dela se me obrigar a ir para o convento! Duvido que ela tenha coragem de me dizer isso — disparou, esticando a mão para pegar mais um pedaço de pão, imaginando onde estaria Francisco. Precisava conversar com o irmão.

A vontade de Joana de fugir daquele castelo certamente nascera naquela manhã. As relações na família não eram das melhores. A menina teria coragem de desafiar a mãe? Antonia era realmente uma pessoa hipócrita, como Joana achava? A verdade era que ninguém sabia ao certo o que se passava ali.

O conde vivia ausente, devido aos compromissos nos arredores do condado, deixando a educação dos três filhos, Francisco, Joana e Eliza, por conta de Antonia, que, aos olhos do marido, era uma mãe exemplar.

Já Joana sempre pensava em como a mãe conseguia perder tanto tempo falando da vida dos outros. "Será possível que uma pessoa com uma língua tão amaldiçoada acredite realmente ser uma santa?", pensava. Sempre via Antonia destilar seu veneno e se aborrecia com o comportamento dela. Às vezes as duas ficavam dias e dias sem se falar. Então, Antonia só lhe dirigia a palavra na frente de outras pessoas, para fingir cordialidade. Isso deixava Joana muito irritada. "Ah, se pudéssemos escolher nossos pais!", imaginava. Certa vez, ouvira de uma sábia mulher que pessoas de gênios diferentes nasciam na mesma família justamente para que conseguissem resolver as diferenças. E que esse seria um dos maiores desafios da humanidade.

Sempre que Joana pensava nas palavras da mulher, começava a analisar o perfil de seus familiares e via que suas personalidades eram bastante divergentes entre si. Ela tinha uma grande afinidade com José, seu pai, enquanto Eliza era muito agarrada com a mãe. Já Francisco se dava bem com todos do castelo, da igreja, do povoado, sendo querido por todos. Tinha um carisma excepcional e um olhar que conseguia derreter os corações mais frios. Joana tinha orgulho de ser sua irmã.

Os nobres de Montecito viviam em um castelo imponente no alto de uma colina. Sua arquitetura e grandiosidade eram provas do poder e da influência que a família desfrutava na região. Construído com blocos de pedra em planta quadrangular e guarnecido por duas torres simétricas, era a cercado por altas muralhas e por um fosso raso, considerado a primeira linha de defesa do castelo. Diferentemente dos fossos de outros castelos, não continha água, e sim estacas pontiagudas de madeira.

No salão do castelo, aonde a população ia para levar suas queixas ao conde, José ouvia diariamente dezenas de pedidos. Depois de ouvi-los, dava seu veredicto. Só não conseguia ficar em paz com a própria consciência, que o julgava dia após dia por ter abandonado Rebeca com um filho no ventre. "O pior fardo que uma pessoa pode carregar é uma consciência pesada", pensava. Nunca imaginara que esse sentimento de culpa fosse durar tantos anos. No início, movido pela ambição, achava que o tempo se encarregaria de dissipá-lo.

Agora, sentia-se um fraco por não ter enfrentado os preconceitos e assumido a gravidez da pobre moça. "Se as pessoas soubessem o efeito destruidor que certas decisões podem ter em suas vidas, pensariam mais antes de tomá-las", ponderou. Mas, assim que pensou nisso, lembrou que, quando recebera a proposta dos pais de Antonia, teve bastante tempo para considerá-la e decidir o que fazer. "Pensei da maneira errada", ele se corrigiu. "Pensei apenas no dinheiro, ignorando meus sentimentos e os da mulher que me amava. Esse foi meu maior erro. Deveria ter colocado tudo na balança. E ter sido mais corajoso. É difícil perceber que o melhor para a nossa vida raramente é o que as pessoas acham. Ninguém deve satisfação a ninguém a respeito da própria felicidade. Claro, no meu caso, o fato de eu ser um conde, de quem todos esperam certo tipo de comportamento por causa da posição social, foi um agravante. Mas o que as pessoas poderiam fazer se eu tivesse decidido me casar com Rebeca? Quem poderia julgar errada minha atitude? Por que não arrisquei?" Arriscar. Essa era uma palavra que não estava no vocabulário de José. Metódico, ele sempre fazia o que tinha que ser feito. Tornara-se um homem previsível, cumpridor de seu papel na sociedade.

Mas, às vezes, se pegava pensando em como seria bom correr alguns riscos. Fazer as coisas de que gostava sem ligar para a opinião alheia, propor novos negócios, mudanças no condado, que certamente seriam questionadas, pois as pessoas já tinham se habituado à rotina do vilarejo. As ideias novas sempre incomodam.

Mas o fato era que ele estava insatisfeito com a maneira como levava a vida, e pretendia mudar isso. Daria a si mesmo uma chance de recomeçar. Em breve faria uma viagem com Francisco, então aproveitaria esse tempo para colocar as ideias em ordem e começar as mudanças quando voltasse. Sim, passaria a ter outro estilo de vida e arriscaria mais. Só assim teria uma chance de se redimir das culpas que o atormentavam. Tinha que tentar.

O que José não sabia era que ele não era o único no castelo a carregar um grande segredo. Antonia também guardava a sete chaves uma informação muito importante e, embora não acreditasse que a verdade pudesse vir à tona, faria tudo que fosse necessário para que ninguém descobrisse que ela já estava grávida quando se casou e que Francisco não era filho de José. Apenas um homem conhecia esse segredo, e ela tinha toda a certeza de que ele jamais a trairia.

"Nunca perca a fé na humanidade, pois ela é como um oceano. Só porque existem algumas gotas de água suja nele, não quer dizer que ele esteja sujo por completo."

Gandhi

O padre Aurélio era o responsável pela paróquia do vilarejo. E cumpria infalivelmente sua obrigação de levar tudo ao conhecimento do bispo, deixando-o sempre a par do que ocorria no condado, onde José lançava mão de sua influência interferindo até mesmo nos problemas de cunho familiar dos paroquianos.

A paróquia do padre Aurélio era uma das mais respeitadas da diocese a que estava subordinado o condado. O padre não era bem-humorado, mas estava sempre sorridente quando entrava no castelo. Usava todas as táticas possíveis para convencer José a destinar mais verbas para a igreja e tinha uma relação estreita com Antonia, que conseguia manipular com facilidade.

Contando com a influência que a Igreja exercia sobre todos os setores da sociedade, ele ditava as normas de comportamento no povoado, e quem as violasse poderia sofrer castigos diversos e, em último caso, até ser excomungado.

Num outono cinzento, quando Antonia estava prestes a se casar com José, o padre insistira que ela deveria se confessar perante Deus. Protegida pelo inviolável segredo da confissão, Antonia desfiou todos os seus pecados para o padre Aurélio, que não esquecera uma só palavra.

"As três coisas mais difíceis da vida são: manter um segredo, esquecer-se das injúrias e fazer bom uso das horas livres."

Quílon

— Padre, preciso confessar um terrível pecado, e não sei se Deus me perdoará — disse.

— Filha, Deus a está escutando. Depois que a ouvir, poderei determinar qual será sua penitência e quanto deverá pagar à Igreja para se livrar dessa mácula tão terrível que a está torturando.

Ela fechou os olhos, deu um sorriso triste e sussurrou que estava grávida. Aurélio calou-se. E ela continuou:

— E o filho não é de José.

O padre Aurélio lembrava-se dessas palavras como se tivessem sido ditas no dia anterior. Nunca tinha conseguido esquecer uma só sílaba da confissão que tumultuaria seus pensamentos durante os anos seguintes.

— O cúmplice de meu pecado foi o bispo Dom Gregório de Nigris — ela continuou contando, deixando o padre atordoado. Em seguida, Antonia descreveu os detalhes daquela relação proibida que acabara gerando uma gravidez inesperada. Padre Aurélio foi tomado por sentimentos conflitantes. O que lhe estava sendo entregue era um segredo inesperado e terrível, mas, ao mesmo tempo, ele sabia que acabara de receber um instrumento de influência sobre aquela mulher que estava para se tornar a esposa do homem mais importante e poderoso de toda a região.

Ter uma aliada no castelo a quem pudesse recorrer sempre que necessário podia facilitar a realização de suas enormes tarefas para o bem da Igreja. Padre Aurélio pensava no muito que ainda deveria ser feito. As obras da torre da igreja de Santo Estêvão ainda não tinham sido finalizadas. Ele queria de qualquer maneira que o trabalho terminasse até o final do ano. Não era fácil conseguir o dinheiro para a realização do seu sonho. Padre Aurélio acreditava que, com uma igreja imponente, poderia atrair mais fiéis e talvez até mesmo os ricos nobres das regiões vizinhas; talvez, ele se empolgava, o próprio papa pudesse visitá-la.

O padre Aurélio admirava o estudioso papa Urbano V, que tinha sido escolhido pelo papa Inocêncio VI por sua atuação em missões diplomáticas delicadas e acabara sendo eleito seu sucessor, ainda que não fosse cardeal. Era considerado um sábio, pelo seu esforço em renovar os costumes e pela sua nobreza de intenções.

A reorganização da corte pontifícia que havia sido sugerida por Urbano V estava deixando muitos religiosos aflitos, pois todos sabiam que o papa tratava os abusos cometidos pelos fiéis com rigidez.

O padre Aurélio achava que todos deveriam ouvi-lo, respeitá-lo e não questionar os valores e dogmas pregados pelos estudiosos. Na opinião dele, as doutrinas ensinadas pela Igreja não deveriam, sob hipótese alguma, ser passíveis de discussão.

"Se descreves o mundo tal qual ele é, não haverá em tuas palavras senão muitas mentiras e nenhuma verdade."

Tolstói

Ana Clara estava inquieta porque acabara de ter um sonho estranho. Estava ansiosa por um novo trecho do pergaminho, mas não tinha nenhuma ideia de como isso aconteceria. Quanto mais pensava no assunto, mais perguntas ficavam sem resposta. Queria saber como tinha sido escolhida, mas, principalmente, quem a escolhera.

Em seus momentos mais difíceis na floresta, passara por diversas crises existenciais. Questionava-se a respeito de onde vinha, o que estava fazendo ali, que propósito teria sua vida, mas nunca chegara a nenhuma conclusão. Sempre acabava decidindo que o melhor era simplesmente não pensar muito para não enlouquecer. Mas agora, com todas as mudanças que estavam acontecendo em sua vida, sentia que estava numa encruzilhada.

Por que fora escolhida? Era uma menina pobre, que crescera na floresta, sem qualquer instrução ou dedicação à igreja. Não conseguia entender a lógica daquilo tudo. Mas pensava nos tais pontos de luz. Se em cada ponto do planeta houvesse mais pessoas recebendo as mesmas mensagens, era sinal de que ela não estava sozinha. Com essas pessoas, quem sabe, um dia ela encontraria uma resposta. Pensava na vida como um jogo em que o tabuleiro era o mundo, e as peças, as próprias pessoas.

Ana Clara resolveu procurar Alaor, o cego; era a ele que sempre recorrera, e confiava na sabedoria de suas palavras. Talvez ele pudesse ajudá-la a entender como os pergaminhos chegariam até ela e por que tinha sido escolhida. O único problema era que o amigo morava na floresta. Ana Clara, que morara muitos anos na floresta, sabia que ela escondia perigos desconhecidos que podiam surpreender os mais corajosos; e havia motivo para ela sentir medo, pois estava cogitando entrar numa região da floresta muito diferente daquela onde vivera toda a sua vida. A cabana de Alaor ficava no que era conhecido como "o coração da floresta", um lugar onde, segundo as lendas, quem entrava jamais conseguia retornar.

As árvores majestosamente altas pareciam conter vida naqueles troncos grossos e resistentes, e as copas densas e frondosas impediam a passagem de luz, tornando o lugar escuro e sombrio. Ana Clara viu uma serpente enrolada em um dos galhos. Respirou fundo e seguiu em frente.

Enquanto caminhava, alerta, ouviu o som de folhas secas estalando sob passos. Tinha certeza de que havia alguém por perto, e uma súbita falta de ar fez seu corpo responder ao pânico que se instalara em sua mente. Teve certeza de que seria atacada e que não teria como escapar. O medo a dominou por completo. Sentiu uma leve tontura, o coração em disparada, as pernas bambas. Ia desmaiar, mas ouviu uma voz: "Sentir medo diante das ameaças faz parte da vida, mas deixar que ele paralise seus pensamentos e atitudes é deixar que ele a domine." Abriu os olhos e percebeu que a voz vinha da própria consciência. "Enfrente os seus medos. Não é vergonha senti-los, mas tente descobrir se eles têm razão de ser."

Ana Clara esforçou-se para controlar a respiração e recobrar a calma. Tentou domar seus pensamentos e recuperar o controle sobre seu corpo. Foi quando uma mulher surgiu à sua frente, e ela entendeu que os passos que ouvira eram dela. Aparentava ter uma idade avançada e andava encurvada, apoiando-se num cajado de madeira. Era baixa, e tinha os cabelos curtos com espessos fios brancos.

"Era essa a sua ameaça", Ana Clara pensou.

A mulher a encarou e, por alguns segundos, ela teve a impressão de que a conhecia.

— O que faz aqui sozinha, minha jovem?

A menina achou graça da pergunta. A floresta era bem mais perigosa para uma mulher daquela idade.

— A mente não sabe distinguir experiências vivenciadas no imaginário das que são realidade. Quando é estimulada, ela torna real aquilo que o imaginário produziu. Cuidado! Você certamente ouviu meus passos e achou que eu fosse uma ameaça. E seu corpo respondeu como se houvesse uma ameaça. — Ana Clara não respondeu. Estava paralisada e surpresa demais por encontrar aquela mulher ali e pelas coisas que ela lhe dizia, mas a senhora continuou: — Por isso, é importante sempre pensar positivamente. O imaginário se torna real. Tudo é possível.

Ana Clara percebeu que aquela senhora queria ajudá-la e, timidamente, se apresentou. A senhora, então, disse:

— Meu nome é Izabel. Moro na floresta há algum tempo.

A garota perguntou-lhe se ela conhecia e saberia lhe dizer onde encontrar Alaor. Izabel olhou em direção ao sol.

— Apesar de não ver com os olhos físicos, ele enxerga muito bem com os olhos da alma. Deve estar acompanhando algum viajante na caça. Pode esperá-lo em minha cabana, se quiser.

Ana Clara costumava seguir os sinais e, apesar de todas as prevenções de Rebeca com relação a estranhos, Ana Clara tinha a intuição de que não tinha sido o acaso que colocara aquela mulher em seu caminho. Confiante, seguiu-a até um pequeno casebre, de onde vinha um delicioso aroma de incenso. O lugar era pequeno, mas aconchegante e cheio de mistérios. Havia um prato de sal, um bastão e muitas ervas num dos cantos do lugar, que Izabel explicou serem eficazes para banhos e cura de doenças do corpo e da alma. O incenso, ela disse, protegia a casa dos maus espíritos.

Ana Clara resolveu contar-lhe o sonho que tivera na noite anterior, no qual um homem velho lhe dava um talismã e trigo. Parecera tão real que a deixara intrigada. Izabel sorriu e a acalmou interpretando o sonho. A oferta de trigo significava que ela tinha uma grande proteção espiritual e que tudo correria bem dali para a frente. Já o talismã sinalizava a solução de um mistério.

"Quando o discípulo está pronto, o mestre aparece", pensou Izabel. Olhava para o brilho nos olhos de Ana Clara, via as dúvidas da menina sobre o mundo, a curiosidade diante de seus elementos mágicos e enxergava a si mesma quando jovem.

Ana Clara sabia reconhecer quando algo ou alguém lhe fazia bem. Desde que começara a prestar atenção às reações de seu corpo e de sua mente e a pessoas e lugares, entendeu que isso tornaria mais fácil sua compreensão a respeito de si mesma. Embora nunca tivesse visto aquela mulher, tinha a sensação de haver reencontrado uma pessoa há muito esperada. Contou-lhe sobre as visões e sobre o desconforto que se instalara entre ela e a mãe.

> *"Se mantivermos o enfoque na nossa verdade e continuarmos a manter elevada a nossa energia, descobriremos que as coincidências começam a se intensificar e a ganhar cada vez mais sentido."*
>
> *James Redfield*

Enquanto a ouvia, Izabel percebia, admirada, que Ana Clara possuía dons e aptidões que muitos só alcançavam com anos de estudo. Via que a menina não precisaria de rituais para se conectar com suas divindades. Já nascera predestinada.

Agradeceu ao espírito da Terra por ter a oportunidade de acolher a aprendiz naquela casa. Quis contar à jovem que suas forças espirituais e psíquicas estavam bastante afloradas, e que ela deveria aprender a usar essas energias adequadamente, mas Ana Clara não parava de falar. A menina contou que sempre sentia certas vibrações na presença de estranhos, e que, muitas vezes, não sabia se estava num mundo real ou imaginário. Tinha medo de enlouquecer a qualquer momento. Disse que se apegara às suas plantas, cuja companhia lhe trazia paz de espírito. Quando percebeu, já estava contando sobre o pergaminho que conseguira abrir e todo o mistério que o envolvia.

Izabel ouviu atentamente e orientou Ana Clara a não contar aquela história a mais ninguém. Muitas pessoas dariam a própria vida para obter as informações contidas nos pergaminhos. E, nas mãos erradas, até o mais precioso dos conhecimentos poderia ser perigoso.

Ana Clara estremeceu. Sabia que muitos segredos estavam ligados àquele pergaminho, mas não imaginava que pudesse correr perigo por causa do que havia lido nele. Sua mãe lhe contara algumas coisas sobre o documento, mas as informações sempre ficavam confusas na cabeça de Ana Clara, e ela achava que era porque Rebeca se arrependia no meio da história e acabava mudando de assunto. Mas Izabel também parecia saber sobre o pergaminho e seus mistérios. Como isso era possível? Ficou intrigada.

E, se os pergaminhos que ela ainda deveria encontrar continham informações tão importantes e cobiçadas assim, ela compreendia ainda menos por que fora escolhida. Quanto mais Izabel explicava, mais dúvidas brotavam na cabeça da jovem.

— Tudo que sei é o que está escrito no pergaminho — Ana Clara disse. — Minha mãe me contou muito pouco sobre ele. Chegou a começar algumas histórias contadas pela minha falecida avó, mas nunca as concluiu. Acho que ela nunca acreditou que alguém um dia pudesse abri-lo...

Izabel fechou os olhos e respirou profundamente, erguendo a cabeça em direção ao céu. Quando os abriu, encarou Ana Clara e deu um sorriso. Seus olhos pareciam ter mudado de cor.

— Acabei de pedir permissão para lhe contar esta história. É uma lenda, na verdade, mas bastante difundida por todo o povo da região. Não é por acaso que você está aqui, então devo lhe colocar a par de tudo que aconteceu com seus antepassados.

Ana Clara tentou sorrir, mas estava tensa demais para mover qualquer músculo da face. Observou, estática, Izabel segurar o cajado com as duas mãos e dar alguns passos lentos.

— Esta história começou há mais de cem anos, quando uma jovem que acabara de se casar resolveu se dirigir ao poço dos desejos. O poço era famoso na região por ser o local onde se despejava uma moeda e se fazia um pedido. Ela estava ansiosa para ter um filho, mas não conseguia engravidar.

Ana Clara sabia que aquele momento seria especial. Sentia que Izabel era a pessoa certa, que não esconderia nenhum detalhe sobre o pergaminho. Mal piscava de tanta ansiedade.

— O poço ficava perto da Clareira oculta, e o caminho de volta ao vilarejo era longo, por isso a jovem tinha saído de casa cedo. Na volta, não aguentou a dor nas pernas, então resolveu descansar um pouco, sem imaginar os perigos que rondavam a floresta. — Izabel respirou fundo e se aproximou de Ana Clara. Seu tom de voz estava mais baixo. — A moça acabou adormecendo, e, quando ela acordou, percebeu uma sinfonia ao redor. Inicialmente não conseguiu identificar de onde vinha, mas seu instinto fez com que olhasse para o céu. E foi então que teve a maior surpresa de sua vida. Ela não podia acreditar: um fenômeno raro estava acontecendo no céu, pintando-o com todas as cores. A noite parecia iluminada por raios de luz de todas as tonalidades. Eram como cortinas de feixes paralelos, formando arcos que mudavam de forma constantemente. A visão estava envolta em uma luz violeta, que se mesclava a um azul-safira com raios cristalinos.

Ana Clara ficou imaginando como Izabel poderia saber de tudo aquilo com aquela riqueza de detalhes, e a senhora pareceu ouvir seu pensamento.

— Você vai entender como sei de tudo isso. — A menina enrubesceu. Não queria que Izabel pensasse que estava duvidando da história.

— A jovem já ouvira relatos daquele fenômeno, mas jamais acreditara neles. Segundo a lenda, o clarão era provocado pelo atrito das caudas das raposas que corriam pelos montes mais altos contra os blocos de neve. Aos poucos, o medo dela foi dando lugar a uma leveza de movimentos e sensações, e ela continuava ouvindo a suave melodia, sem saber de onde vinha.

"Pensando que pudesse ser algum encantamento das feiticeiras que viviam na floresta, decidiu continuar sua jornada de volta ao vilarejo antes que fosse descoberta. Deu alguns passos e percebeu que o som aumentava e a luz ia se tornando ainda mais forte, iluminando uma clareira no meio da floresta. Foi quando notou uma ligeira movimentação. Escondeu-se atrás de uma das árvores e ficou à espreita. No céu, aquela infinidade de cores parecia se movimentar com uma rapidez que jamais vira. Ela chegou a pensar que ainda estivesse dormindo e beliscou o próprio braço. Estava acordada.

"Mas aquela visão era inexplicável demais para ser real. Os raios de luz se movimentavam, tomando forma e mudando de cor, um ao lado do outro, criando uma espécie de círculo mágico que pairava no meio da clareira. Não saberia dizer onde começavam e onde terminavam. Mas estava certa de que eles estavam a alguns metros do chão e suas luzes se refletiam até a mais alta das árvores.

"Quando as luzes coloridas tomaram forma, percebeu que havia doze raios, cada um de uma tonalidade diferente. O céu ainda estava cintilante, de um verde-esmeralda de tirar o fôlego. A música cessou.

"Ela ainda tentava entender o que estava acontecendo, mas não conseguia olhar diretamente para o círculo, pois a claridade era ofuscante. Percebeu que, àquela altura, o melhor que tinha a fazer era não ser notada, e calou-se. Com medo de ser vista, encolheu-se atrás da árvore em que estava se escondendo e parou de bisbilhotar. Foi aí que ouviu uma voz."

Ana Clara sentiu os pelos do corpo se arrepiarem. Estava imaginando cada detalhe, como se estivesse lá.

— Se ela estava com tanto medo, por que não ia embora? — interrompeu.

— Ela não queria ir embora. Nem podia — Izabel explicou amavelmente. — Tinha medo de ser descoberta. Além do mais, queria saber o que eram aqueles raios, quem estava falando, e o que estava sendo planejado. Parecia ser importante e, ao mesmo tempo, absurdo. Izabel respirou profundamente e continuou seu relato, séria: — a voz dizia: "Obrigado a todos pela presença", mas a menina não sabia a quem ela pertencia. Estava com tanto medo de olhar que preferiu apenas escutar. Achou que talvez houvesse alguma magia envolvendo aquele círculo. Sentia um ar quente vindo daquela direção e uma força muito poderosa. Mas jamais ouvira falar de nada parecido. A voz continuou: "Estamos aqui hoje, como todos sabem, para acender os pontos de luz" — Izabel prosseguiu, imitando a voz, como se estivesse em transe. — "Estes pontos serão alimentados pelos Filhos da Luz. E nós elegeremos os Predestinados em cada canto do planeta. Eles nascerão para ser diferentes. Serão responsáveis por preparar o Caminho. Por isso, vamos determinar, em alguns pontos específicos do planeta, portais com informações preciosas, que só poderão ser descobertas pelos Predestinados. Cada um desses portais trará treze ensinamentos que servirão como guia para os Filhos da Luz, até que eles se encontrem e uma grande transformação aconteça no planeta."

Ana Clara começou a entender aonde Izabel ia chegar. Ela via Izabel soltar uma das mãos do cajado e levar o dedo indicador ao queixo. Cada palavra que ouvia deixava a jovem ainda mais assustada, mas ela queria que Izabel prosseguisse.

Uma outra voz continuou, pausada e com uma entonação diferente.

— Não sabemos quanto tempo irá levar até que os Filhos da Luz venham ao mundo. Por isso, deixaremos pergaminhos envoltos num material resistente ao tempo. Usaremos um âmbar imantado com um campo eletromagnético, que só derreterá ao toque das mãos de um Filhos da Luz. Mesmo que os pergaminhos sejam encontrados por outras pessoas, elas não conseguirão abri-los. Nem com força, nem com magia. E, quando os eleitos nascerem, os encontrarão. Porque nos encarregaremos de fazê-los chegar até eles.

Era como se o tempo tivesse parado naquele exato momento. Muitas das dúvidas de Ana Clara pareciam estar sendo respondidas, só que agora elas se misturavam a dezenas de outras sensações que não conseguia identificar. Ana

Clara queria fazer milhares de perguntas. Mas Izabel sabia que, mesmo com tantas perguntas, a menina tinha que ouvir a história até o final. E continuou.

— Apesar de Predestinados, por nascimento, eles só terão acesso ao conhecimento depois dos quinze anos, quando já estiverem maduros para entender sua missão e puderem transmiti-la sem as desconfianças com que os adultos às vezes tratam as crianças. Serão claros e verdadeiros em seus pensamentos e ações. Serão justos nas pequenas coisas do dia a dia, o que lhes dará credibilidade e confiança para realizarem as grandes tarefas que os esperam. Se eles não tiverem traído sua predestinação, então o grande Mestre verá a luz em seu coração e decidirá que ensinamentos e tarefas se adequarão a cada um dos filhos. Assim, guiados pelos pergaminhos, eles começarão pequenas transformações.

"Os Filhos da Luz sentirão necessidade de se encontrar. Depois do décimo terceiro pergaminho, todos entenderão que não estão sozinhos. E uma força os moverá e os levará ao encontro dos outros, para que consigam trocar as informações que receberam. E eles plantarão a semente do amor em todos os corações que encontrarem, mas devem ser livres o bastante para seguir adiante."

"Livres o bastante para seguir adiante." Aquela frase martelava a cabeça de Ana Clara.

Izabel prosseguiu:

— Uma das vozes perguntou como isso ia acontecer. E o líder do grupo respondeu: "Sinergia. Eles pressentirão que devem se aproximar dos outros escolhidos. Seu encontro será inevitável. Sentirão, no coração, uma necessidade de estar com pessoas que falem a mesma língua que eles, que entendam os mistérios que não podem ser explicados, que não os vejam como loucos ou anormais. Enfrentarão dificuldades, como qualquer um que queira percorrer um caminho que jamais foi trilhado, mas serão abençoados. Terão a coragem necessária para lutar contra as regras preestabelecidas por pessoas que se acham as donas da verdade.

"Mas ninguém jamais entendeu tudo, pois há muitos mistérios inexplicáveis entre o Céu e a Terra. E eles começarão a percebê-los quando descobrirem a chave que abrirá os pergaminhos. Dentro deles, uma voz insistente dirá que estão no caminho certo. Muitos relutarão em ouvir essa voz e terão dificuldade para alimentar a fé necessária para seguir adiante. Temos de acreditar que eles vencerão os obstáculos e cumprirão a missão a que foram Predestinados. Nós viemos para acender os pontos de luz. E eles serão os responsáveis por mantê-los acesos. O futuro da humanidade estará nas mãos daqueles que souberem semear o amor, daqueles que conseguirem enxergar adiante, mesmo com as dificuldades que surgirem em sua vida. Isso não é uma promessa. É um fato. Sabemos que as dores que atingirão os humanos serão decorrentes de sua incapacidade de vencer a si mesmos. Por isso, será uma prova das mais difíceis."

Lágrimas brotavam dos olhos de Ana Clara. Era impossível controlar a emoção que sentia.

— A menina que ouvia as vozes ficou entusiasmada ao ouvir isso, acreditando que, se ela estava ali naquele momento, era uma dos Predestinados. Achou que encontraria um pergaminho. E não viu a hora de ter acesso às informações contidas nele. Porém, uma outra voz interrompeu os pensamentos dela com uma nova explicação. "Introduziremos coisas novas, fenômenos que jamais foram vistos, mas que se tornarão habituais. Por isso, a pureza de coração dos Filhos da Luz será louvada. Porque eles devem ter a mente aberta e não duvidar dos acontecimentos. Não duvidar dos milagres e de que tudo é possível. Os Predestinados semearão uma era de amor e luz.

Ana Clara registrava cada palavra que Izabel proferia. Ficava imaginando a garota naquela clareira, cem anos antes, presenciando tudo aquilo, e conseguia até sentir a energia daquele momento.

— Espere, ainda não acabou — alertou Izabel, percebendo que os pensamentos de Ana Clara já iam se dispersando, com ela tentando conectar as informações.

A velha senhora sorriu e se aproximou ainda mais da menina, até tocar o seu coração.

— Eles disseram que os maiores inimigos dos Filhos da Luz seriam a presunção e o orgulho — continuou Izabel. — Filhos da Luz não deveriam se sentir especiais ou melhores que os outros por terem acesso às informações que lhes fossem transmitidas. Deveriam viver a vida com humildade, ou perderiam, aos poucos, a habilidade de transformar a vida de quem estivesse ao seu redor.

Ana Clara engoliu em seco. Tinha entendido o recado. Izabel fechou os olhos, como se estivesse tentando enxergar aquele encontro mágico:

— A jovem, que nem se lembrava mais do pedido feito no poço dos desejos, não via a hora de voltar ao vilarejo para contar a todos a novidade. Mas as vozes não paravam de dar explicações, e ela não conseguia parar de ouvir. "Mostraremos a eles pequenos mistérios, fenômenos que parecem inexplicáveis, mas que um dia serão casuais como o sol que nasce e se põe. Serão parte do ritmo da natureza.

"São tantos os fenômenos existentes que as pessoas nem os admiram mais. Uma borboleta que se transforma dentro de seu casulo, por exemplo. Uma flor que nasce de uma semente. Uma chuva que cai do céu. Nenhuma dessas coisas ainda é vista com admiração, porque as pessoas se acostumaram a elas.

"Aquilo que acontecer e as pessoas nunca tiverem visto poderá gerar espanto ou surpresa. Mas, como os Filhos da Luz terão um olhar especial, conseguirão entender que essas coisas são sinais de que não estão sozinhos na sua caminhada, para que sintam que os estamos observando e dando-lhes pequenas provas de nossa presença.

"De repente, com a mesma rapidez com que se reuniram, as luzes se dissiparam no horizonte, deixando a floresta na escuridão. 'Preciso encontrar esse pergaminho', a menina disse a si mesma, correndo em direção ao vilarejo para contar a história ao marido.

"Ela não podia imaginar que a história se espalharia pela região como folhas ao vento e que, muito tempo depois, se tornaria uma lenda. Também não esperava que seria considerada louca por muitas pessoas após o relato, apesar de essas mesmas pessoas terem se lançado numa intensa procura pelo âmbar imantado, à espera dos Filhos da Luz."

Ana Clara ficou sem palavras.

— Agora você conhece a história dos pergaminhos — disse Izabel, dando um sorriso de satisfação. — Muitas pessoas acreditam que as informações contidas nos pergaminhos lhes darão um poder sobrenatural, o que faz com que a posse desses documentos seja muito ambicionada. Entende agora porque eu disse que você poderia estar em perigo?

— Então ela *era* especial — disse Ana Clara sobre a garota, surpreendendo Izabel.

— Como?

— A garota. Com certeza ela era especial. Se não fosse, não teria tido permissão para escutar toda a conversa. Ela era uma peça no jogo. Tinha que ser uma pessoa que espalhasse a história em toda a região, não acha?

— Você não precisa entender a história toda agora — disse Izabel, franzindo as sobrancelhas. — Deixe-a ficar em sua mente. As peças se encaixarão no momento certo. Quanto mais pensar sobre o assunto, mais vai contaminá-lo com suas suposições, até chegar o momento em que você só se lembrará delas, sem se recordar da história de fato.

Ana Clara concordou e mudou de assunto na mesma hora. Não podia ficar obcecada por aquilo. Então começou a falar sobre a própria Izabel, que era bastante misteriosa.

— A senhora deve conhecer muita coisa.

— A vida se encarrega de nos dar as informações de que precisamos. Lembre-se disso. Sei apenas aquilo que preciso saber. Nada mais, nada menos.

Depois, disse a ela por que se instalara em uma cabana justamente naquela parte da floresta. Contou-lhe sobre os ritos que praticava para canalizar para a Terra os poderes mágicos da Lua e sobre como, nesses rituais, sacerdotisas tinham visões e diziam coisas significativas para a vida das pessoas presentes.

— Você parece movida pelo fogo, que é o elemento da mudança, vontade e paixão. As pessoas com essa sorte conseguem resultados rápidos e espetaculares, mas devem tomar cuidado com os pensamentos, pois eles tanto podem ser benéficos quanto destruidores. — Ana Clara estremeceu. Olhou ansiosa para Izabel, que continuou: — Se tiver bons pensamentos, os deuses, guardiões, espíritos, ou como preferir chamá-los, serão atraídos para se conectarem com você e transmitir-lhe informações e inspirações, já que você será um canal para a transmissão de mensagens. Se suas vibrações forem bem-intencionadas, muitas pessoas serão beneficiadas. Mas você deve orar constantemente e estar sempre alerta, porque o mesmo canal que abrirá as portas para a comunicação com o bem também estará aberto para a comunicação com o mal. E só você pode escolher em que sintonia estará conectada.

Ana Clara sentia como se aquela mulher pudesse ouvir seus mais profundos pensamentos. Como podia saber tudo que ela estava sentindo? E Izabel continuou:

— Já reparou que você sente simpatia por alguém quando existem afinidades entre vocês? Ou que se aproxima das pessoas cujas palavras expressam aquilo em que acreditam? Você atrai, e sempre atrairá, semelhantes.

— Tenho observado isso — concordou a menina. — Então é por isso que as pessoas não conseguem se entender? Porque estão em vibrações diferentes?

Izabel concordou.

— Muitas vezes procuramos por algo, e a vida acaba nos colocando em contato com experiências diversas das que estávamos esperando, para nos mostrar que não há apenas um caminho para nos levar aonde pretendemos chegar. Não quer dizer que as opções sejam melhores ou piores. São apenas diferentes.

— A senhora quer dizer que as pessoas às vezes entram em desespero à toa? — perguntou Ana Clara, pensando que tivera muita sorte ao encontrar Izabel.

— Algumas pessoas simplesmente enlouquecem quando planejam fazer algo e alguma coisa sai diferente do previsto. Elas não percebem que às vezes novas oportunidades estão se formando diante de seus olhos. Em vez de estar abertas aos sinais do universo para enxergar soluções alternativas, preferem estagnar diante dos problemas. — Calou-se por um instante, para se certificar de que Ana Clara acompanhava seu raciocínio, e prosseguiu: — Quando tiver uma intenção, concentre-se nela, e não no que deve fazer para que ela se realize. Tudo pode acontecer no caminho, mas o desfecho da história sempre vai depender de como você reagir diante dos obstáculos.

Ana Clara ficou pensativa. Lembrou que precisava voltar para casa a fim de preparar o jantar de sua mãe. Não tinha mais tempo de ir à casa de Alaor. As duas sorriram, satisfeitas, pois tinham certeza de que aquele não seria seu único encontro.

Quando Ana Clara já estava sumindo no horizonte, Alaor apareceu e perguntou a Izabel como tinha sido seu dia. A velha senhora, que estava olhando na direção em que Ana Clara tinha seguido, respondeu com um sorriso largo no rosto enrugado.

— Acabo de conhecer Ana Clara, a neta de minha irmã Maria.

"Mudam-se os tempos, mudam-se as vontades,
Muda-se o ser, muda-se a confiança;
Todo o mundo é composto de mudança,
Tomando sempre novas qualidades.
Continuamente vemos novidades,
Diferentes em tudo da esperança;
Do mal ficam as mágoas na lembrança,
E do bem, se algum houve, as saudades."

Luís de Camões

Dentro do condado, havia um convento da ordem das irmãs clarissas. As irmãs recebiam meninas órfãs, mas para lá também eram enviadas algumas das moças das famílias aristocratas. As jovens nobres acabavam lá normalmente por ordem do próprio pai, muitas vezes por terem se recusado a casar com um noivo escolhido por ele. Já as órfãs quase sempre haviam sido abandonadas, ainda quando bebês, na roda dos expostos, um tambor giratório embutido no muro do convento. O mecanismo fora projetado de forma a impedir que a pessoa que estava deixando o bebê ali — geralmente mães solteiras ou famílias sem nenhuma condição de criar a criança — fosse vista do lado de dentro.

Bárbara tinha sido um desses bebês. Ela tinha acabado de nascer quando a mãe a abandonou na roda dos órfãos do convento. Embora não conhecesse um parente sequer, Bárbara sempre tinha sonhos sobre o aparecimento de sua família. Mas despertava desses sonhos ainda de madrugada, quando tinha que atravessar os gelados corredores de pedra do convento para o primeiro dos seis serviços religiosos diários na capela, cujos vitrais, de um colorido vibrante, traziam imensas e assustadoras sombras para o interior nas noites de lua cheia.

Ela já tinha se acostumado aos serviços religiosos havia muito tempo. Bárbara apegara-se à sua rotina diária e criara um vínculo afetivo com as freiras, o que ajudava a superar a ausência de conforto no convento. A jovem tinha afeição até mesmo por Izolda, a temida madre superiora.

Durante suas poucas horas de descanso, a jovem tinha sonhos — além daqueles com sua família — que acreditava serem reveladores, mas que jamais mencionava em suas confissões. Acreditava que o padre não os veria com bons olhos e a julgaria severamente.

Um deles, certa vez, tinha sido com uma senhora de expressão serena, que trajava uma túnica de linho branco. A senhora lhe disse ser apenas uma alma amiga e que a estava observando com a intenção de ajudar. Da conversa entre elas, Bárbara repetia para si mesma, diariamente, o único trecho de que se lembrava: "O universo é todo composto de ação e reação. E nada ficará impune. Não porque mereçamos um castigo, e sim porque colhemos tudo que plantamos. A fagulha de maldade, a intriga, a maledicência são como plumas ao vento. Vá até a torre mais alta da igreja e lá abra um travesseiro de lindas plumas para que elas voem ao vento. Veja como se espalham pela cidade e pelos morros, e depois tente juntá-las novamente. Será impossível. Assim é com as palavras jogadas ao vento."

Bárbara habituara-se a deitar por volta das seis e meia da tarde e a alimentar-se apenas uma vez por dia, basicamente de pão e peixe. Estava acostumada à austeridade à mesa, momento em que era exigido um profundo silêncio. Era no silêncio que seus pensamentos falavam mais alto, criando uma perturbação constante em sua mente que quase a enlouquecia. Bárbara via anjos e demônios em forma de palavras. Seus pensamentos ficavam ainda mais fortes quando ela tentava abafá-los.

Poderia passar horas falando sobre amor e perdão, como as irmãs lhe ensinavam, mas sabia que jamais conseguiria colocar isso em prática e perdoar seus pais. Dia após dia, imaginava onde estariam, os motivos que os teriam levado a abandoná-la e, principalmente, como reagiria caso os reencontrasse.

Quando começava a pensar nisso, uma ira invadia-lhe o espírito. Era como se o ódio tomasse forma e fosse transportado através de seu sangue, intoxicando todas as células de seu organismo. Sentia o corpo quente de raiva, e seus olhos pareciam soltar faíscas. Naqueles momentos, só tinha certeza de uma coisa: se pudesse fazer um pedido aos céus, seria para se vingar de seus pais. Para ela, quem fora capaz de abandoná-la merecia um castigo. Mal sabia que um dia se arrependeria amargamente de ter dado tanta força aos pensamentos.

"É difícil ignorar o conceito de bem versus *mal. Essa batalha das trevas contra a luz se trava ao nosso redor o tempo*

todo. Mas, quando entra em nós e divide o nosso próprio ser, somos enfraquecidos e desequilibrados, e nossa integridade é desfeita."

Terry Lynn Taylor

Em uma cidade não muito longe dali, a mãe de Bárbara já tinha recebido o castigo pelo que havia feito. Casada com Pedro José, com quem tivera outro filho, Abigail abandonara Damião e a filha Bárbara nos arredores de Montecito e tinha despertado a curiosidade dos moradores locais depois de uma denúncia anônima recebida pela igreja.

A carta de remetente desconhecido contava detalhes da vida promíscua que Abigail levava antes de se mudar para a cidade e revelava aos religiosos que ela havia sido uma cigana que se envolvera com os ladrões mais perigosos de Montecito e que também lançava feitiços aos viajantes que passavam por lá. De todas as acusações, a mais séria era a de bruxaria. Agravava sua situação o fato de Abigail ter se casado com um homem conhecido na região como um mago.

Depois de investigar a vida de Abigail, o tribunal da igreja ordenara que ela e o marido fossem executados. A pena havia sido resultado das acusações de prática de rituais de magia e "tentativa de evocar seres demoníacos", o que ficara provado pelo fato de que ela fora vista dançando sob a luz do luar. Abigail entrou num desespero comovente, mas não obteve perdão. A sentença foi cumprida cruelmente e sem apelação.

Da união de Abigail e Pedro José nascera Lucas, que ficara horrorizado com a execução dos pais. Jamais imaginara que o estilo de vida que levavam poderia condená-los à pena de morte. Nos primeiros dias após sua perda, chorou copiosamente nos braços da única vizinha que o acolhera. Apesar de já ter completado quinze anos, Lucas era indefeso como uma criança, e parecia que o mundo estava desabando sobre sua cabeça. Lembrava-se a todo instante dos momentos mágicos que passara ao lado da mãe, sempre alegre e com um sorriso capaz de deixá-lo tranquilo perante qualquer dor. Agora ele achava que ficaria doente de tanta tristeza, sem tê-la por perto.

Todas as noites, ao se deitar, ajoelhava-se, curvava o corpo e encostava a testa no chão. A vizinha sentia tanta pena do garoto que tinha vontade de adotá-lo, mas sabia que se o acolhesse por mais de uma semana acabaria tendo o mesmo destino dos pais do rapaz. Temia a reação das pessoas e, principalmente, da igreja.

Lucas de repente se lembrou, em meio a seu sofrimento, de uma noite em que estava com dor de cabeça e a mãe o apertara contra o peito, garantindo que ia passar. Em alguns minutos, realmente a dor passou. Desde então, Lucas a idolatrava e a julgava capaz de qualquer coisa, assim como uma santa. Costumava dizer aos colegas que ela tinha poderes. A lembrança o fez chorar ainda mais. Sentia-se culpado por ter espalhado pelo povoado que ela era especial. "Se eu não tivesse contado, ela não teria morrido", pensou.

Mas essa não era a lembrança mais forte que tinha da mãe. Certa vez, ela havia lhe falado de pessoas especiais, que viviam em um lugar não muito longe dali. "Você precisa conhecê-las", sussurrava quando o marido não estava por perto.

Abigail dizia que cometera muitos erros no passado e que Lucas era o maior presente que a vida tinha lhe dado. "Fui longe demais. Arrisquei muito minha vida. Fiz muitas bobagens", dizia ela todas as vezes que virava o galão de vinho nas noites frias em volta da fogueira. Nessas ocasões, ela chorava e se dizia arrependida das coisas que fizera. Dizia ao filho que era um monstro, que tinha feito coisas horríveis e magoado muitas pessoas. "Se você e seu pai soubessem, certamente não me perdoariam", confessava, aos prantos, enquanto o abraçava. E o menino morria de vontade de perguntar que pecado tão grave tinha sido esse.

O jovem órfão secou as lágrimas enquanto se levantava e percebeu que a vizinha o olhava com pena. Detestava aquilo. "Como vai ser minha vida agora?", pensou, vendo-se mendigar migalhas de porta em porta. Mas não se esquecia das palavras da mãe antes de morrer: "Você deve ir a Montecito." sabia que um grande segredo o esperava, mas tinha medo do que poderia encontrar.

A intenção de Abigail era aproximá-lo da filha que abandonara no convento não muito distante dali. Mas mãe e filho não podiam sequer imaginar que a autora da carta anônima que acusara Abigail também estaria tão perto.

"Há pessoas que choram por saber que as rosas têm espinhos. Há outras que sorriem por saber que os espinhos têm rosas!"

Machado de Assis

O dia no castelo do conde estava agitado. Antonia estava ainda mais nervosa do que de costume. Contaminava a tudo e a todos com seu temperamento agressivo, gritando com os criados e deixando todas as pessoas tensas com a sua presença.

Esses arroubos não eram incomuns. Normalmente, quando o dia estava ensolarado, ela se queixava do calor. Quando a temperatura estava amena, dizia que ia adoecer. Incomodava-se com absolutamente tudo. Suas palavras eram sempre armas que utilizava para ferir, magoar ou amaldiçoar, a não ser quando estava na presença de alguém que poderia lhe trazer algum benefício. Nesse caso, forjava frases doces, que soavam falsas apenas para aqueles que conviviam com ela.

Joana não conseguia mais suportar os jogos de interesse da mãe. E, antes que acabasse se desentendendo com ela, resolveu sair para um passeio na floresta, a fim de arejar a cabeça. Enquanto isso, no salão principal do castelo, José já recebia mercadores do povoado para decidir alguma questão. A menina percebeu que o pai estava preocupado, mas, como sabia que a vida do conde era cheia de preocupações, imaginou que teria a ver com os negócios e decidiu não perturbá-lo.

Pensou duas vezes antes de pedir a um dos guardas que a levasse até seu destino. Não sabia se deveria confiar neles. Mas encontrou seu irmão, Francisco, e pediu que ele a acompanhasse. O rapaz concordou, mas tinham que ser rápidos e sair antes que Antonia percebesse.

O portão estava aberto, como de costume, e ninguém ousou perguntar aos filhos do conde aonde iriam. Poucos minutos depois, já cavalgavam pela imensidão da floresta onde morava Izabel. Joana respirava o ar puro daquele lugar encantado e sentia-se como um passarinho libertado. Era frequente a sensação de clausura no castelo.

Dizia a lenda que só os que merecessem chegar à Clareira oculta seriam levados até ela. Se era verdade, então Francisco era merecedor porque conhecia toda a floresta como a palma de sua mão. Ele a havia percorrido muitas vezes durante as intermináveis viagens ao lado de seu pai, quando iam arrecadar impostos em terras vizinhas.

Cavalgavam rumo ao casebre de Izabel, cujos costumes e rituais destoavam dos praticados no povoado, mas que Joana conhecia desde que, certa vez, quase morrera em consequência de uma grave doença. José sempre tinha feito vista grossa à presença de Izabel na região, mas teve que recorrer a ela quando viu que nenhum médico conseguia curar a filha. Sem que Antonia soubesse, levou Joana até o casebre da velha senhora, que preparou uma mistura capaz de restituir a saúde da menina.

Quando avistaram o casebre, os irmãos notaram que Izabel estava à porta, absorta em seus pensamentos. Alheia aos preceitos que os religiosos impunham, a irmã de Maria sempre procurava respostas em seu interior e nos componentes da natureza. Acreditava que existiam vários deuses e que eles falavam através do vento, e que a vida que se movia nos riachos e descia das colinas era um sopro da manifestação divina. Para ela, tudo era sagrado e merecia ser tratado como tal.

De acordo com o que acreditava, a troca de energia com os elementos da natureza é que lhe trazia bons fluidos e respostas para continuar sua jornada. Enquanto ouvia o canto agudo dos pássaros que vinham comer as migalhas de pão que deixava todas as manhãs à porta de casa, lembrou-se de como Ana Clara estava preparada para a vida e seus ensinamentos. Sabia que, ao contrário da menina, o mundo estava repleto de pessoas que tapam os ouvidos para o chamado do coração e que perderam a capacidade de intuir.

"Por isso há tantas tragédias e desilusões. Porque as pessoas não conseguem apreciar momentos belos, em que estão apenas em contato com as coisas simples da vida", pensou. A velha senhora apoiava-se em seu cajado e se perdia em pensamentos.

— A senhora pressentiu nossa chegada? — brincou Francisco quando a viu do lado de fora da cabana.

Izabel sorriu e analisou as feições dos dois. Francisco pediu licença para dar um passeio e as deixou a sós. Viu que Joana precisava conversar com a senhora sem tê-lo por perto.

— Dona Izabel, não aguento mais — Joana desabafou, deixando escapar uma lágrima. — Há momentos em que penso em fugir de casa. Tudo me incomoda. As pessoas, o falatório, os gestos... O que está acontecendo comigo?

A mulher a observou com um semblante tranquilo e sorriu carinhosamente.

— Somos todos diferentes. O maior segredo da vida é aprender a conviver com as diferenças. Cada pessoa tem uma característica, um temperamento, um objetivo, uma vontade. E não podemos exigir que todos sejam iguais a nós ou pensem da mesma maneira.

"Nunca houve no mundo duas opiniões iguais, nem dois fios de cabelo ou grãos iguais. A qualidade mais universal é a diversidade."

Michel de Montaigne

Joana pareceu ainda mais irritada com a resposta de Izabel.

— É fácil dizer isso quando se mora numa floresta isolada do resto do mundo. A senhora diz isso porque não precisa conviver com ninguém. Se fosse tão fácil, viveria no condado, em harmonia com os padres e as beatas.

Izabel achou graça do comentário de Joana. Percebeu que a menina precisava desabafar, e que aquele ataque na verdade não era dirigido a ela. "Quando as pessoas estão com raiva de alguém, precisam liberar essa energia, e muitas vezes acabam atacando quem lhes aparece na frente", pensou. Não era pessoal. Izabel sabia reconhecer quando alguém estava naquele estado. Joana estava irritada com a mãe e buscava alguém com quem pudesse se confrontar, simplesmente porque tinha necessidade de agredir. "É assim que se perpetuam os ciclos de ataques gratuitos pelo mundo. Alguns recebem esses ataques, ficam contaminados pela raiva e procuram outro para passá-la adiante, geralmente alguém mais fraco, o que acaba virando uma bola de neve", refletiu.

— Eu não disse que é fácil. Mas existem momentos em que enfrentar é burrice. Quando não concordo com alguém, não tento convencer essa pessoa de que meu ponto de vista é o correto. Simplesmente deixo que ela enxergue a própria verdade. Nosso único termômetro é nosso coração.

Joana refletiu sobre as palavras de Izabel.

— O que devo fazer? — perguntou. — Deixar minha casa? Não concordo com a maneira de agir de minha mãe! Devo enfrentá-la? A senhora filosofa demais. Por favor, diga-me com todas as letras o que devo fazer.

— Você não precisa enfrentá-la — disse Izabel. — Não pode simplesmente conviver com ela e com as suas características? Por que ela precisa ser da maneira como você gostaria que ela fosse? Quem disse que você está certa e ela errada? É só uma questão de ponto de vista. Para se ter uma convivência harmônica, devem-se aceitar as diferenças e não tentar mudar as pessoas ou lutar com elas apenas porque elas não são como nós.

Joana calou-se. Como não suportava as manias e atitudes de Antonia, acabava perdendo a razão com discussões que só a deixavam sem energia.

— Não há necessidade de deixar sua energia se esvair por causa de discussões sem sentido. Você só estará nublando sua mente e entupindo alguns ouvidos — continuou Izabel, com os olhos fixos no horizonte. — E fazendo seu corpo e seu espírito envelhecerem.

As últimas palavras de Izabel deixaram Joana atordoada. A senhora já tinha lhe dito certa vez que pessoas preocupadas e de pensamentos rígidos envelhecem mais rápido que as outras.

— Preocupação e tensão pesam sobre o espírito e se refletem no rosto, no corpo e na voz. Não devemos permitir que as condições externas façam com que mudemos nosso estado de espírito. Este deve ser inabalável, diante do sol ou da chuva. Das alegrias ou das tristezas — concluiu.

Joana ouviu o barulho das folhas movimentando-se com o vento e sentiu um ar gelado penetrar-lhe os ossos. O frio a irritou, e teve vergonha de si mesma. Sentiu-se igual à mãe, que reclamava de tudo.

> *"O que percebemos como defeito nos outros é simplesmente uma representação dos nossos defeitos. Se observarmos o que se passa com a outra pessoa, poderemos usar aquilo que notamos como um espelho para conhecermos a nós mesmos."*
>
> *Ayya Khema*

Não muito longe dali vivia Damião, o irmão de Rebeca.

Fazia dezessete anos que perdera a mãe, a mulher e a filha. Tudo acontecera quase ao mesmo tempo.

Para um homem como ele, que não estava habituado a sentimentos tão complexos, suportar aquelas três perdas tinha sido a pior luta que travara em toda a sua vida. Percebera que era simples brigar com pessoas, lutar corpo a corpo, mas que a batalha consigo mesmo era a mais difícil. Seus sentimentos o traíam, ano após ano.

Lembrava com amargura o dia em que Abigail o deixara, Maria falecera e a filha fora abandonada no convento. Chegara a pensar em reaver a criança e levá-la para viver com ele, mas não havia possibilidade. Como poderia viver na floresta, saqueando viajantes, carregando uma criança? Na época, pensou em recorrer a Rebeca, mas a irmã já criava Ana Clara sozinha e já tinha problemas demais para conseguir fazer isso.

Desde aquela noite, quando acordou num sobressalto e viu que nem Abigail nem o bebê dormiam no acampamento, seu coração não tinha mais espaço para emoções. Todas elas pareciam ter sido levadas por Abigail.

"De repente, não mais que de repente,
Fez-se de triste o que se fez amante
E de sozinho o que se fez contente."

Vinicius de Moraes, "Soneto da separação"

Os segredos do castelo faziam as paredes de pedra estremecerem a cada suspiro. Enquanto Antonia calculava cada passo para que José não percebesse seu desconforto diante até mesmo da simples menção ao bispo Dom Gregório de Nigris, o verdadeiro pai de Francisco, o conde não conseguia se livrar de sua maior preocupação: o retorno de Rebeca ao vilarejo. Tinha conseguido viver em paz durante todos aqueles anos, sabendo que ela estava segura na floresta, onde estaria resguardada dos comentários e da hostilidade das pessoas pelo fato de ser mãe solteira. Com seu retorno ao condado, José temia não só que ela fosse rejeitada pelo povo, mas que, sentindo-se pressionada, desse com a língua nos dentes e revelasse no povoado que Ana Clara era filha dele. Apesar de todo seu remorso, José não sabia se estava preparado para abrir mão do reconhecimento e poder que sua posição lhe assegurava. Não sabia como agir. Seu destino estava nas mãos de Rebeca. Mas, por outro lado, com as duas vivendo ali, como ele poderia não ir conhecer sua filha?

Sentiu-se um fraco mais uma vez. Tinha a oportunidade de mudar seu destino, consertando os erros de seu passado, mas não conseguia se decidir por agir abertamente, preferindo fazê-lo de modo calculado.

Saiu sem que Antonia notasse. Como estava frio, ninguém questionaria sua opção por usar uma capa e, certamente, haveria menos pessoas perambulando pelas ruas. Isso facilitaria sua missão. Não queria ser reconhecido. Enquanto descia a colina e se aproximava do vilarejo, teve a impressão de que estava sendo observado. Enveredou por uma rua estreita que parecia menos sombria e constatou que jamais conseguiria viver fora dos muros do castelo. A imundície das ruas o deixava enojado.

Quando se aproximou da casa que tinha sido de Maria, sentiu o coração disparar. Rebeca estava no jardim, recolhendo gravetos do chão. José relembrou cada segundo vivido ao lado daquela mulher. Mesmo que quisesse se aproximar, não conseguia mover um músculo.

Quando conseguiu se refazer da emoção que sentira, afastou-se um pouco para que ninguém o notasse e viu se aproximar uma mocinha arregaçando o vestido graciosamente. Tinha que ser sua filha. Andava na ponta dos pés descalços para contornar uma poça de água em frente à casa. Parou e começou a ajudar Rebeca a recolher os gravetos. Fazia aquilo de maneira tão atenciosa que José ficou comovido. Era bela, e seu sorriso parecia sincero. Não tinha o semblante triste e abatido da mãe.

José vacilou. Percebeu que Rebeca não tinha alegria no olhar e trazia marcas aparentes de desgosto no rosto. Não era a mesma por quem se apaixonara. Embora continuasse bonita, perdera o brilho que o encantara na época. Era como um corpo sem o sopro da vida.

O conde deixou uma lágrima teimosa escorrer e voltou para o castelo, prudentemente. Depois se sentiu culpado por ter imaginado que elas lhe fariam algum mal, mas, principalmente, porque já lhes tinha feito mal demais.

4

"A pessoa entusiasmada acredita na sua capacidade de transformar as coisas, de fazer dar certo, acredita em si mesma e nos outros. Acredita na força que as pessoas têm de transformar o mundo e a própria realidade."

Sonia Jordão

O primeiro dia de trabalho de Ana Clara foi gratificante. Rita, a mulher que ela ajudaria a fiar lã, tinha dado à luz há pouco tempo. Era casada com Samuel, um homem de muitas propriedades na região. Ana Clara tinha ouvido muitas histórias sobre ele no vilarejo, e sua arrogância lhe dava arrepios.

Rita simpatizara com Ana Clara e, como ela tinha sido a primeira a bater em sua porta quando mais precisava, resolvera chamá-la para ajudar no trabalho, já que precisava dedicar muito tempo ao bebê.

O menino chamava-se Daniel e parecia apreciar a companhia de Ana Clara. Ele chorava até mesmo na presença de membros da família, mas ficava calmo quando a jovem estava por perto. Nascera antes da lua prevista e sua saúde parecia debilitada. Era fraco, assim como a mãe, que se recuperava do parto complicado com muita dificuldade. Embora parecesse saudável, Rita tinha o aspecto cansado e o semblante sempre carregado.

Dia após dia, Ana Clara se afeiçoava ao bebê. A dona da casa já lhe fazia confidências, e a jovem entendia que a tristeza que imperava naquela casa nada tinha a ver com a presença de maus espíritos. Rita dizia que era o próprio Samuel o responsável pelos momentos de terror naquela casa. Felizmente, Ana Clara nunca tinha presenciado nenhum desses momentos, já que ia embora antes de Samuel chegar.

Rita dizia a Ana Clara que, desde que engravidara, Samuel não a tratava bem. Não demonstrava prazer nenhum em estar ao seu lado e, em vez de lhe dar suporte emocional, tinha se afastado com o passar dos meses. Após o nascimento da criança, passou a acusá-la de não ter sido capaz de colocar um filho saudável no mundo e começou a frequentar a taberna do vilarejo todos os dias, antes de voltar para casa.

Para Ana Clara, a forma como o pai havia abandonado emocionalmente a esposa tinha sido o motivo pelo qual o bebê não nascera saudável. E era a causa da tristeza de Rita, que a fazia definhar a olhos vistos. A jovem tinha se sensibilizado tanto com esse drama familiar que parecia fazer parte dele. Chegava a ter raiva de Samuel, mesmo sem conhecê-lo.

Ana Clara pensava frequentemente na situação de Rita. Certa noite, deitada em sua cama de palha, absorta nesses pensamentos enquanto observava a construção de uma nova teia de aranha, graças ao fogo da lareira que iluminava os cantos da casa, Ana Clara ouviu um conselho, sem saber se estava dormindo ou acordada: "Se estiver envolvida em um problema, deixe de lado os seus sentimentos em relação às pessoas que fazem parte dele. Lembre-se de que a vítima sempre o fará ver as coisas do ponto de vista dela. E nem sempre esse ponto de vista corresponde à realidade."

Coincidência ou não, no dia seguinte Ana Clara acabou precisando ficar na casa de Rita até mais tarde e pôde presenciar Samuel voltar do trabalho. Acabou assistindo a uma terrível discussão entre os dois que mudou totalmente sua percepção dos fatos.

O homem que Rita dizia sempre chegar embriagado e fedido parecia na verdade cansado da labuta diária. Entrou em casa timidamente e cumprimentou Ana Clara. A paz aparente não durou muito tempo.

— Rita, precisamos conversar — ele disse à mulher, cabisbaixo.

Ela estava com um ar sarcástico. E, apesar de estarem distantes dela, Ana Clara podia ouvi-los, pois Rita já alterava o tom de voz.

— Conversar? Sobre o que exatamente você gostaria de conversar?

— Rita, embora eu a tenha perdoado, não consigo esquecer o que vi... A mulher parecia satisfeita.

— É mesmo? Por que retomar esse assunto depois de tanto tempo? Já não sabe que a culpa é toda do seu irmão querido? Que ele me agarrou à força e eu não tive culpa nenhuma?

Samuel ficou nervoso. Sabia que ela estava sendo cínica.

— Vocês estavam se beijando! Foi isso que eu vi!! Quem pode me garantir que Daniel é meu filho? Não consigo tirar essa possibilidade da cabeça. Se eu souber que você está mentindo, não sabe do que sou capaz!

Logo depois, Ana Clara ouviu, constrangida, Samuel chorar, inconsolável, e dizer que Rita manchara a honra da família ao ficar aos beijos com o irmão dele. Ela gargalhou e deixou-o continuar duvidando da paternidade de Daniel.

— Pense o que quiser, Samuel. Pense o que quiser. Você está sendo infantil, e seu ciúme é injustificável. Não tenho notícias do seu irmão há muito tempo. Não tem por que desconfiar. Acha que eu seria capaz de traí-lo dessa forma? Acha que eu seria capaz disso? Justamente com seu irmão!!

Faça-me o favor, Samuel! Eu não tenho culpa nenhuma se sua família é cheia de desequilibrados. Seu irmão é um louco como você!

Ana Clara suspirou. Não acreditaria mais em tudo o que lhe dissessem. Estava certa de que Rita era a grande vítima da história, mas, como podia constatar, as coisas não eram nada como ela havia contado. Ela pintava a realidade da maneira que queria.

A menina só sabia de uma coisa: não queria se envolver naquele drama todo. Queria ir embora e não participar de nenhuma discussão, nem presenciá-la. Saiu dali inquieta assim que o bebê adormeceu. Não queria ser vista partindo.

Enquanto caminhava rumo à sua casa, sentiu as palmas das mãos formigarem. As pontas dos dedos começavam a esquentar. Teve medo daquela reação física inesperada. Aos poucos, foi percebendo que caía do céu algo que jamais havia visto. Era como fios de cabelo de uma substância sedosa e ao mesmo tempo grudenta, da espessura de teias de aranha. À medida que caíam, iam se desmanchando no ar.

Ana Clara observou as pessoas à sua volta. Ninguém parecia notar aquele estranho fenômeno, se bem que, para ser justa, as pessoas ali não notavam nem mesmo a presença uns dos outros. Ela passava por eles e tinha a sensação de que era invisível. Ninguém percebia que estava ali. "Se não me viram, certamente também não viram esses fios voando pelo céu", pensou. "Devem ter sido trazidos pelo vento", concluiu. Se tivesse que descrevê-los, diria que pareciam cabelos de anjo. Tinha vontade de sair correndo com as mãos erguidas, recolhendo o maior número possível de fios, mas teve medo de que as pessoas achassem que era louca.

Ana Clara tinha esses conflitos. Muitas vezes, tinha vontade de fazer coisas que poderiam não fazer o menor sentido para quem a estivesse observando. Sabia que, naquele vilarejo, todos bisbilhotavam muito a vida dos outros, e seria fatal se chamasse ainda mais a atenção. As pessoas comentavam o fato de Rebeca ser mãe solteira e a julgavam por isso. Ela mesma era vítima da língua ferina do povo. Algumas pessoas a criticavam, por exemplo, pelo fato de ser amiga de Alaor, o cego.

Ela gostaria de poder fazer o que quisesse da própria vida. No entanto, evitava algumas reações, mesmo pensando que a vida seria bem melhor se todos fizessem o que têm vontade. "Não há mal nenhum em correr atrás desses fios", pensou, "mas as pessoas costumam criticar quem foge às regras". E ela ainda tinha receio das críticas.

Quando se deitava, pensava em como a vida poderia ser diferente e em quantos sofrimentos poderiam ser evitados se as pessoas não se importassem tanto com o que se poderia dizer sobre elas. Ela mesma caía nessa armadilha com frequência e, embora tivesse prometido a si mesma que não deixaria que os comentários alheios a afetassem, ainda tinha medo de ser livre e guiada pelos instintos. "Seria simples correr atrás dos fios, ficar na chuva quando sentisse vontade, brincar como criança", pensou. Mas o difícil era justamente fazer o simples. As pessoas complicavam a vida, em vez de facilitá-la, criando problemas em vez de soluções e ocupando a mente com preocupações, sem perceber que deixavam passar oportunidades valiosas de serem felizes. "A felicidade é tão simples...", concluiu.

Lembrou-se dos momentos em que tinha sido mais feliz, e um sorriso tomou conta de seu rosto. Acontecimentos casuais a deixavam contente: admirar o pôr do sol no inverno, ver o nascer das flores na primavera ou tomar banho num riacho perto da cabana na época em que vivia na floresta. Recordava as sensações que tudo aquilo lhe proporcionava.

Como era bom recordar! Gostava de Montecito, mas tinha lembranças da infância, do tempo em que moravam na floresta, que eram inesquecíveis, como quando acendiam a lareira nas noites frias e ela sentia o cheiro de madeira fresca queimando, ou quando as folhas voavam para dentro da cabana no outono e deixavam um aroma agradável por todo canto.

Sim, a felicidade era maior nas coisas simples. Mas as pessoas não percebiam isso e passavam o tempo todo em busca de coisas complicadas. "Como esse povo é estranho", pensou, lembrando que muitas vezes presenciara acontecimentos incríveis a que ninguém sequer prestara atenção. Como naquele momento, com aquela chuva de fios se desmontando diante de seus olhos.

Muitas vezes, Ana Clara deixava a imaginação livre e sentia que muitos mistérios não podiam ser desvendados. Outras, ficava intrigada. Achava estranho que muitas coisas acontecessem justamente com ela. E, depois que conseguira abrir o pergaminho, tinha ainda mais dúvidas. Ainda se perguntava se deveria contar à mãe o que acontecera. Mas logo descartou a ideia. Conhecia Rebeca o suficiente para saber que a revelação geraria ainda mais conflitos entre elas.

Ao mesmo tempo, queria que a mãe fosse uma amiga, uma confidente com quem pudesse conversar sobre suas aflições, dúvidas e sobre o peso da responsabilidade que sentia em seus ombros. Mesmo sabendo que era alguém "especial", não tinha a menor ideia do motivo pelo qual teria sido escolhida. Parecia uma grande brincadeira do universo.

E a brincadeira estava ficando cada vez mais séria. Pressentia que uma força misteriosa pairava no ar. "Está esfriando", pensou, embora ainda sentisse as pontas dos dedos quentes. Teve uma súbita tontura e parou no meio da rua, fechando os olhos com força para se equilibrar. Quando os abriu, notou que as pessoas recolhiam seus pertences e corriam para suas casas. Uma grande tempestade se formava no céu, trazendo nuvens carregadas de chuva.

> *"Todas as coisas são determinadas por forças que fogem ao nosso controle. Podem ser determinadas tanto pelo inseto, quanto pela estrela. Seres humanos, vegetais ou poeira cósmica, todos dançamos ao som de uma misteriosa melodia entoada a distância por um flautista invisível."*
>
> *Albert Einstein*

Ana Clara ficou ali, parada, apenas observando aquele cenário se delinear. As pessoas corriam para casa com tanta pressa que absolutamente ninguém havia notado que ela estava ali, imóvel, no meio da rua. Mas essa sensação foi logo substituída pela certeza de que estava sendo observada. Voltou-se o mais rápido que pôde para tentar surpreender a quem a espreitava e levou um susto. Parecia-lhe ter visto Alaor. Mas, com a mesma rapidez com que o vira, perdera-o de vista no meio da correria de pessoas.

"Devo tê-lo confundido com alguém", pensou. "Alaor é cego. Como poderia estar me observando?" E riu de si mesma diante do absurdo de sua desconfiança. No entanto, estava convencida de que alguém estava parado, olhando para ela, no momento em que se virou. "Claro que não pode ter sido Alaor. O que ele estaria fazendo aqui no vilarejo a esta hora? E como poderia ter desaparecido tão depressa?" Mas podia jurar ter visto o amigo parado, olhando para ela, a distância. Além disso, podia jurar que, além de olhar para ela, ele a estava *enxergando*. "Só posso ter me confundido", disse a si mesma.

A ventania continuava. Ana Clara olhou em direção à sua casa e teve uma intuição de que deveria mudar de trajeto, abrir-se para o desconhecido, como o pergaminho lhe dissera. Então, caminhou sem rumo pelas ruas e descobriu uma força dentro de si. A força que despertava quando era capaz de ir contra a própria razão e seguir o chamado do seu coração. E aquilo a deixava feliz.

A chuva começava, fraca, mas os pingos caíam gelados na cabeça de Ana Clara. Seria hora de voltar para casa? Percebeu que, se ficasse muito tempo perambulando por ali, certamente seria atingida por um raio. A mãe sempre a prevenira disso quando moravam na floresta. Nesse momento, já era a única pessoa fora de casa com a tempestade se adensando no céu. Ouviu um gato miar num pequeno beco à sua esquerda. O animal andava com passos suaves, como se nada no mundo pudesse atingi-lo. E chamou sua atenção.

Ana Clara passou a observar os movimentos do felino, lembrando-se do que Alaor lhe dissera, certa vez, sobre um cachorro: "Os animais podem até ler nossa mente. Podem pressentir o perigo, prever a morte e viajar milhares de quilômetros guiados apenas pelos poderes psíquicos." Sentiu um frio percorrer-lhe as pernas até chegar à barriga. E se Alaor a tivesse enganado durante aquele tempo todo? E se estivesse enganando a todos, dizendo que era cego, enquanto enxergava tudo o tempo todo? Mas o gato a despertou de suas divagações, ao roçar os pelos em um saquinho de tecido jogado perto da parede.

O saco parecia ter algo dentro. E aquilo despertou a curiosidade da menina. Aproximou-se do gato devagar, para não assustá-lo, e ele se enroscou em suas pernas, carinhoso. Suas mãos voltaram a formigar. O saco era de um tipo de veludo azul que jamais vira antes. Parecia a cor do céu antes do anoitecer. Quando o tocou, notou que os sinais a tinham levado ao lugar certo. Ele continha o segundo pergaminho.

Ana Clara ficou apreciando seus detalhes antes de tocá-lo. E, quando o fez, tudo ao seu redor se modificou. As nuvens se chocaram, trazendo trovoadas e uma ventania nunca vistas.

Aqueles fios sedosos e brilhantes voavam em sua direção. Quando os tocou, sentiu uma espécie de choque. Era como se todo o seu corpo ganhasse uma recarga de energia. Jamais ouvira falar daqueles fios dourados. Resolveu colocá-los dentro do saco de veludo azul. Além de lindos, eram brilhantes e poderiam ser úteis de alguma forma. Mas eles se movimentavam como se tivessem vida, o que a deixou ainda mais intrigada. Além do espanto provocado pelos misteriosos fios, ela estava hipnotizada pelo efeito de suas mãos sobre o pergaminho que se abria diante de seus olhos.

I

Os pontos de luz foram ativados. Você é um deles.

Neste momento, acontece uma mágica. Enviamos sinais a você o tempo todo, como prova de que a estamos observando, e que nada é apenas fruto de sua imaginação.

Os pontos se tornam fontes de luz e amor e mudam a direção de todas as situações.

Não paralise suas forças, mesmo que se sinta incapaz de seguir adiante.

Você deve estar sentindo agora que as verdades que a deixavam confortável não servem mais para nada.

É hora de despertar. Desperte o poder que há dentro de você. Você é mais forte e poderosa do que pode imaginar.

Receber informações valiosas e não usá-las fará com que você pare de recebê-las.

Tudo o que trazemos são informações. Depende de você encontrar a maneira de usá-las em sua vida diária.

Você continuará sendo amparada. E os seus pontos de força serão alimentados de acordo com a utilização das mensagens que receber.

Mas lembre-se: ser receptiva é muito importante. Escute o que as pessoas têm para lhe dizer, siga seu instinto, permita que a inspiração lhe indique em que direção caminhar.

Você é livre e está em condições de instruir aqueles que estão aguardando sua chegada. Seja um mensageiro.

Faça as coisas que lhe trazem alegria. São elas que acenderão as suas chamas diariamente.

Seja uma fonte consciente de energia contagiante e observe a mágica que acontecerá em sua vida e as transformações na vida dos outros.

O caminho está diante de seus olhos. Claro e aberto. Por que ainda vacila? O que não lhe permite ver claramente?

Recolha os fios que lhe foram enviados. Eles são a prova concreta da nossa existência e estão repletos da energia dourada. Quando coloca sua fé em um objeto, ele se torna um amuleto. Use a sua energia para criar um amuleto próprio, e acredite na sua funcionalidade. Com esses fios, use seu poder criativo e dê poder a eles. Eles podem funcionar de diversas maneiras, tanto na cura como na proteção, sem precisar de uma

invocação mágica. O ritual será colocar a sua energia no preparo de um amuleto com este ingrediente que disponibilizamos.
Assim, você construirá o próprio Templo da Fé e da Proteção com a inspiração dos instrutores dos mantos dourados.

Ana Clara ficou petrificada. Diante daqueles fenômenos e de todo aquele mistério, rendia-se ao desconhecido.

"Pontos de força", pensou. "O que seriam pontos de força?" Resolveu seguir as orientações e deixar sua inspiração conduzi-la. Enquanto observava as palavras do pergaminho se desfazerem, recordou letra por letra o que tinha aprendido.

Ansiosa pelo próximo passo e para saber aonde tudo aquilo a levaria, olhou para os fios dentro do saco de veludo e resolveu tecer com eles um xale. "Vou usá-lo sempre sobre os ombros, como um manto protetor", pensou. E foi caminhando para casa, com uma sensação de satisfação por saber que estava no caminho certo. O pergaminho ficou lá, desenrolado no chão, como se nada jamais tivesse sido escrito nele.

"Muitos aspectos do mundo natural, considerados miraculosos apenas algumas gerações atrás, são agora inteiramente compreendidos pela física e pela química."

Carl Sagan

"Aquele que vive como se a vida só começasse amanhã, aquele que acredita que sua felicidade só chegará amanhã nunca as experimentará."

Blaise Pascal

Rebeca estava com um humor diferente nos últimos dias. Fora convidada pelo taberneiro da região a trabalhar para ele. O homem tivera a oportunidade de conferir os dotes culinários da mãe de Ana Clara quando fora convidado para um jantar na casa de Manoel, o mercador de lã para quem Rebeca trabalhava.

É claro que outros dotes também tinham chamado a atenção do taberneiro. Rebeca tinha uma beleza que atraía os olhares masculinos: seios fartos, quadris largos e uma pele morena que destacava seus olhos esverdeados. Evitava corpetes muito justos e decotados, mas suas curvas ainda assim eram evidentes, e ela sempre ouvia galanteios por onde passava.

Na taberna, cozinhava e servia os fregueses, que muitas vezes eram inconvenientes, pois a desejavam cada vez mais ardentemente à medida que iam aumentando o consumo de bebidas alcoólicas. Mas, como ela era hostil e não lhes dava liberdade, não chegavam a lhe desrespeitar. O ambiente tinha a iluminação precária e muito falatório até altas horas da madrugada. Um forte odor de suor misturado com cerveja chegava a embriagar as mulheres que trabalhavam lá. Rebeca já estava se habituando à nova rotina. Ficava na taberna até tarde da noite, e era comum que ela e a filha nem se encontrassem em casa. Ana Clara sentia a ausência da mãe, mas não reclamava. Estava animada com o próprio trabalho, embora tivesse passado a evitar as conversas com Rita.

Mas não era muito fácil evitar Rita. Haviam surgido rumores de que Samuel se encantara por outra mulher. Mesmo sabendo que o marido acreditava que Daniel fosse na verdade filho de seu irmão, com quem Rita o traía, a mulher estava dominada pelo rancor. Falava mal de Samuel sem parar e planejava uma vingança. Prometia desmoralizá-lo, castigá-lo e até envenená-lo ou sufocá-lo enquanto dormia. Seu ódio era tão devastador que Ana Clara ficava enjoada quando a mulher começava a lhe falar sobre suas intenções.

Certa tarde, após se oferecer para preparar um chá de ervas, a fim de acalmar o espírito de Rita, Ana Clara finalmente se cansou de ouvir tantas barbaridades e hipocrisias e resolveu quebrar seu silêncio. Com uma firmeza incontestável, demonstrou ter um senso de justiça exemplar.

— Por que tanto ódio e rancor? Não percebe que esses sentimentos só a destroem?

— Por que você está falando isso? — Rita disse, perplexa. — Você já sentiu na pele o que é ser traída, para falar comigo assim?

— Tente se redimir dos erros que acarretaram esta consequência — Ana Clara continuou. — Você tem o poder de transformar qualquer realidade. Se machucou alguém, e agora esta pessoa a está ferindo de alguma maneira, lembre-se de que você tem a sua parcela de culpa nos acontecimentos.

"Quando você estabelece um relacionamento de simples observação com seus pensamentos, tudo muda e você passa a separar o que é neurótico do que tem utilidade."

Arthur Jeon

Rita ficou impassível e se calou. Ana Clara levantou-se e se despediu dela, dizendo que estava tarde e que precisava voltar para casa. Depois disso, saiu, sem culpa ou vergonha do que havia dito. No caminho, pensou em visitar a mãe no trabalho. Talvez Rebeca não gostasse que ela aparecesse sem avisar, mas Ana Clara sentia uma ponta de curiosidade. Ficava imaginando como seria o ambiente que estava deixando o humor da mãe mais leve nas horas vagas.

Caminhou por alguns minutos até ouvir o barulho que vinha da taberna. Eram vozes masculinas cheias de vigor, risadas escandalosas de mulheres e um falatório ininterrupto. Ela parou à porta do estabelecimento. Percebeu que lá dentro era mais escuro e barulhento do que tinha imaginado. Muitas taças lotavam as mesas, úmidas de bebidas derramadas. Não avistou a mãe e pensou que ela poderia estar na cozinha, então resolveu ir embora.

Na rua ao lado da taberna, na qual Ana Clara entrou para pegar o caminho de casa, havia um beco escuro, onde se dizia que os casais namoravam às escondidas. Avistou de longe o vulto de duas pessoas aos beijos. Ficou envergonhada, mesmo sem saber de quem se tratava, e apertou o passo para passar logo por eles. Quando chegou mais perto, pôde ouvir seus sussurros e as vozes lhe pareceram familiares. Queria estar enganada, mas teve certeza de que reconheceu as vozes de Rebeca, sua mãe, e de Samuel, marido de Rita.

Não queria ser vista e preferia não ter descoberto o casal. Os pensamentos martelavam em sua cabeça: como conviver com aquilo? Como poderia encarar Rita, sabendo que Samuel a traía com Rebeca, a própria mãe?

Sentia-se mal só de pensar em encarar a mãe depois desse episódio. Era um sentimento inquietante, que jamais passaria por completo. A ordem fora quebrada. Como conviver com aquele sentimento? Enquanto imaginava as mudanças que estavam por vir, andava tão depressa que não percebeu uma pedra em seu caminho e deu uma topada, seguida de um grito de dor e susto. Se seu plano era fugir em silêncio, o incidente pôs tudo a perder. Abaixou-se, num impulso de segurar o pé para acalmar a dor e ver o que tinha acontecido. Devia prestar mais atenção por onde andava. "Mas como prestar atenção se acabo de ver minha mãe beijando o marido de minha patroa?", pensou. "Ainda bem que a rua está vazia."

Mas não estava. Um rapaz que passava ali por perto ouviu seu grito de dor. Estava escuro, e ela só conseguiu ver seu vulto. Quando ele se aproximou para ajudá-la, a jovem ainda estava tão assustada com tudo que tinha acontecido que a presença dele só piorou as coisas.

— Posso ajudá-la? — disse ele com uma voz cheia de solicitude.

Ana Clara recompôs-se, evitou olhar para o rapaz e disse que não precisava de ajuda.

— Você tropeçou? — ele insistiu. — Está machucada?

Ela repetiu que não precisava de que ninguém a ajudasse. Não queria conversar. Mas ele não desistiu.

— Você está chorando?

— Não. Não estou chorando — disse ela, respirando fundo. — Só queria ir para casa em paz, sem ser incomodada por ninguém — esbravejou.

A reclamação foi tão espontânea que ela mesma se surpreendeu. Mas já tinha enxotado o rapaz.

— Desculpe — ele disse. — Só pensei que poderia ajudá-la. Boa noite.

Ana Clara observou-o se afastar e teve um surto de arrependimento.

Não gostava de destratar as pessoas. E tinha sido ríspida justamente com alguém que queria ajudá-la. Quis desfazer aquela impressão.

— Espere — chamou-o, aumentando o tom de voz para que ele pudesse ouvi-la. — Desculpe, mas estou muito nervosa e cansada. Acho que fui grosseira com o senhor.

O jovem deu meia-volta e caminhou até ela. Percebeu como Ana Clara era bonita. Ela ficou sem graça, pois ele a olhava fixamente nos olhos, e abaixou a cabeça.

— Não costumo tratar as pessoas assim — ela disse, timidamente. — Não sei o que aconteceu comigo. Acabei de sair do trabalho, onde tive uma discussão com minha patroa e... — Parou e lembrou o que acontecera em seguida, quando vira a mãe aos beijos com Samuel, mas não disse nada. — ...e tropecei nessa pedra maldita, que me estourou os dedos!

Ambos riram com o comentário.

— Então uma pedra no caminho é capaz de lhe tirar do prumo? — desafiou o jovem.

Embora tivesse pouco contato com as pessoas do vilarejo, ela percebeu que a maneira de falar do moço era diferente. Seu jeito de vestir e de caminhar também era novo para ela.

— Pedras aparecem em nosso caminho todos os dias — ela continuou, brincando com as palavras. — Só que chega um momento em que cansamos de tropeçar. — E olhou para ele, provocativa.

Ele refletiu, abriu um sorriso largo e completou:

— Talvez essa pedra estivesse no seu caminho para que nos conhecêssemos.

Ana Clara já estava quase esquecendo sua mãe, a discussão com Rita e a pedra em que tropeçara. Aquele sorriso a desarmara. E ele percebeu isso.

— Meu nome é Francisco — apresentou-se, estendendo a mão para cumprimentá-la. — E o seu?

Ela ficou olhando para a mão dele ali, estendida, e pensando em como seus costumes eram diferentes.

— Ana Clara. — E completou: — Preciso ir para casa.

Francisco se ofereceu para acompanhá-la. Disse que estava escuro demais e que ela poderia tropeçar mais uma vez. A menina achou graça e aceitou a gentileza, embora não tivesse certeza se deveria dar tanta confiança a um estranho. Resolveu perguntar onde ele morava.

— Você passeia pelo vilarejo todas as noites? Sua casa é aqui perto?

Os olhos brilhantes de Francisco perderam a força. Não sabia se devia dizer a Ana Clara que era filho do conde. Pareceria pretensioso.

— Moro naquela direção — respondeu, apontando a colina, para fugir do assunto. — Nunca a vi por aqui. Você é nova no vilarejo?

Ela detestava aquele tipo de conversa que não levava a lugar nenhum. No entanto, estava bastante atraída pelo rapaz que acabara de conhecer. Tentou não demonstrar o que sentia, mas não estava sendo bem-sucedida. Apesar disso, não lhe passou despercebido o fato de Francisco querer omitir onde morava.

— Lá em cima só existem a colina e o castelo — disse, repetindo o que ouvira da mãe dezenas de vezes. — Você é um viajante? Um guarda do castelo?

Aquela pergunta o pegou de surpresa. Fechou o sorriso e encarou Ana Clara.

— Qual é a importância de você saber onde eu moro?

Ela ficou sem graça. Na verdade, aquilo era o que menos importava. Mas teve medo de estar sendo investigada por um guarda do castelo. Mas por que seria investigada por um guarda do castelo? Pensou por um momento nas bobagens que a mãe dizia e achou graça em como Rebeca conseguia amedrontá-la. Francisco percebeu que Ana

Clara só perguntara por precaução e resolveu mudar de assunto.

— Você notou como o céu está bonito hoje? Sabe que a lua vai mudar?

Em seu íntimo, Ana Clara vibrava. Encontrara alguém que não olhava só para si próprio, que era capaz de olhar para o céu e as estrelas e ver como era bonito o milagre da natureza. Daquilo ela entendia muito bem.

— Sim! E veja a posição das estrelas em volta dela! Parece que amanhã será um dia de mudanças — concluiu, lembrando a interpretação que costumava fazer do céu quando morava na floresta.

— Muitas mudanças. Amanhã parto em uma longa viagem com meu pai. Por isso, hoje resolvi dar um passeio, para espairecer as ideias e esquecer as preocupações. — Ele abaixou os olhos, diminuindo a velocidade dos passos.

Ela sentiu um aperto no peito, mas não disse nada. Sentia que algo terrível aconteceria naquela viagem. Mas como falar isso para alguém que acabara de conhecer? E, além do mais, ele tinha um pai. Alguém em quem se apoiar. Nada de tão ruim poderia lhe acontecer.

Estavam chegando à casa de Ana Clara, e ela finalizou o assunto, mesmo com vontade de ficar ali conversando com ele a noite toda.

— Obrigada por me acompanhar. Espero que sua viagem seja proveitosa.

Enquanto se despediam com cordialidade, uma vizinha colocou a cabeça para fora da janela e ficou espiando. Acenou com entusiasmo, mas Ana percebeu que não era para ela.

— Senhor! Senhor!

Com os gritos da vizinha, outra mulher saiu de sua casa para xeretar o que acontecia e gritou, de longe:

— É o filho do conde!

Francisco ruborizou. Qualquer pessoa perceberia que ele pertencia ao castelo, mesmo no escuro. Suas vestimentas eram nobres, mas Ana Clara não sabia disso. Ela arqueou as sobrancelhas, como se pedisse a confirmação do que acabara de ser dito, e ele fez uma reverência para se despedir, sem confirmar ou negar.

Ana Clara ficou ali, estática, na porta de casa, observando Francisco seguir seu rumo. Só quando virou as costas foi que ele olhou para trás. Queria voltar e ficar mais com ela, mas deixou para outra oportunidade.

A menina entrou em casa e foi fazer um curativo no dedão inchado, mas ele nem doía mais. Tinha tanta coisa em que pensar que aquilo era o que menos a incomodava.

"Nunca me esquecerei desse acontecimento
na vida de minhas retinas tão fatigadas.
Nunca me esquecerei que no meio do caminho
tinha uma pedra."

Carlos Drummond de Andrade, "No meio do caminho"

O condado tinha suas regras. E o conde, suas obrigações. Com frequência ele e o filho, Francisco, deixavam o povoado para recolher impostos nas terras vizinhas. O rapaz via nessas viagens raras oportunidades de ficar com o pai a sós e absorver seus conhecimentos.

Quem sofria com a ausência de José e Francisco era Joana. Apegada ao pai, não gostava de ficar sozinha com a mãe e com sua irmã mais nova, Eliza, no castelo. O irmão a prevenira de que aquela seria uma longa viagem e que não se preocupasse, mas Joana estava com um pressentimento ruim, sobre o qual não falara nada, para não alarmá-los.

Assim que se despediu do pai, sentiu um aperto no peito. Enquanto a ponte levadiça, feita de madeira maciça e ferro, era erguida pelos guardas do castelo, Joana observava José e Francisco partindo e pedia para que a mão de Deus os guiasse com uma oração que vinha do fundo de seu coração.

Sabia que uma oração teria o poder de acalmá-la. Já havia comprovado o poder da fé nas muitas noites em que sua inquietude não a deixava dormir. Eram noites que traziam os pesadelos de sua alma. Medos e tormentos vinham à tona, deixando-a desesperada.

Joana era forte e sempre tentava afastar suas sensações ruins. Mas, nos últimos tempos, vinha tentando entendê-las, em vez de deixá-las de lado. Se sentia uma emoção que não conseguia compreender, como o medo ou a preocupação, procurava entender por que aquilo a estava incomodando naquele momento, em vez de tentar distrair os pensamentos e fugir do que estava dentro de si.

Com as orações, essa prática se tornara mais eficaz. Mas Joana não fazia as preces que aprendera na igreja. Sentava-se, de olhos fechados, e fazia seus pedidos como em uma conversa com alguém. Às vezes sentia uma presença perto de si e tinha medo de abrir os olhos e constatar que realmente havia alguém à sua espreita. E, naquele momento, era necessário invocar proteção.

Não para si, mas para seu pai e seu irmão.

"Se você olhar bem no fundo de si, vai descobrir que seus desejos estão criando você e sua vida. Eles criam seu inferno, criam seu paraíso. Criam sua miséria, criam sua felicidade. Criam o negativo e o positivo. Uma vez que isso tenha sido compreendido, as coisas começam a mudar."

Osho

No povoado, quase todas as famílias se conheciam. E as pessoas lembravam-se umas das outras sempre pelas características mais marcantes, nem sempre pelas melhores. Por isso, maldosamente, chamavam Charlotte, a filha do mercador de lã, de "louca da feira".

É claro que nem seus pais nem ela mesma sabiam do apelido, mas todos se lembravam do dia em que ela o ganhara. Charlotte tinha apenas quinze anos quando começou a ajudar o pai, Manoel, na feira local. Ele exalava prosperidade e estava sempre cheio de clientes à espera de suas novidades. E era Samara, sua bondosa e compreensiva esposa, que ensinara Charlotte a se portar diante dos compradores.

Tinham passado a semana ensaiando. Samara via na filha uma excelente negociadora, e dizia a ela que tocaria os negócios do pai futuramente. Aquelas palavras geravam em Charlotte uma ansiedade incontida. Foi em seu primeiro dia acompanhando o pai em seu trabalho que a menina deu sinais de que não conseguia domar suas emoções. Nervosa diante de um cliente, começou a chorar compulsivamente, e nem a mãe nem o pai tinham conseguido contê-la. Tremia da cabeça aos pés e não conseguia explicar a sensação que a dominava. Diria depois, já em casa, que seu coração batera rápido demais e que ela tivera medo de morrer.

Os pais resolveram, então, poupar a menina do trabalho. E os vizinhos acompanhavam a história com ouvidos atentos. Achavam que era uma pobre menina mimada, e que Samara e Manoel tinham caído na farsa que ela tinha armado para não ter que trabalhar.

Mas, como sempre, quem estava de fora não tinha a menor ideia do que realmente acontecia naquela casa. E, principalmente, do que acontecia com a jovem Charlotte. Para os donos das línguas afiadas daquele vilarejo, ela não tinha qualquer motivo para se queixar. Manoel era um mercador de lã muito influente e Samara era tida por todos como uma mulher generosa. Não recusava ajuda aos vizinhos e tratava a todos com a mesma complacência e bondade. Além disso, cuidava da filha como se ela fosse uma joia rara.

Talvez por esse motivo ninguém entendesse a origem do sofrimento de Charlotte, que já não saía de casa desde o episódio da feira. A mãe não sabia mais o que fazer. Sem motivo aparente, a jovem sentia falta de ar e palpitações, e apavorava-se com a possibilidade da morte.

Nesses momentos, Samara a abraçava com todo o amor que uma mãe poderia ter por uma filha e dizia que a protegeria de qualquer mal. Só assim Charlotte se acalmava, adormecendo em seus braços. A atenção de Samara a protegia de seus fantasmas.

Nas primeiras crises da menina, Manoel convencera a mulher a procurar o padre Aurélio e lhe contar o problema. Mas Samara voltara tão transtornada da conversa que jurara a si mesma não submeter a filha a nenhum ritual da igreja. O padre havia lhe proposto exorcizar a jovem em uma cerimônia na qual expulsariam os demônios ou espíritos doentios presentes em Charlotte. Para ele, as crises eram fruto da atuação de seres demoníacos, e a solução era o exorcismo.

Era exatamente por esse motivo que Samara mantinha a filha dentro de casa, sem contar a ninguém sobre seus distúrbios.

"Todas as manhãs acordamos com uma certa quantidade de energia mental, emocional e física, que gastamos ao longo do dia. Se permitirmos que nossas emoções drenem nossa energia, não teremos força para mudar nossa vida ou para doar aos outros."

Filosofia tolteca

Mas Charlotte sofria intensamente com os episódios de pânico. Eram intensos, agudos e repentinos, e podiam acontecer a qualquer momento. Com frequência, tinha medos irracionais de enlouquecer e acreditava que uma doença a levaria a uma morte fulminante. A sensação era aterrorizante e inexplicável. Tinha taquicardia, dificuldade para respirar e via que ia perder o controle. Mas o que mais a assustava era a sensação de irrealidade que permanecia após os ataques. Tinha tonturas que a desnorteavam, e não conseguia distinguir o real do imaginário.

Samara passava noites em claro tentando buscar uma solução para o problema da filha. E Manoel, sem saber como ajudar, afastava-se, aflito.

"Sua atitude — a expressão de seus pensamentos — influencia o modo como os outros se relacionam com você. Todos nós desejamos estar perto de quem é capaz de transformar o cotidiano em algo extraordinário."

Will Bowen

Ana Clara estava confusa em como reagir à descoberta de que sua mãe era a pessoa por quem Samuel, seu patrão, estava interessado. A jovem resolvera procurar Izabel em busca de conselhos. A menina entrou na floresta e sentiu que a troca de energia com as plantas a revigorava. Ana Clara não precisava que ninguém lhe explicasse que as árvores são encarnações de várias deidades e que servem de morada a seres sobrenaturais da floresta, pois ela percebia isso claramente desde os tempos em que vivera na floresta. Mas já haviam lhe ensinado também que as raízes protegem casas, seres humanos e animais contra o mal e a má sorte.

Ana Clara caminhou até a cabana de Izabel sem hesitação, porque já conhecia o caminho, mas seu coração estava cheio de conflitos e dúvidas a respeito do que presenciara na casa de Rita, sobre o fato de ter visto a mãe com Samuel e de não conseguir tirar Francisco da cabeça. Estava tão confusa que chegava a duvidar das próprias certezas e dos acontecimentos que envolveram a descoberta do segundo pergaminho. E se tivesse apenas sonhado? Mas isso era uma bobagem, pois ela sabia que tinha provas de que tudo havia acontecido de verdade. Não só várias pessoas haviam comentado que um pergaminho havia sido encontrado no beco onde ela o deixara, como ela carregava ali, com ela, o manto protetor, tecido com os fios dourados.

Quando viu Ana Clara, Izabel a recebeu com um sorriso que a deixava com discretas covinhas. Seu rosto estava mais corado que de costume, e Ana Clara imaginou que talvez o dia abafado a tivesse deixado mais cansada. A menina achava incrível o poder que Izabel tinha de fazê-la sentir-se em casa. Era como se frequentasse aquele lugar há séculos, e se sentia tão à vontade com ela que nem precisou pedir permissão para se servir do chá de alecrim que estava dentro do pote.

— O alecrim vai alegrar seu espírito — a senhora comentou. — Esta é uma das ervas mais poderosas da natureza. Quem consegue ver a energia contida nela diz que ela é toda colorida.

Ana Clara concordou, embora nunca tivesse conseguido ver a energia das plantas. Mas sabia que elas tinham características próprias, como os seres humanos.

Mas estava ali porque queria contar a Izabel tudo o que acontecera no decorrer da semana, principalmente as percepções que tivera e as mensagens que ouvira. Izabel ficou particularmente preocupada quando Ana Clara revelou que vira a mãe aos beijos com Samuel no beco ao lado da taberna. Sentia que aquela história poderia terminar mal.

A mulher pensou em revelar à jovem toda a verdade: que era irmã de sua avó, e, portanto, sua tia-avó, e que havia se afastado dela porque não podia continuar vivendo no vilarejo. Os moradores conheciam suas práticas e suas crenças e havia o risco de ela ser denunciada como bruxa, uma acusação que acabava pesando sobre toda a família. No vilarejo, achavam que ela inventava histórias para chamar a atenção e que era louca por acreditar em tudo que acreditava. Ana Clara não tinha nenhuma ideia de que Izabel estava escondendo dela todas essas coisas, mas percebeu algo diferente no olhar da senhora. Parecia esconder um segredo que a estava sufocando. Quando percebeu, já estava falando.

— Sabemos que a verdade tem a hora certa para ser dita e que pode mudar o rumo dos acontecimentos. Mas, quando a guardamos, ela apodrece dentro de nós. Temos medo do que pode acontecer com ela quando jogada ao vento, mas não do que pode ocorrer conosco se a sufocarmos em nosso coração.

Ana Clara teve medo por ter deixado saírem essas palavras de sua boca sem a real intenção de dizê-las. Não sabia de onde vinham essas inspirações. Só sabia que as pessoas já estavam começando a perceber que ela dizia coisas que não correspondiam ao grau de instrução de uma jovem da sua idade. Alguém poderia acusá-la de heresia e, se conseguisse escapar, teria que se refugiar no mais remoto da floresta, como Izabel, para não ser enforcada pelos padres, que idolatravam a Virgem Maria, mas pareciam amaldiçoar as mulheres como a encarnação do mal sobre a Terra.

Izabel imaginou o que Ana Clara devia estar sentindo. Também temia que as pessoas reagissem aos comentários dela e começassem a apontá-la como bruxa. Izabel sabia que a igreja tinha normas severas e, quando desconfiava de que uma pessoa participava de rituais, ouvia vozes ou conversava com presenças invisíveis, não hesitava em levá-la ao tribunal. Milhares de mulheres já tinham sido punidas ao longo da história, e, mesmo que fossem boas curandeiras e praticassem a fé e a caridade, ninguém tinha coragem de depor a favor delas, já que qualquer pessoa que o fizesse também seria imediatamente colocada sob suspeita.

— O que está acontecendo comigo? — perguntou Ana Clara. Uma gota de suor escorreu de sua testa. Seu coração batia tão forte que achava que Izabel poderia ouvi-lo. O ritmo de sua respiração começou a mudar e sua vista ficou turva. Ana Clara tinha entrado em pânico por uma situação que a própria mente criara.

Izabel, que já estava habituada ao movimento da natureza, assim como dos seres que nela habitavam, percebeu que ali estava uma pessoa desconectada de sua essência. Pegou um pouco de água da cachoeira, que guardava em uma jarra de barro ao lado da porta, e fez uma espécie de batismo na menina. Primeiro colocou algumas gotas em sua testa, dizendo estas palavras em voz baixa:

— A fé é o elemento mágico que adestra a mente. Quando sua mente criar problemas, mostre a ela que seu coração é o guardião dos seus princípios e sinta que nada poderá derrotá-la. — Ana Clara fechou os olhos, sem conseguir encarar Izabel, com vergonha da própria fraqueza. — Quem tem fé, seja no que for, fica envolto em uma aura de paz e segurança, que proporciona a realização de todos os objetivos. Se tiver um comportamento que acredita estar certo, mas as pessoas não o veem com bons olhos, não tema. O medo irradia forças negativas que atraem energias também negativas. Se você não tiver receio, vai paralisar a crítica dos outros, que serão dominados pela sua força mental positiva.

"Lembre-se sempre: a alegria não é acidental na sua busca espiritual. Ela é indispensável."

Rebbe Naschman

Ana Clara admirou-se com as palavras de Izabel. Pareciam as inspirações que tinha.

— Muitas vezes, sinto que alguns dos pensamentos que invadem minha mente não são meus. É como se eu ouvisse pensamentos, sabe? E sinto uma presença invisível.

Izabel ouviu atentamente o que Ana Clara dizia. Suspeitava que a presença à qual ela se referia era Maria, mas queria que ela percebesse isso sozinha.

— Quem vivia naquela casa antes de vocês? — a velha senhora provocou, fazendo-a pensar.

— Minha avó Maria. Mas ela está morta... — Parou para refletir. — Será possível?

Izabel não disse nem que sim nem que não, mas pediu a Ana Clara que prestasse atenção sempre que tivesse esses pressentimentos e ouvisse vozes. E resolveu ensinar-lhe algo: a força da oração. Pegou-a pela mão e, respirando o ar fresco do bosque misturado com o cheiro das flores, disse:

— Toda vez que se sentir incapaz, com medo ou insegura, e tiver dúvidas, faça uma oração. Quando nos sintonizamos com esse canal do alto e clamamos por luz e amor, formamos uma ponte com o divino, que, automaticamente, irá nos inundar de bênçãos e energias salutares. Mas é importante ter esse canal sempre aberto, e não recorrer a ele só nas horas de necessidade. Agradeça as bênçãos que recebe durante o dia e comemore as pequenas vitórias. Há duas maneiras de encarar a vida: uma é acreditar que não existem milagres; a outra é acreditar que todas as coisas são milagres.

Ana Clara ouviu atentamente as palavras de Izabel e enrolou as pontas dos cabelos com os dedos. O sol já se punha e ela tinha que ir. Ao vê-la partir cheia de dúvidas e vontade de mudar o mundo, Izabel abençoou-a, de longe, com um galho de arruda nas mãos:

— Que você tenha hoje, e a cada dia
A força dos céus,
A luz do sol,
O brilho da lua,
O resplendor do fogo,
A presteza do vento,
A profundidade do mar,
A estabilidade da terra.

"A única maneira de não cometer nenhum erro é não fazer nada. Esse, no entanto, é certamente um dos maiores erros que se poderia cometer em toda uma existência."

Confúcio

Era o terceiro dia de viagem do jovem filho de Abigail, e ele já se sentia no limite de suas forças. Antes de partir rumo a Montecito, Lucas pedira alguns mantimentos à vizinha que o acolhera, mas ele não podia imaginar que teria uma viagem tão desgastante.

O caminho que levava ao vilarejo era tortuoso, com florestas traiçoeiras nas quais muitos viajantes desavisados eram atacados pelos ladrões mais perigosos da região. A mãe advertira-o com muitas histórias, havia muito tempo, sobre os tipos de armadilha que os ladrões costumavam utilizar. Mas, apesar de alertado, sentia-se inseguro. Estava a caminho de um lugar onde não conhecia ninguém e levava apenas uma referência: deveria procurar Izabel. A mãe também lhe dissera: "Diga a ela que os pergaminhos correm perigo."

Lucas ainda não tinha conseguido entender aquela frase. A que pergaminhos Abigail estava se referindo? Que perigo poderiam estar correndo? Esses documentos teriam alguma ligação com a sua morte? A pessoa que enviara a carta anônima achava que a mãe estava de posse deles? Tudo para Lucas era muito novo e estranho, mas, como sempre fazia quando não tinha respostas, parou de fazer perguntas e deixou que a vida se encarregasse de trazer as respostas.

"É mais fácil desenvolver a capacidade de criticar do que qualquer outra habilidade."

Zeuxis

Na ausência de José, que continuava viajando com Francisco, Antonia recebia visitas no castelo com a mesma frequência. Certo dia, o padre Aurélio, sempre aparentando ter boas intenções para mascarar seu real interesse, resolveu ir até lá.

Ao lado de Eliza, sua filha caçula, Antonia ouvia atentamente a história que o padre contava sobre Charlotte, filha de Manoel, o mercador de lã.

— A mulher foi à igreja pedir uma solução para o problema da filha. Só o exorcismo poderá livrar aquela menina do sofrimento — disse o padre, categórico.

Eliza se contraiu. Não aceitava que a solução para os medos que afligiam a alma fosse o exorcismo.

— Padre, o senhor acha mesmo que ela esteja com demônios no corpo? — perguntou.

O padre Aurélio olhou para ela com ar de superioridade.

— É evidente que sim, minha jovem — ele disse. — E se eu deixar que esta menina espalhe a loucura pelo vilarejo, teremos grandes problemas!

Antonia concordava com a solução proposta pelo padre. Temia o perigo que a menina poderia representar para o povoado, e foi incisiva ao afirmar que não mediria esforços para convencer Manoel a receber o padre em sua casa.

— Mas Samara não diz que a menina está curada? — questionou Eliza, assustada.

— Isso é o que vamos ver! — determinou Antonia. Eliza sentiu um inesperado frio na espinha.

"Existiria a verdade
Verdade que ninguém vê
Se todos fossem no mundo iguais a você."

Vinicius de Moraes, "Se todos fossem iguais a você"

Francisco e José estavam tendo uma viagem tranquila. Talvez apenas com uma leve preocupação por parte de Francisco que, atencioso como sempre, percebera algumas alterações na pele do conde. É possível que nem tivesse ficado preocupado, mas achara estranho ao notar que o pai tentava disfarçá-las, para que ninguém as notasse. Parecia que algo errado estava acontecendo.

Certa tarde, quando estavam descansando um pouco antes de continuar, José percebeu que Francisco estava pensativo, com um semblante de contentamento.

— O que você tanto pensa, meu filho? — perguntou José, com interesse.

— Conheci uma moça diferente de todas da região — o menino respondeu, deixando que o entusiasmo transparecesse em sua voz.

José conhecia aquele sentimento. Sabia que, sempre que a paixão chegava, não importavam os defeitos da amada: ela era diferente de todas as outras mulheres.

— E posso saber quem é essa moça?

— É uma moça nova na vila — disse, mas não estendeu o assunto. — Pai, estive pensando... Temos que nos casar sempre com uma mulher de bom dote?

José preocupou-se. Lembrou-se de Rebeca e de sua covardia por ter abandonado a pobre moça grávida. E recordou a promessa que fizera a si mesmo: voltaria mudado da viagem e faria tudo o que tivesse vontade de fazer.

— O conselho que posso lhe dar é não se preocupar com essas coisas agora. Chegará a hora certa. Ou você já está pensando em se casar com uma moça que acabou de conhecer?

Francisco vacilou. Não sabia que aquele assunto irritaria o pai. E, embora soubesse que era cedo para falar em casamento, era a primeira vez que se flagrava pensando em uma garota noite e dia.

— Vamos — disse José, encerrando o assunto e se levantando num pulo. — Acho que já descansamos demais.

"Seja qual for a experiência que venha a você, deixe-a acontecer e depois siga em frente, descartando-a. Vá limpando sua mente o tempo todo; vá morrendo para o passado, de forma a permanecer no presente, no aqui e agora, como se tivesse acabado de nascer, como se fosse um bebê.
No começo isso será muito difícil. As pessoas começarão a tirar vantagem de você. Deixe que o façam. São uns pobres companheiros. Ainda que trapaceiem com você, que

o enganem e roubem, deixe acontecer, porque aquilo que é realmente seu não pode ser roubado, o que realmente lhe pertence ninguém pode tirar de você."

Osho

A vida de Ana Clara mudou. Mesmo evitando Rebeca e Rita, para que ambas não descobrissem que sabia da traição de Samuel, sentia pontadas de arrependimento por não ter tido uma conversa franca com a mãe. Sabia que ela continuava encontrando-se às escondidas com Samuel, e o falatório já se espalhara.

Rita continuava uma pessoa amarga, e, depois que descobrira a traição do marido, parecia ter enlouquecido de raiva. Passava dias e noites tramando contra ele e contra a mulher com a qual fora visto na cidade, mas não suspeitava de que Ana Clara soubesse quem ela era. Muito menos que fosse sua mãe.

Foi em uma tarde nebulosa que uma visita inesperada anunciou o início de uma grande desgraça. Ana Clara estava no final de um dia de trabalho na casa de Rita, entoando uma canção de ninar para Daniel, quando Tiago apareceu. Era o irmão de Samuel, com o qual Rita havia cometido adultério. Assim que soube da traição do marido, Rita mandara um recado ao cunhado, dizendo que precisava lhe falar com urgência. E ele caíra na armadilha.

A partir daí, tudo aconteceu muito rapidamente. Rita pediu que Ana Clara fosse para fora com o bebê e os deixasse a sós. Ana Clara não sabia que Tiago era o tal irmão de quem Samuel suspeitava e nem teve a malícia de imaginar que Rita estaria pensando em trair o marido na própria casa, por isso permaneceu muito calma, brincando com o bebê. Rita entrou e fechou a porta. Só que ela não contava com o que o destino lhe reservara. Nesse dia, Samuel chegou mais cedo do trabalho.

Ao se aproximar de casa, não podia suspeitar do que estava acontecendo lá. Encontrou com Ana Clara na porta de casa, mas esta, sem nenhuma preocupação e sem imaginar nenhuma maldade, cumprimentou-o educadamente antes de vê-lo entrar.

Samuel flagrou a esposa deitada nos braços de seu irmão. Eles dormiam, inconsequentes, e não despertaram.

A cena avivou um ódio antigo, difícil de ser colocado em palavras. Samuel saiu para a rua, para onde Ana Clara dizia palavras amorosas para o bebê. Ao vê-lo, Ana Clara entendeu imediatamente que algo terrível acontecia. Samuel tirou da bolsa um punhal que carregava sempre consigo. Ele parecia ter saído para que pudesse pensar no que fazer, mas, repentinamente, sua feição mudou. Um ódio se instalava em seu coração. Sua respiração estava curta, e as veias saltavam em sua testa.

Ana Clara percebeu que a vida podia mudar num instante. Sua intuição dizia-lhe para agir, mas não sabia como, e não tinha tempo para pensar. Pediu que as forças celestiais a ajudassem, e imediatamente a criança começou a chorar, chamando a atenção de Samuel. O choro era forte, a ponto de fazer o casal adúltero despertar. Samuel olhou para Ana Clara, que estava lhe estendendo seu filho, e também se pôs a chorar. Largou o punhal e jogou-se no chão, escondendo o rosto com as mãos, arrependido da intenção que tivera segundos antes. Mas não pegou o bebê que Ana Clara lhe estendia.

Tiago saiu da casa atônito com o flagrante e correu para longe, em disparada. E Rita ficou saboreando sua doce vingança.

Ana Clara entrou na casa com o bebê aos prantos e tentou acalmá-lo enquanto a cena se desenrolava. Quando ele se acalmou, deixou-o dormindo e retirou-se discretamente para casa. Caminhava com passos firmes, sem sequer ouvir as vozes das pessoas com as quais cruzava durante o percurso. Queria respirar, esquecer o que tinha presenciado.

Até que uma borboleta pousou em seu ombro e chamou sua atenção. Tinha as asas brancas com suaves pinceladas de lilás. Ela voou do ombro da menina até uma pedra que estava solta no chão, deixando cair um abundante pó cintilante no caminho. Parecia encantada. Suas asas tinham um movimento harmônico e perturbador. Ana Clara ficou hipnotizada. Era um sinal. Quando olhou para a pedra em que a borboleta tinha pousado, lá estava o pergaminho. Dessa vez, sem nada que o envolvesse, exceto o âmbar dourado.

Nesse momento, uma estranha sensação de que alguém a observava começou a incomodá-la. Mas não viu ninguém por perto, nem mesmo Alaor, cuja presença tinha pressentido quando encontrara o pergaminho anterior. Quem poderia ser? Olhou novamente ao seu redor e não percebeu nenhuma movimentação.

Deu um passo à frente e tropeçou em um frasco de vidro de um formato que nunca tinha visto. Curiosa, abaixou-se para pegá-lo e teve uma intuição: "E se eu recolhesse esse pó cintilante que caiu das asas da borboleta?" Por um instante, teve medo. Poderia ser venenoso. Tirou um lenço do bolso e, com ele, recolheu todo aquele pó que desenhava um caminho no chão de pedra e guardou-o dentro do frasco de vidro.

Passou a mão com carinho sobre o ombro e lembrou-se do pequeno manto que fizera com os misteriosos cabelos de anjo que tinham caído do céu quando o pergaminho anterior aparecera. Recordou, com alegria, o momento em que começou a tecê-lo e chegou à conclusão de que aqueles fios tinham a medida exata para um manto. Não precisava de nenhum ritual para se sentir protegida por eles. Simplesmente acreditava. E, assim, eles ganhavam poder.

Era sobre isso que falava o pergaminho, e era de acordo com ele que ia proceder dali em diante. Sabia que o pó das asas da borboleta teria uma utilidade. E, mesmo que não tivesse, ficaria contente em guardá-lo para recordar o momento em que encontrara mais um pergaminho.

Estava ansiosa. Queria descobrir se o documento daria alguma conclusão sobre o caminho percorrido até o momento. Queria saber se estava sendo uma boa mensageira, se estava sendo uma verdadeira fonte de luz para aqueles que a cercavam. Tinha dúvidas cada vez mais específicas sobre a origem daquelas mensagens. Quem ou o que estaria por trás delas? Era cada vez mais misteriosa a maneira como chegavam. Nenhuma lógica seria capaz de explicar aqueles acontecimentos.

Quando tocou o fino e quase imperceptível âmbar que o envolvia, ele se derreteu por completo. Em poucos minutos, uma neblina se instalou e cobriu todo o vilarejo de Montecito. No pergaminho estava escrito:

II

Todos os Filhos da Luz se perguntam: "De onde vêm as mensagens? Por que elas chegam até mim? Como é possível que essas coisas aconteçam?"
O ser humano é curioso por natureza. E não consegue acreditar em nada que não tenha uma explicação racional. Pois saiba que essa maneira de ver o mundo pode estar equivocada.
Sabia que podemos ver o passado se olharmos o espaço?

O que vemos é a luz emitida por planetas e estrelas há centenas de milhares de anos. Se você consegue observar o passado, será que não é apenas uma questão de tempo poder visitá-lo? Mas não viemos trazer respostas, viemos trazer perguntas.

Viemos sacudir sua mente e seu coração, para que eles se abram a todas as possibilidades. Se você parar para observar a vida, verá que nada tem a menor lógica. E não precisa procurar resposta para tudo.

Apenas sinta.

Faça aquilo que nunca fez, especialmente o que ainda não fez porque tinha medo de parecer boba ou fracassar. Não tenha medo de desapontar ninguém. A vida traz duras provas, mas elas só a fazem aprender e progredir. Sua luz aumenta de acordo com suas ações. E todos os Filhos da Luz, juntos, liberam uma poderosa força que não pode ser ignorada pelas trevas.

Espalhe luz pela escuridão das almas deprimidas. As pessoas causam dor umas às outras. Existe dor demais no mundo. Não sofra com elas.

Só há um lugar no qual toda a verdade é sustentada com firmeza e nunca muda. Esse lugar é o seu coração. Quando não souber o que dizer, use-o. As coisas começam a fluir quando isso acontece. Tenha coragem de soltar as amarras de tudo que a prende e sufoca. Isso a faz sofrer. Libere a dor. Os tempos serão difíceis.

Não perca seu objetivo de vista.

Sua intuição deve ter lhe dito para recolher o pó cintilante deixado pelas asas da borboleta. Tenha cuidado ao manuseá-lo e guarde-o em um frasco de vidro, de forma

que ninguém possa tocá-lo. Você encontrará utilidade para ele. Será uma força de proteção.
Lembre-se: ele será útil num momento de perigo.

Enquanto observava as letras se desintegrarem, Ana Clara percebeu que o conteúdo do pergaminho era cada vez mais forte. E sempre tinha alguma ligação com o momento da vida pelo qual estava passando. Seria coincidência ou estava sendo realmente observada por forças mais poderosas do que poderia imaginar?

"É melhor, muito melhor, contentar-se com a realidade; se ela não é tão brilhante como os sonhos, tem pelo menos a vantagem de existir."

Machado de Assis

Sem notícias do pai ou do irmão, que estavam demorando para voltar da viagem, Joana ficava cada dia mais tensa. Sabia que as notícias ruins chegam rápido, mas tinha medo do que poderia ter acontecido aos dois. Francisco costumava enviar mensageiros para deixar as irmãs e a mãe despreocupadas, mas desta vez não tinha feito isso. Joana lembrou que Izabel dissera, certa vez, vendo-a envolta em um manto de aflições: "O equilíbrio e a calma são essenciais para quem quer ter discernimento e sabedoria. Não vou dizer que você não vai sofrer, pois quem vive está sujeito a tudo. Mas posso lhe dizer como suportar o sofrimento e aprender com ele. Basta se libertar do medo."

Bastava se libertar do medo...

Mas era justamente ele que não a deixava em paz. Na capela do grandioso castelo, Joana observava o sol que se refletia nos vitrais, criando sombras quase assustadoras. Eram as vibrações de seu pensamento, quase perceptíveis a olho nu.

> *"Teu destino está constantemente sob teu controle.*
> *Tu escolhes, recolhes, eleges, atrais, buscas, expulsas, modificas tudo aquilo que te rodeia a existência.*
> *Teus pensamentos e vontade são a chave de teus atos e atitudes. São as fontes de atração e repulsão na*
> *tua jornada vivência.*
> *Não reclames nem te faças de vítima.*
> *Antes de tudo, analisa e observa.*
> *A mudança está em tuas mãos.*
> *Reprograma a tua meta.*
> *Busca o bem e viverás melhor.*
> *Embora ninguém possa voltar atrás e fazer um novo começo, qualquer um pode começar agora e fazer um novo fim."*
>
> *Francisco Cândido Xavier, Bênção*

No vilarejo, bastava que algo diferente acontecesse para que todo o povoado ficasse em polvorosa. E não tinha demorado a se espalhar o boato de que Ana Clara impedira Samuel de assassinar a mulher. Poucos sabiam o que realmente havia acontecido, mas diziam que a menina tinha interferido na situação e convencido Samuel a não fazer nada contra a mulher. E cada um que contava a história incrementava-a do seu jeito, acrescentando pitadas de maldade que a deixavam ainda mais intrigante.

Ana Clara não via com bons olhos nenhum dos comentários. Não tentava defender-se, muito menos contar sua versão dos fatos. Só deixava que o povo falasse, pois acreditava que sua conduta diria mais do que qualquer palavra.

Mantinha a seriedade quando os vizinhos lhe perguntavam o que realmente havia acontecido e fugia de mexericos e comentários negativos, sem dar confiança às fofocas.

Só que o adultério, que havia se tornado do conhecimento de todos, não poderia ficar impune naquele condado. O conde José teria julgado o caso, normalmente, mas ele estava ausente, e Ademir, um de seus vassalos, com o apoio do padre Aurélio e com o incentivo de Antonia, resolveu fazer um julgamento em praça pública. Um júri foi convocado para decidir qual seria o castigo imposto a Rita.

Todos se reuniram na praça, e Ana Clara foi convocada a comparecer como testemunha. Samuel preferiu não falar diante da multidão, mas Ademir relatou toda a história da traição de Rita com Tiago, irmão de Samuel, para que as pessoas do júri decidissem o que deveria ser feito. Seria inevitável que a punissem com a morte.

Os insultos e a gritaria eram incontroláveis e, entre as vozes, um homem determinou que ela deveria ser apedrejada em praça pública. Imediatamente todos concordaram. Padre Aurélio pediu que se acalmassem e lembrou que havia uma testemunha que não fora ouvida. Perguntou então a Ana Clara se ela gostaria de dizer algo.

Ana Clara sentiu-se acuada e ruborizou. Não esperava que fossem consultá-la, e muito menos que sua opinião tivesse algum valor. Enquanto todos esperavam que ela falasse, veio-lhe à mente uma mensagem que havia ouvido em uma das histórias que a mãe lhe contara na infância em seus raros momentos de intimidade. Mas não sabia se teria coragem de verbalizá-la diante de todos.

Olhou para Samuel, nitidamente arrependido por ter provocado a situação, e para Rita, que parecia apavorada diante da possibilidade de ser apedrejada. Foi então que pediu inspiração à voz que sempre a instruía nos momentos de dificuldade. Respirou fundo e decretou, com uma autoridade que nem ela mesma conhecia: "Aquele que nunca tiver pecado que atire a primeira pedra."

Imediatamente, todos baixaram os olhos. O padre Aurélio ficou constrangido. Se ele, que pregava o Evangelho, não concordasse com o que a jovem dissera, repetindo as palavras de Jesus, o Filho de Deus, a igreja ficaria em uma posição desconfortável. Teria que ajudar a inocentar a mulher de Samuel.

— A testemunha usou de profunda sabedoria — exclamou o representante da Igreja, como se a tivesse consultado para testar seus conhecimentos.

Na verdade, esperava que ela fizesse um discurso herege, do qual pudesse se aproveitar para denunciá-la mais tarde. Mas a filha de Rebeca dissera palavras sagradas. Parecia contraditório aos ouvidos do padre, mas ele estava diante de todo o vilarejo, que aguardava uma decisão.

Ademir e padre Aurélio se entreolharam, como se concordassem com o veredicto. Um a um, os moradores da vila foram abandonando a praça rumo às suas casas. O escândalo os tinha feito refletir sobre os próprios atos.

E foi assim que Ana Clara viu-se diante de um verdadeiro milagre. Rita estava salva.

"Pensai como se cada um dos vossos pensamentos tivesse de ser gravado a fogo no céu, para que todos e tudo o vissem. E verdadeiramente assim é.
Falai como se o mundo todo fosse um único ouvido atento a escutar o que dizeis. E verdadeiramente assim é.
Agi como se todos os vossos atos tivessem de recair sobre a vossa cabeça. E verdadeiramente assim é."

Mikhail Naimy

O convento estava em polvorosa. As freiras não conheciam Ana Clara, mas admiravam a audácia e a sabedoria com que impedira um assassinato e salvara Rita da morte. Izolda, a madre superiora, que sempre se empenhara em impedir que as irmãs e noviças tivessem acesso a qualquer informação do vilarejo, não conseguira conter a disseminação da notícia. Desde que soubera da presença de Ana Clara no vilarejo, estava atenta a seus passos. A menina, filha de mãe solteira, em pouco tempo já chamara a atenção para si. E o pior: como se fosse uma santa. Enquanto observava a paisagem pelo vão da janela, Izolda imaginava o que faria para calar a jovem.

> *"Quando você começa a entrar em um padrão mental negativo e a pensar como sua vida é horrível, isso quer dizer que o pensamento se alinhou com o sofrimento, e que você passou a estar inconsciente e vulnerável a um ataque do sofrimento."*
>
> *Eckhart Tolle*

Distante de casa, em um condado onde ninguém o conhecia, Francisco temera o retorno ao vilarejo. Agora, sem uma única fagulha de alegria em seu espírito, era como se estivesse voltando derrotado de uma batalha. Enquanto subia uma colina, numa terra distante, montado em um cavalo ofegante, pensava em como explicaria a ausência de José. Com certeza seu semblante o entregaria, mas não tinha forças para lutar contra os fatos, e se sentia acovardado diante dos acontecimentos.

No início da viagem, percebera na pele do pai indícios de alguma enfermidade e o ajudara a cobrir o corpo para esconder dos mercadores a possível doença. Sabia que, caso vissem as manchas, denunciariam-no como leproso. Não entendia como José tinha sido contaminado, mas sabia que a lepra era algo que a Igreja considerava uma marca ou um castigo de Deus.

Mas não tivera escapatória. Em questão de dias, os viajantes o apontaram às autoridades religiosas, para que fosse julgado ali mesmo, num povoado tão distante de suas terras. Acompanhado por Francisco, José comparecera dignamente ao julgamento, onde o aguardava um júri composto por um médico, um preboste e um padre, que, após aplicarem supostos testes, dos quais só eles poderiam compreender a validade, confirmaram a doença.

Francisco sentiu-se destruído com o veredicto. Uma vez estabelecido que o julgado havia contraído lepra, o portador da doença era excomungado e excluído de toda vida social e da comunidade. O rapaz sofria porque não conseguira impedir que o pai fosse confinado em um leprosário afastado da cidade. Não poderia mais ter contato com ele. Para confortá-lo, os sacerdotes lhe disseram que, após um longo período de dor e sofrimento, a alma de José seria salva.

Francisco preferia ter sido maculado pela doença a deixar o pai abandonado em um leprosário. Por mais que fosse improvável que alguém da região já tivesse tomado conhecimento da situação, temia que a notícia tivesse chegado antes dele aos ouvidos das irmãs. Sabia que a mãe era forte, mas Joana e Eliza não resistiriam a tamanho sofrimento.

Olhou para suas vestes, que já cheiravam mal devido à longa viagem, e pensou que, embora seu pai pudesse estar infectado por fora, por dentro sua essência mantinha-se inalterada. Assim via José, marcado pela lepra, mas com um coração mais digno e puro do que o de qualquer outro homem que conhecera.

Depois do julgamento de Rita, Ana Clara estava cansada. Parecia que sua energia tinha sido sugada por completo. Ouvia vozes condenando-a pelo que havia dito. Seus pensamentos estavam tumultuados. Não saberia dizer por quê, mas seu corpo estava enfraquecido, como se tivesse perdido a vontade de lutar. Embora tivesse vencido uma batalha, naquele momento sentia-se como se tivesse despertado forças que não desejavam seu bem.

Era como se todas as atenções daquele vilarejo se fixassem nela, minando todas as suas forças. Fraca, deitou-se na cama de palha e não conseguiu levantar-se nem para ir trabalhar. Precisava descansar para assimilar aqueles acontecimentos. Só saberia que Samuel dispensara seus serviços mais tarde, quando ele a notificaria pessoalmente da decisão.

> *"Toda ideia nova forçosamente encontra oposição, e nenhuma há que se implante sem lutas. Ora, nesses casos a resistência é sempre proporcional à importância dos resultados previstos, porque, quanto maior ela é, tanto mais numerosos são os interesses que fere."*
>
> *Allan Kardec*

A notícia sobre o julgamento de Rita se espalhara rapidamente pelo vilarejo. Todos falavam sobre o comportamento da mulher adúltera, assim como as sábias palavras de Ana Clara, que a livrara de uma condenação. Enquanto os comentários corriam à solta pelas ruas, Rebeca só tinha medo de que pudessem descobrir seu romance com Samuel. Tinha colocado um ponto final na relação quando percebera que poderia ser descoberta. Tinha pavor só de imaginar seu nome na boca do povo, porque sabia que a fofoca se espalharia como uma praga. "Graças a Deus ninguém ficou sabendo que estávamos nos encontrando. Seria um escândalo", pensou.

E teve pena de Samuel. Sabia que ele não gostava de Rita e que vivia com ela só porque ela engravidara. Além disso, suspeitava que ele não fosse pai da criança.

Tinham se envolvido em um período conturbado. Rebeca não conseguira dizer não a ele quando Samuel lhe pedira um momento a sós. Ele sempre a cortejava e a acompanhava até sua casa. Depois de alguns dias de conversa, o envolvimento foi inevitável. Ela tinha medo, mas sua carência falou mais alto. E ali estava ela novamente em um relacionamento impossível.

Depois de quase ter acontecido uma desgraça, Rebeca se arrependeu e cortou o mal pela raiz. Desapareceu da vida de Samuel e prometeu a si mesma evitar qualquer envolvimento com homens casados ou com aqueles que jamais a assumiriam.

Estava aliviada, pois tinha tomado a decisão certa. Era tentadora a possibilidade de estar com Samuel novamente, mas não tinha coragem de continuar.

Já fizera bobagens demais no passado. Ah, o passado... E não queria se arrepender mais uma vez.

Depois de alguns momentos de perturbação, fechou os olhos e inspirou profundamente. Foi inevitável que todas as lembranças boas e ruins da época em que fora feliz com outro homem lhe viessem a mente. Por mais que tentasse, não conseguia apagar da memória todos os momentos marcantes em que estivera com José, o pai de sua filha. E Rebeca não queria errar novamente. Não queria se iludir ou se entregar a um novo amor. Sabia que a aventura com Samuel seria breve. As decepções com José já a tinham feito aprender duras lições.

Uma lágrima escorreu de seus olhos. O romance com José e toda a consequência daquele amor tinham deixado cicatrizes. O tempo, nesse caso, não tinha sido um grande aliado para amenizar a dor que o abandono e a rejeição lhe causaram.

Era uma mulher infeliz. E não achava que seria capaz de lutar por sua felicidade. Perdera os sonhos e a esperança que alimentava quando jovem. E achava que o amor era uma grande ilusão. Uma ilusão da qual podia escapar se fugisse a tempo de não se envolver.

5

"Entretanto, você precisa consultar seu coração quanto a essa questão, porque, como verá um dia, um sábio se governa pelas estrelas interiores. As estrelas do céu exterior servem apenas para dar a ele um conhecimento mais exato dos aspectos das estrelas daquele céu interior que está em todas as criaturas."

Paracelso

Mesmo estando na floresta, Izabel ficou sabendo como Ana Clara agira no julgamento de Rita. Decidiu que, pela primeira vez em muitos anos, iria à vila, pois queria visitar a jovem. Tentou ser discreta, para que não notassem sua presença quando atravessasse os portões do vilarejo. Os guardas nem prestaram atenção nela, estando mais entretidos com uma briga entre comadres, que batiam boca no meio da rua.

Izabel caminhou por ali, nostálgica, e, quando se viu diante da casa na qual passara a infância com Maria, não conseguiu conter a emoção. Tantos anos se haviam passado... Chamou Ana Clara, que, segundos depois, apareceu à porta com um ar cansado. Izabel pensou que talvez não fosse uma boa hora, mas logo descobriu que não haveria momento mais propício para a visita. Ana Clara estava apreensiva, pois acabara de ser informada da decisão de Samuel. Ele não a queria mais em sua casa.

Contou a Izabel o desfecho da história, inclusive as sensações que tivera logo depois de receber a notícia, quando se sentira esgotada até para reagir aos pensamentos negativos que a perturbavam.

— Além disso — a jovem continuou —, não consigo mais ver a imagem que aparecia diante de mim. Nem ter pressentimentos que me guiem.

— Não basta que o espírito queira aparecer, nem que a pessoa o queira ver — Izabel a acalmou. — É necessário que os fluidos de ambos possam combinar-se para que se crie entre eles uma espécie de afinidade.

Ana Clara não conseguia entender.

— Quer dizer que não estou conseguindo mais ter nenhuma intuição, nem sentir ou ver a presença de minha avó, porque estou desacreditando em mim mesma?

Izabel percebeu que Ana Clara estava começando a captar.

— Sim, de certa forma. Você deve se lembrar de que falamos que a afinidade existe entre pessoas que vivem neste mundo e aquelas que não podemos ver. Se não estivermos vibrando na mesma sintonia, certamente não conseguiremos nos conectar com as energias do divino.

A jovem desatou a chorar. Sentia-se um alvo fácil na boca dos vizinhos maldosos, e sua tentativa de ser boa e justa, defendendo Rita naquele tribunal público, parecia ter se voltado contra ela. Era como se escutasse as queixas de todos aqueles que, embora pensassem como ela, nada haviam dito no momento do julgamento. E explicou o que estava sentindo a Izabel.

— Não são só as palavras que podem ser ouvidas. As emanações do pensamento também. O pensamento tem a força de construir e de destruir — a velha senhora explicou.

— Quer dizer então que posso sentir o pensamento dos outros? Mas eles me ferem como se fosse eu que estivesse pensando. Que complicado! — disse.

Izabel explicou que muitas magias eram feitas com palavras.

— As palavras têm poder. Por isso, devemos ter cuidado com elas.

— Mas como posso me defender desses pensamentos negativos? Quem pensa contra mim pode me afetar?

Foi então que Izabel lhe ensinou um grande segredo.

— Quando temos força interior, nada pode nos derrubar. Por isso, devemos orar e vigiar sempre. Jesus já dizia isso. Temos que ter convicção no que acreditamos, porque, quando duvidamos de nós mesmos, abrimos brechas para que os pensamentos alheios nos perturbem.

Ana Clara parecia satisfeita com a explicação. Sua sede de aprender era cada vez maior. Não se deixaria vencer.

— Tenho mais uma pergunta — disse a menina, timidamente. — A senhora não acredita na Igreja, mas acredita em Deus e acabou de falar sobre Jesus. Comunica-se com espíritos da Terra, conta histórias sobre fadas que vivem na floresta, energias...

Izabel já sabia qual era a dúvida da garota. Ela estava no caminho certo.

— Ana Clara — interrompeu —, não preciso de nada que faça a mediação entre mim e Deus. E não acho que Deus queira castigar a raça humana. Ele quer que sejamos felizes. Jesus foi um homem que se dizia filho de Deus, como todos nós. Fez bem a muitas pessoas, servindo de exemplo até os dias de hoje. Acredito que Deus tenha dado vida às plantas, a toda a natureza, e que tudo tenha o sopro divino. Chamo isso de energia. E a energia paira por aí.

E continuou:

— Precisamos cada vez mais nos conectar com a natureza, com tudo aquilo que é bom. Quando paro diante de minha cabana, ouço o silêncio e, com ele, os mais diversos sons. No início, ficava com medo deles. Mas depois, quando me acostumei, vi que eles são tão harmônicos que parecem uma sinfonia. — Ela sorriu, daquele jeito que fazia as covinhas surgirem em seu rosto, e continuou: — Acho que seres invisíveis devem brincar com a natureza. Eles trazem à Terra a leveza dos céus. Mas estão extintos, porque só podem ser percebidos quando há amor no mundo. E as pessoas estão cada vez mais sem amor no coração, mesmo aquelas que se dizem fiéis a Deus e à Igreja.

Ana Clara concordou. Percebia que as pessoas andavam amarguradas, insatisfeitas e tristes pelas ruas, como se carregassem o fardo de estarem vivas. Não percebiam que viver é uma dádiva, e que é preciso encantar-se com os mistérios da vida.

— As pessoas não param para refletir sobre quem são, sobre o que estão fazendo neste mundo, sobre o que podem fazer por ele, pelos outros e por si mesmas. Ficam fugindo o tempo todo, procurando o que fazer, e nem sabem por que estão fazendo aquilo. Elas fogem de si mesmas — completou Ana Clara.

— Elas podem estar fugindo de si mesmas porque têm medo daquilo que vão encontrar — salientou Izabel. — Por isso, a viagem mais difícil é aquela que a leva para dentro de si mesma.

A senhora sábia da floresta explicou a Ana Clara que a viagem rumo ao autoconhecimento era para poucos. Só os que têm coragem conseguem abrir a caixa de Pandora. Porque as pessoas carregam dentro de si uma bagagem da qual não conseguem se livrar: medos, culpas, mágoas, insatisfações — sentimentos que, uma vez descobertos, devem ser expurgados.

— Mas as pessoas vivem com eles diariamente sem perceber. E preferem apontar para os outros em vez de olharem para si mesmas — disse a jovem. — Talvez seja por isso que poucas pessoas vão atrás de seus sonhos. — Izabel ficou curiosa. Ana Clara jamais falara de perspectivas para o futuro. — Ninguém sabe o que quer da vida — ela continuou. — As pessoas são levadas e esmagadas pelo tempo. Não param para refletir sobre o que estão fazendo consigo mesmas. O tempo passa, elas vão acumulando insatisfações, e, quando estiverem perto do fim, olharão para trás e verão que não fizeram nada do que gostariam de fazer.

— Tudo está interligado — completou Izabel. — A energia da insatisfação pessoal vai gerando um clima de derrotismo e pessimismo que faz as coisas piorarem ainda mais. É por isso que existe pouca esperança. Os que têm sonhos são desencorajados a seguir adiante, e a esperança vai morrendo aos poucos. Sabe o que acontece quando ela morre?

Ana Clara pensou por alguns instantes e não conseguiu responder à pergunta. Izabel prosseguiu:

— Quando isso acontece, não há mais motivo para viver. Então, em vez de alimentar sonhos e pensamentos positivos em relação ao futuro, as pessoas se tornam vítimas do destino que elas mesmas criaram. Matam a esperança, perdem a fé, deixam a chama do amor se apagar, exterminam o entusiasmo e a alegria, e depois se perguntam por que a vida delas é tão vazia.

— E aí a tristeza se instala — completou Ana Clara —, trazendo vibrações negativas que atraem acontecimentos ainda mais negativos.

As duas estavam contentes. Decifrar o ser humano era uma das tarefas mais complicadas, mas com certeza a mais deliciosa.

Quem interrompeu a conversa foi a intempestiva Rebeca, que esfregou os olhos com força quando viu que Izabel estava em sua casa. Era sua tia. Era a mãe de Maria! Sem saber o que dizer, ou como se expressar, deixou escapar:

— Você... Não está morta?

Com os olhos arregalados de espanto, a mãe de Ana Clara percebeu o que acabara de dizer. Mas ainda não tinha conseguido entender o que Izabel fazia ali naquela casa, depois de tantos anos desaparecida.

Quem não acreditou no que estava acontecendo foi Ana Clara. Se já era estranho ver coisas que ninguém via, mais estranho ainda era receber em casa pessoas que já tinham morrido. Foi Izabel, com sua voz rouca e pausada, que explicou a Ana Clara tudo que acontecera.

— Sou irmã de Maria, sua avó. Morava com ela nesta casa, e com seu avô também. Mas certo dia soubemos que eu passaria a ser perseguida. Izolda, a madre superiora do convento, mandava recados cada vez mais ameaçadores. — Fez uma pausa e depois continuou, com a voz mais fraca: — Não tive escolha, a não ser deixar o povoado e fazer Maria prometer que não contaria a ninguém sobre o meu destino.

Enquanto Rebeca sentia um misto de alegria, por recuperar parte do seu passado, e mágoa, por Izabel ter ficado tanto tempo sem entrar em contato, mesmo sabendo que elas passavam por dificuldades, Ana Clara sentiu-se envolta em uma névoa branca. Sentiu uma presença quase palpável. E imaginou que Maria estivesse ali presente, vibrando para que elas se reconciliassem. A jovem fechou os olhos, deixou-se levar pelos sentidos e foi repetindo as palavras que brotavam em seu coração:

— Sei que há um tempo de nascer e tempo de morrer. E, em todos os momentos de nossa vida, lidamos bem com o nascimento, mas tememos a morte. Há tempo de ficar triste e tempo de se alegrar, o que acontece todos os dias, numa sucessão de emoções que mal podemos conter.

Parou para tomar fôlego, imersa em uma onda de paz, e prosseguiu:

— Há um tempo de rasgar e um tempo de remendar, porque, apesar de nossos erros, sempre teremos a chance de consertá-los. Basta querer. Há um tempo de guerra e um tempo de paz. E, apesar de a guerra ser uma interminável luta dentro de nós, devemos procurar a paz, porque ela deixará nossos corações felizes e aliviados.

As três se entreolharam e começaram a chorar como crianças. Rebeca deixou que a mágoa que guardava em seu coração se dissipasse. Sentiu a presença de Maria, abençoando aquele momento. Aproximou-se de Izabel, e as duas se abraçaram. Agora seriam uma família. Acabara o tempo de guerra. Começaria o tempo de paz.

— A fé deve estar presente em todos os momentos da nossa vida — balbuciou Ana Clara, completamente absorta em uma profusão de sentimentos. — É ela que moverá montanhas, permitirá que superemos os momentos difíceis e conquistemos tudo aquilo que desejamos.

Aproveitando aquela harmonia, revelou à mãe o que Izabel já sabia: seu toque fora capaz de abrir o pergaminho. E ela tivera acesso a novos ensinamentos. Rebeca olhou para a filha. Também tinha muito a lhe contar. Mas teria tempo. As três se abraçaram, e Rebeca sussurrou no ouvido da filha:

— Bem-aventurados os puros de coração, porque eles verão a Deus. Era o amor que se instalava naquela casa, definitivamente.

"Um guerreiro da luz muitas vezes desanima. Acha que nada tem a emoção que ele esperava despertar. Muitas tardes e noites, é obrigado a sustentar uma posição conquistada,

sem que nenhum acontecimento novo venha lhe devolver o entusiasmo. Seus amigos comentam: 'Talvez sua luta já tenha terminado.' O guerreiro sente dor e confusão ao escutar esses comentários, porque sabe que não chegou aonde queria. Mas é teimoso, e não abandona o que decidiu fazer. Então, quando menos espera, uma nova porta se abre."

Paulo Coelho, Manual do guerreiro da luz

Enquanto a família de Ana Clara vivia um tempo de paz, a vida de Francisco passava por tenebrosas tormentas. Depois de seguir viagem por dias, permitia-se descansar por algumas horas recostado no tronco de uma árvore. Fechava os olhos e imaginava como contaria à mãe e às irmãs sobre a doença do pai. Ele próprio ainda não conseguira digerir tudo o que acontecera. Relembrou todos os instantes desde que vira as primeiras feridas no corpo de José, no início da viagem, e sentiu calafrios. "Será que eu poderia ter evitado o pior?", pensou, com uma culpa avassaladora na consciência. Achava que poderia ter feito algo antes que o pai tivesse sido descoberto.

Já podia prever as consequências que a notícia teria no povoado e a destruição que se abateria sobre toda a família. A mãe certamente ficaria horrorizada, as irmãs teriam uma crise de choro, e ele carregaria nos ombros o peso da culpa por não ter conseguido evitar o pior.

O tamanho dos problemas chegava a nublar sua visão. No meio do tormento, suspirou e se lembrou da menina que conhecera antes de viajar. Não conseguia tirá-la da cabeça. Seu jeito, sua maneira de sorrir, de falar e de gesticular traziam-lhe um conforto que ele jamais conseguira ter com ninguém em sua família. E a vira apenas uma vez.

Estava habituado às mulheres que encontrava nos jantares que a mãe promovia no castelo, e nunca conhecera ninguém tão interessante. Algo nela lhe prendia a atenção, algo que não podia ver com os olhos, mas conseguia sentir com o coração.

"Há pessoas que transformam o Sol numa simples mancha amarela, mas há aquelas que fazem de uma simples mancha amarela o próprio Sol."

Pablo Picasso

Ana Clara era pura felicidade. Desde que Izabel resolvera voltar a viver na antiga casa de Maria, sentia-se mais segura, protegida e amada. Ajudara a tia-avó a levar seus pertences para lá e não se cansava de tentar agradá-la, preparando novos pratos e desfrutando de sua companhia. Em vez de ficar enciumada, como era de se esperar, Rebeca gostara da novidade. Era bom ter a tia por perto. Sentia-se mais forte com a presença de Izabel.

A energia na casa era a mais alegre possível. E foi nesse clima que Rebeca deu uma notícia a Ana Clara: Manoel, o mercador de lã, precisava de uma pessoa de confiança para ajudar nos trabalhos da casa e pensara na filha de Rebeca.

Radiante, a jovem foi até a bela casa de Samara e Manoel. Já ouvira os boatos dos vizinhos a respeito da filha deles, a quem se referiam como "a louca da feira", mas nunca dera ouvidos aos comentários.

Mesmo sem saber o que iria encontrar, Ana Clara entrou sorridente na casa deles. Percebeu que o local era bem diferente da sua casa, e que a família devia ter costumes requintados, mas não se atreveu a dizer nada. Esperou que Manoel falasse.

— Ana Clara, precisamos de uma pessoa que não comente fora desta casa o que vir dentro dela. — A jovem ficou assustada. Imaginou o que poderia acontecer de tão terrível ali que tivesse que ser mantido em segredo. Ficou em silêncio, e ele continuou:

— Nossa filha, Charlotte, tem problemas. O padre quer exorcizá-la, o que nem eu nem minha esposa desejamos. Por isso, tentamos ser discretos e não comentamos o estado dela. Você entendeu?

Ana Clara já tinha ouvido falar sobre rituais de exorcismo e sentiu um frio percorrer-lhe a espinha.

— Sou uma pessoa discreta, senhor Manoel — respondeu.

— Nós tivemos certeza disso ao observar sua conduta. Ficamos muito admirados pelo modo como testemunhou no julgamento de Rita. Sabemos que você não foi batizada e que Rebeca é mãe solteira, mas também sabemos que não é má pessoa.

Então Manoel voltou a falar de Charlotte, e Ana Clara percebeu que ele precisava desabafar.

— Essa situação faz com que nos sintamos frustrados como pais. Talvez com alguém da mesma idade ela sinta confiança para se abrir e conversar sobre o que a aflige.

Ana Clara entendeu tudo. O que o mercador de lã queria era uma amiga para a filha, alguém que a ouvisse sem julgá-la. E ela não a julgaria.

— Posso conhecê-la? — perguntou.

Manoel pediu que ela esperasse um pouco e foi chamar Samara e Charlotte. Enquanto as aguardava, Ana Clara pensou em como uma jovem com pais tão compreensivos podia ter algum tipo de sofrimento.

Então a menina apareceu, de cabeça baixa. Era linda. Parecia tímida e tinha um olhar triste e indecifrável, como se olhasse e não visse nada. Magra, de cabelos loiros e compridos, tinha as maçãs do rosto salientes, em perfeita harmonia com os lábios carnudos e rosados.

Depois que foram apresentadas, Charlotte não disse nada. Alguém chamou Samara e Manoel lá fora, avisando-os de uma mercadoria que deveriam entregar, e as duas jovens ficaram a sós. Farta de tentar explicar o que sentia, Charlotte continuou calada. Estava nervosa, pois os pais tinham colocado uma estranha dentro da casa sem consultá-la. Como tinham sido capazes de fazer isso? Estava se sentindo insegura. Perguntou-se quem Ana Clara seria.

O silêncio atraía seus medos mais profundos. Tinha medo dele, que a obrigava a escutar seus pensamentos.

Aquela sensação de pânico era velha conhecida.

Sentia-se desconectada com o mundo, como se não houvesse segurança em lugar nenhum. Só havia sofrimento e medo. Muito medo.

Charlotte percebia quando estava prestes a passar mal. Seu corpo falava. Falava, não, gritava. E dizia que ela estava morrendo. Dava sinais. Sinais que ela reconhecia como letais. Uma simples tontura, reflexo da falta de equilíbrio, deixava o medo da morte vir à tona. Mas não era o medo da morte pura e simples. Era o medo da inexistência. De tudo se acabar e ponto. De não existir.

Quando pensava nisso, seu coração palpitava. E se a morte fosse realmente o fim de tudo? Será que viveria com aquela sensação de que tudo ia acabar até que realmente se acabasse?

Eram muitas as perguntas.

Sua cabeça explodia em pensamentos que iam mandando mensagens ao seu corpo, que respondia imediatamente. O que aconteceria depois que ela deixasse de existir? Não queria pensar, mas não conseguia evitar. A realidade parecia não ser mais real. Era como se tudo fosse ilusão. Não sabia se estava sonhando ou acordada. Havia perigo em toda parte. Só sabia que queria fugir. Fugir da morte, fugir dos medos. Queria uma saída para toda aquela aflição. Não conseguia explicar aquela sensação de impotência diante da vida. Era como se tudo fosse muito frágil. E se tudo fosse um sonho? E se aquilo em que acreditava fosse um sonho eterno? Ia acordar, em vez de morrer?

— Estou tonta. O que está acontecendo? — ela disse.

Ana Clara fitou Charlotte e se lembrou das palavras de Izabel quando fora surpreendida pelo medo na floresta. Lembrou que a mente dava o comando para o corpo e que o descontrole era fruto da própria criação. Decidida a acalmar a menina, começou a falar. As palavras saíam de sua boca espontaneamente, sem que ela tivesse premeditado.

— Não está acontecendo nada — Ana Clara disse com a voz firme. — Segure minhas mãos. Abra os olhos, respire fundo e se acalme. Nada vai lhe acontecer.

Mas Charlotte parecia tão envolvida com os próprios sentimentos que não conseguia ouvir nada além de pensamentos conturbados. Ana Clara segurou suas mãos, e a menina sentiu imediatamente uma energia nova se misturar à dela. Era algo que não conseguia decifrar, mas a despertava do pesadelo. A sensação ruim continuava, mas ela já conseguia perceber que não estava sozinha.

— Acalme-se. Seu corpo vai fazer exatamente o que sua mente está pedindo. Respire fundo e afaste os pensamentos ruins.

Charlotte não conseguia vencer o medo nem parar de dizer que estava morrendo e suplicar por ajuda. Ana Clara invocou todas as forças que podia resgatar dentro de si e começou a entoar uma canção, sorrindo, na tentativa de transmitir paz à menina. De início, Charlotte pareceu se acalmar, mas, em seguida, começou a chorar de maneira compulsiva, como quem está cansado de viver, mas tem medo de morrer.

— Não sei o que está acontecendo comigo — disse, engasgada com as lágrimas.

— Você está criando fantasmas dentro de si mesma. Toda vez que tem um pensamento, seja qual for, ele atrai a mesma onda de vibrações para perto de si. Você está pensando em coisas ruins, como medo, angústia, aflição, então vai atrair isso em dobro — explicou Ana Clara.

"Quem for feliz também tornará os outros felizes. Quem tem coragem e fé jamais permanecerá no desespero."

Anne Frank

— Mas eu simplesmente não consigo parar de pensar nisso — disse Charlotte, aflita.

— Consegue, sim. Vigie seus pensamentos a todo momento. Se começar a pensar em algo que a deixe aterrorizada, mude o foco. Suas emoções sempre responderão àquilo que sua mente criar. Seu corpo vai responder. Tenha só pensamentos saudáveis, ore com muita fé e tenha certeza de que não está sozinha neste mundo.

"Aprenda a equilibrar seus quatro corpos: o físico, o emocional, o mental e o espiritual."

Joshua David Stone

Charlotte já apresentava sinais de melhora, embora seus nervos parecessem em frangalhos.

— Não consigo mais ficar sozinha. Tenho medo de ter medo, medo de tudo — confessou, baixinho. — Acho que estou ficando louca... Às vezes, parece que nada é real... Não saberia como explicar. Como se eu estivesse em um sonho... Ou pior, em um pesadelo, e não conseguisse acordar... Como se minha vida não fosse de verdade. Como se eu não tivesse controle das desgraças que podem acontecer a qualquer momento...

— Você tem que se ajudar, antes de mais nada — alertou Ana Clara. — Sem pelo menos *tentar*, não haverá nenhuma mudança. Como você espera que mudem as reações e sensações se você age da mesma forma todas as vezes que sente isso?

— Vou tentar — disse Charlotte, respirando fundo e enxugando as lágrimas —, mas é muito difícil. Vou lhe dizer uma coisa: não sei se existe ou não, só sei que sinto. Chame de espíritos ou energias ruins, o que for. A verdade é que sinto uma coisa ruim e assustadora toda vez que tenho medo. É como se destravasse a porta do inferno e todos eles viessem em minha direção, querendo me levar com eles.

Ana Clara ficou arrepiada com as palavras de Charlotte. Tinha sido exatamente sobre aquilo que tinha conversado com Izabel. As energias, as vibrações, os espíritos perturbadores... E o próprio medo crescente dentro de Charlotte, que ela simplesmente não conseguia controlar.

— Então vamos fazer uma coisa. — Sorriu com ternura. — Vamos rezar juntas. A oração, prece, ou como quiser chamar, é a melhor forma de mudar a sua vibração e de purificar a sua alma. Porque, se você se concentra no bem e pede ajuda com sinceridade, a emanação do seu sentimento vai trazer uma resposta positiva, tanto energética como fisicamente. A oração vai acalmá-la. Não precisa ser uma prece decorada. Oração é um pedido feito com o coração, que a voz só repete. Quanto mais espontânea e sincera ela for, mais fácil de ser ouvida.

Charlotte estava cansada demais para dizer não a qualquer tentativa. Tudo o que ela queria era que aquele pavor se afastasse e aquelas sensações ruins a deixassem para sempre. Sabia que seria difícil fazer aquilo sozinha o tempo todo, mas resolveu tentar. Seu corpo tremia, e não era de frio. Era um pavor latente e que crescia à medida que ela dava forças a ele, como se o anjo da morte estivesse apenas aguardando uma respiração falhar para acabar com sua vida.

O que a menina não conseguia entender era que seu corpo respondia a tudo aquilo que sua mente criava. Quando imaginava estar em perigo, ele reagia como se isso fosse verdade e ficava em estado de alerta. As mudanças fisiológicas provocadas por aquele descontrole a deixavam ainda mais apavorada. Como se "provassem" que ela tinha o que temer.

— Você precisa ter fé — Ana Clara lhe disse. — Ter fé é simplesmente acreditar. Ter fé é o oposto do medo. Quando você tem medo, não confia, só acredita que tudo de ruim vai acontecer. E isso faz com que sinta essa insegurança. Se tiver fé e esperança, verá que não há o que temer. Não há como controlar a vida. Só podemos vivê-la.

À medida que ouvia as palavras da nova amiga, Charlotte tinha reações ainda mais profundas. Alternava momentos de calma e acessos de fúria, como se Ana Clara não tivesse a menor noção do que estava dizendo.

— Por favor, pare — Charlotte suplicou. Ana Clara atendeu a seu pedido. Parou de tentar explicar e procurou fazê-la sentir-se mais segura. Segurou a mão da menina com força, inspirou profundamente e mentalizou uma onda de amor invadindo aquele lugar. Charlotte se entregou às lágrimas, deixando que escorressem livremente pelo seu rosto, e começou a pedir com fé:

— Por favor, me ajude. Eu quero ficar boa. Não consigo mais suportar esse sofrimento. Por favor, afaste de mim essa sensação ruim. Seu pedido estava sendo feito com o coração. Ana Clara sorria docemente enquanto Charlotte chorava. E isso acalmava a garota.

— Tenho certeza de que você está bem — disse Ana Clara.

— Como você pode saber? — Charlotte respondeu, entre lágrimas. — Você é médica, por acaso?

A jovem não se rendeu à provocação. Apenas apertou com força as mãos de Charlotte.

— Você só está nervosa — disse, sorrindo. — Fique tranquila, e tudo vai dar certo. Aos poucos, uma aura de paz começou a invadir o recinto. Charlotte estava cansada de lutar contra o medo e já tinha chorado demais. Além disso, as orações pareciam ter surtido algum efeito. Recostou a cabeça na parede e fechou os olhos. Em alguns minutos, já estava dormindo. Mas Ana Clara ficou ali, segurando sua mão e velando o seu sono, para se certificar de que tudo ficaria bem.

"Livra-te desse sofrimento, levanta-te e luta. Essa autopiedade e autoindulgência são indignas da grande alma que és."

Krishna

Durante a viagem, os conflitos de Francisco só se intensificaram. Agora, quando já estava quase chegando em casa, pensou mais uma vez em como o vilarejo reagiria à notícia da doença do conde. Ainda não sabia como dar a notícia à mãe e às irmãs. Quando colocou os pés sujos de lama no imponente castelo, percebeu que não havia silêncio que escondesse a verdade. Recebido como um rei, entregou-se aos abraços e beijos das irmãs e à curiosidade da mãe.

— Onde está José?

Diante do olhar ansioso das três, Francisco respirou profundamente e aí contou-lhes exatamente o que havia acontecido com o conde. Joana, que carregava uma jarra cheia de cerveja para servir ao irmão, cambaleou e deixou-a cair, ensopando sua roupa. Não conseguia acreditar no que acabara de ouvir.

— Lepra? Nosso pai? — perguntou, tão abalada que não conseguia nem se abaixar para limpar o estrago que tinha feito. — Mas ele saiu daqui com a saúde perfeita! Deve haver algum engano!

Mas Francisco não estava enganado. Contou como a doença fora descoberta e tudo que aconteceu em seguida.

— José está sendo castigado por seus pecados! — julgou Antonia, convicta. — Essa doença é um castigo de Deus!

Uma feroz discussão teve início. Joana não admitia que a mãe lidasse com a notícia daquela maneira.

— Temos que ir buscá-lo! Temos que trazer nosso pai de volta! — clamou a menina, decidida.

Apavorada com a possibilidade de ser contagiada, Antonia refutou o pedido da filha.

— Se ele está sendo castigado, devemos deixar. Não podemos correr o risco de contaminar todo o vilarejo. Aliás, ninguém pode saber disso, do contrário a imagem de nossa família estará maculada para sempre, e podemos até perder tudo o que temos e não seremos mais respeitados por ninguém. Não devemos contar nem mesmo ao padre Aurélio.

Joana não conseguia acreditar no que ouvia. Enquanto o pai sofria, Antonia só pensava nos privilégios que perderia caso as pessoas descobrissem o estado de saúde do marido.

— E você, Francisco, apronte-se — ela continuou. — Em breve falaremos com o bispo. Você será o novo conde.

Com os olhos faiscando, Joana saiu desesperada com o novo rumo que tomava sua vida. Só tinha certeza de que faria algo para ter seu pai de volta. Subitamente, lembrou-se das palavras de Izabel: "Assim, dia após dia, nossa falsa estabilidade cai por terra e todas as nossas crenças e certezas viram pó, porque percebemos que o futuro é instável e depende do presente."

"A esperança é o único bem comum a todos os homens; aqueles que nada mais têm ainda a possuem."

Tales de Mileto

A batalha que Lucas travava consigo mesmo estava cada dia mais difícil. A dor pela perda de seus pais dilacerava seu coração. Não tinha mais forças para chorar nem sentia vontade. Tudo o que queria era tê-los de volta.

O jovem despertava no meio da noite aos gritos, com as recordações do julgamento que fez seus pesadelos se tornarem realidade. Sua única esperança era que Izabel pudesse ajudá-lo a reconstruir sua vida. Tornara-se um ser humano triste e sem vida, quase amaldiçoado pelos próprios pensamentos. A solidão o tornava ainda mais rancoroso, pois não tinha com quem dividir toda aquela mágoa. Aos poucos, tornava-se uma pessoa sem esperanças, desiludido com a vida e sem nenhuma perspectiva de ser feliz novamente. Ou de voltar a sorrir.

"Otimismo incondicional, tolerância construtiva, cativar laços, expressar alegria e humor contagiantes, dar nenhuma importância ao pessimismo dos outros, guardar a certeza de que ninguém pode nos prejudicar além de nós mesmos são medidas que eliminarão problemas voluntários, dos quais podemos nos ver livres, desde que realmente desejemos."

Ermance Defaux

Enquanto, no castelo, a família ainda discutia a notícia da doença de José, no vilarejo, Ana Clara tinha a intenção de contar a Izabel o que presenciara na casa de Charlotte. Mas vivia um conflito interno. Prometera a Manoel não comentar com ninguém sobre o estado de saúde da moça. Mas queria encontrar uma maneira de ajudá-la e achava que, com os conselhos da tia-avó, isso seria mais fácil.

Izabel percebeu que Ana Clara queria dizer algo.

— O que a aflige? — perguntou.

A jovem abaixou a cabeça, envergonhada.

— Preciso contar algo sobre alguém — disse.

— O que você vai dizer passou pelas três peneiras? — Izabel perguntou antes que Ana Clara pudesse começar a falar.

A menina não entendeu.

— Dizem os sábios que, quando queremos dizer algo a alguém, devemos passar a informação pelas três peneiras antes. A primeira peneira é a da verdade. O que você vai me contar é um fato? Caso você tenha apenas ouvido falar, o assunto deve morrer aqui mesmo. Mas suponhamos que seja verdade. Deve então passar pela segunda peneira: a da bondade. — Ana Clara ouvia, atenta, os ensinamentos de Izabel. — O que você tem a contar ajuda a construir ou a destruir o caminho do outro? Se for verdade, e se você quiser contar por bondade, deve ainda passar pela terceira peneira: a da necessidade. — Izabel meditou por alguns instantes e continuou: — Convém contar? Vai servir para resolver algum problema? Pode melhorar o mundo? Se passou pelas três peneiras, conte. Eu, você e a pessoa da qual quer falar nos beneficiaremos. Caso contrário, esqueça tudo. Será uma coisa a menos para envenenar o ambiente e fomentar a discórdia.

A jovem coçou a cabeça, como quem ainda está em dúvida, e parou para pensar no que ia dizer: era verdade, ia ajudar a construir o caminho de Charlotte e ia resolver o problema dela. Resolveu então quebrar a promessa e começou a relatar tudo o que tinha visto na casa do mercador de lã. Os pensamentos viciosos de Charlotte, seus medos constantes e a escuridão em que a nova amiga parecia estar.

Izabel já tinha ouvido falar daquele tipo de desequilíbrio e percebeu a seriedade da situação.

— Não será um exorcismo, uma reza ou uma cura o que vai tirar essa menina desse pesadelo. E não será de uma hora para outra que ela vai deixar de ter medo. Mas, se ela mudar algumas coisas dentro de si mesma, podemos fazer outras que ajudarão a fortalecê-la. Ela padece de um desequilíbrio mental, espiritual e emocional. É como se estivesse desconectada de si mesma. Mas não está doente. Pode se curar, se desejar atrair vibrações positivas para si e se empenhar nisso.

— Então ela pode melhorar? — perguntou Ana Clara, admirada.

— Pode, sim — respondeu Izabel —, mas ela deve se acalmar e impedir que essa ansiedade excessiva a perturbe. Quando há muitos elementos em desequilíbrio, instala-se uma total desarmonia vibratória.

Ana Clara era otimista e faria o possível para ajudar Charlotte. Para começar, preparou alguns chás com ervas calmantes para levar à mais nova amiga. Do seu jardim, colheu melissa, hortelã e camomila, misturou tudo e ferveu, colocando a infusão num pote de barro. Intuitivamente, macerava as flores que mantinha em seu jardim, para extrair delas o que chamava de "poção mágica". Izabel também lhe deu um pouco de azeite para misturar com sal. Ela devia ensinar Charlotte a passar a mistura entre os olhos e na nuca, a fim de limpar os canais de comunicação com os deuses. Também ensinou à jovem algumas técnicas de respiração que a acalmariam e lhe desejou boa sorte.

— Só não se esqueça de lhe transmitir tranquilidade — disse Izabel. — Ela tem que acreditar que nada vai acontecer e que está no controle, que está absorvendo energias de tudo e de todos; deve ficar consciente disso. Consciente de que muito do que está sentindo não é dela. — Ana Clara ouvia, atenta. — Enquanto as vibrações desordenadas não forem descarregadas, estaremos suscetíveis a explosões emocionais. No caso dela, isso foi mais longe e afetou o físico. Ela sente no próprio corpo as mazelas que a mente criou, e as emoções também ficam desordenadas. Quando nos recolhemos para a prece e nos integramos ao pensamento positivo, mentalizando coisas boas, acalmando a mente, lembrando coisas agradáveis, vamos sendo envolvidos por ondas energéticas luminosas e coloridas. E elas alteram nossa vibração. Já presenciei isso na floresta. Os olhos não podem ver, mas nosso corpo sente quando uma mudança energética acontece.

— É por isso que às vezes entro em determinados lugares e sinto um mal-estar que não sei explicar? — interrompeu Ana Clara.

Izabel disse que sim, que os locais acabam sendo imantados pela energia das pessoas que o frequentam. Muitas vezes, inconscientemente, escolhemos os lugares onde queremos estar por sintonia vibratória.

— É comum as pessoas entrarem num lugar e sentirem um mal-estar repentino, que não conseguem explicar. Algumas saem do lugar cansadas, murchas. Isso significa que são mais sensíveis e, por isso, mais suscetíveis à contaminação. Certas pessoas têm o dom de mudar a energia de um lugar, levando luz, alegria e elementos positivos. Você tem esse dom, Ana Clara. — A jovem parou para pensar. — E, se você consegue mudar o ambiente só com sua energia positiva, também é capaz de motivar as pessoas a mudar. Qualquer um que se dedicar ao bem-estar geral pode fazer isso. É só não deixarmos que as emoções e energias externas nos abalem. Você deve seguir apenas a voz do seu coração.

"Nossas dúvidas são traiçoeiras e nos fazem perder o que, com frequência, poderíamos ganhar, por simples medo de arriscar."

William Shakespeare

Enquanto assimilava essas informações, Ana Clara admirava a maneira corajosa como Izabel dizia as coisas.

— Existe uma proteção, uma espécie de fio que nos envolve, que pode ser contaminada por negativismo, fadiga, raiva, crítica e reclamações. Quando isso acontece, o corpo pode adoecer. Esse campo que nos envolve manifesta visualmente o nosso estado. Embora alguns possam ver essas cores, que são indicadoras das nossas condições, a maioria de nós não consegue visualizá-las. Da mesma forma, não podemos ver a fragrância das flores, embora reconheçamos que ela existe através do olfato. Ver esse campo colorido que nos envolve exige habilidades que a maioria de nós nunca usa.

"O prazer dos grandes homens consiste em poder tornar os outros mais felizes."

Pascal

Enquanto isso, na rua, em uma ladeira cheia de entulhos, Joana se escondia da falsa estabilidade do mundo e deixava suas lágrimas correrem. Fugira do castelo, cujas torres pareciam aprisionar sua alma, e correra até ali, onde ninguém poderia encontrá-la, no meio do povoado. Sentou-se no chão frio de pedras irregulares e clamou aos anjos uma resposta à sua dor. O pai estava com lepra, e a mãe não lhe permitia ir resgatá-lo. Embriagada de tristeza, ouviu uma oração, que não sabia de onde vinha, mas que consolava seu coração.

— Ouço suas preces, seus pedidos, sua agonia e seu desespero. Ouço sua oração e vejo suas lágrimas. Você não é a única que sofre neste mundo, embora seus problemas pareçam, neste momento, os piores.

A cada minuto, milhares de pessoas choram por uma causa, por um amor, por uma injustiça ou por uma dor.

Sei que acredita que esta seja a pior época de sua vida, mas saiba que este é um período precioso e que pode tirar proveito dele, se não se desesperar.

Coloque todas as suas mágoas para fora, entregue-as e peça, com fé, para intuir o melhor caminho a seguir.

Mesmo que seu coração esteja partido, não tema o pranto. Mas, depois que chorar e se sentir aliviada, esteja pronta para um recomeço.

Aí sua força se manifestará.

"O essencial para a nossa felicidade é a nossa condição íntima, e desta somos nós os senhores."

Epicuro

Ana Clara estava motivada. Tinha certeza de que conseguiria ajudar Charlotte a se recuperar das crises e diminuir a intensidade do medo que a assolava dia após dia.

Enquanto prendia os cabelos em uma trança no alto da cabeça, deixou escapar um fio desajeitado, exatamente como fizera quando tropeçou no dia em que conheceu Francisco. Pensou nele por alguns instantes enquanto caminhava para a casa da mais nova amiga. "Ele foi muito simpático", pensou.

Mas logo voltou a se concentrar na cura de Charlotte. "Se eu pudesse, viajaria para o futuro; na certa, no futuro, muitos dos nossos problemas serão solucionados, a vida será melhor", pensou. E começou a se entusiasmar com a ideia. Diversas vezes, ficava ruminando sobre como seria a vida em mil, dois mil anos. Isso era tanto tempo que não conseguia nem imaginar. "Será possível viajar no tempo?", pensava. Às vezes acreditava que os pergaminhos eram trazidos por seres de uma época muito distante. Pensar no futuro era muito excitante para Ana Clara, mas também trazia aflições. A "não existência" ainda a assustava.

Enquanto caminhava, foi seduzida pelo canto de um pássaro. Olhou ao redor e não o avistou. Virou-se rapidamente para o outro lado e viu Alaor. Ficou contente, pois fazia tempo que não falava com ele, mas voltou a se distrair com o canto do pássaro e, quando olhou de novo na mesma direção, ele não estava mais lá. "Que estranho!", pensou. Já não acreditava na teoria de que ele fingia ser cego, mas achava que estava sendo observada.

Era uma sensação misteriosa.

Quando viu o pássaro, que cantava no galho de uma árvore, notou que se tratava de uma espécie rara, que não se deixava ver facilmente. Seu canto era de uma beleza única e trazia paz. Dizia-se que todas as criaturas da floresta calavam-se para ouvi-lo.

Ana Clara observou que o passarinho estava rodeado de alguns de outra espécie. E todos voavam na mesma direção. Naquele dia, uma garoa fina tinha dado espaço ao sol, que brilhava no céu e contribuía para a formação de um arco-íris repleto de cores brilhantes. Ana Clara conhecia a lenda do arco-íris. Diziam que ele indicava o caminho de um tesouro. Muitas vezes, sonhava em seguir o caminho até o final e ver o que realmente estava escondido. Mas, naquele dia, teve certeza de que ele indicava a presença de mais um pergaminho. E, de fato, ela acabara de encontrar o quarto documento.

Ela sorriu e olhou para os lados, com medo de estar realmente sendo observada. O pergaminho reluzia, envolto em um âmbar ainda mais cristalino que o anterior. E estava sobre um canteiro de dentes-de-leão. Desde criança, Ana Clara adorava soprar as flores e ver uma chuva de sementes saírem voando pelo céu. Fez um desejo e soprou a flor com força, lembrando todas as vezes que fez isso quando criança. Era uma sensação agradável. Quando colocou os dedos finos no âmbar, ele se derreteu rapidamente.

III

Todas as conexões foram ligadas. Sua percepção está mais aguçada, e você está mais aberta às mensagens.

Você está aumentando o seu ponto de luz. Cada vez que se dispõe a acreditar no inacreditável, sua luz fica maior, porque sua fé fica maior.

Recentemente foi ativado o Grande Poder Cósmico, que religa os pontos de luz. As energias serão reativadas, para que todos sejam energizados antes que o Grande Encontro aconteça.

Você está levando a cura através da palavra para todos que a cercam? Está se dedicando à harmonia e ao amor?

Sua vida vai se tornar mais excitante. Porque sua alma vai perceber que você está no caminho certo. E fazendo aquilo para o que foi designada.

A cada dia você perceberá que não está só, e que outros compartilham dos mesmos ideais neste mundo. Então, não sentirá essa solidão latente que a distancia das pessoas.

No seu mundo, não haverá sofrimento. Você perceberá que não vale a pena dedicar tempo e energia a ele. Porque o tempo é curto, e há muito a fazer.

Dedique-se à felicidade plena.

Todas as constelações estão sensíveis ao menor dos movimentos que geram amor. Eles transmitem uma energia tão poderosa que pode gerar uma luz ca-paz de iluminar um planeta, apesar de não poder ser sentida nem vista.

Não serão as grandes experiências que levarão a uma expansão da consciência. É o escrúpulo nas pequenas coisas.
Termine o trabalho que se propôs a começar. Esta é a tarefa dos mensageiros.

Quando acabou a leitura, Ana Clara sentiu que seus olhos viam pequenos pontos de luz, como se tivesse olhado para o sol durante muito tempo. Apertou-os com força e, depois disso, resolveu correr para a casa de Charlotte.

Quando chegou lá, viu que a amiga a aguardava com um sorriso largo no rosto. Já tinha sua confiança. Era com carinho que ficava horas ensinando-a a se acalmar por meio da respiração, conversando sobre assuntos que a distraíssem ou simplesmente tomando chás com ervas calmantes.

Samara estava muito feliz pelo fato de o clima naquela casa ter melhorado desde que Ana Clara entrara na vida da família. Há muito percebera que não era capaz de ajudar a filha, por melhores que fossem suas intenções. Toda vez que a via tomada pelos sentimentos de ruína e desespero, Samara ficava muito triste. Se pudesse, daria a própria vida para amenizar o sofrimento de Charlotte. E seu desespero em tentar fazer com que ela se sentisse melhor acabava atrapalhando.

Mas, graças a Ana Clara, as crises agora eram mais amenas. A menina falava como se já tivesse passado por aquilo e conseguia acalmar os pensamentos e reações de

Charlotte. Aos poucos, a menina atormentada aprendia a controlar as emoções, os pensamentos e também as sensações físicas. Era tudo uma questão de tempo.

— Vamos imaginar que estamos atraindo vibrações positivas para esta casa e para nós — começou Ana Clara, segurando uma das mãos de Charlotte. — Vamos limpar nossa mente para encontrar o equilíbrio.

— Tenho medo de ter uma crise a qualquer momento e, às vezes, não consigo pensar em nada além disso — retrucou a filha do mercador de lã, ainda receosa.

— Tenha confiança de que tudo vai dar certo. Imagine a si mesma mais alegre e persevere nessa imagem. Sua cura depende de você. Não adianta desistir.

— Tudo o que eu queria era me sentir bem. Mas não consigo.

Ana Clara percebeu que o primeiro bloqueio eram as palavras que Charlotte usava para explicar o que sentia. "Não consigo" já era, por si só, uma frase derrotista.

— Consegue, sim. Todos nós viemos ao mundo para ser felizes, e você merece essa felicidade. Só que precisa tirar esse véu que a impede de ver as coisas boas da vida. Você tem um pai maravilhoso, que pode lhe dar tudo; uma mãe carinhosa, que vive em função do seu bem. Você tem comida, ar para respirar... Onde está a gratidão por tudo isso? — então Ana Clara começou a explicar o poder da gratidão. Izabel lhe dissera que era impossível atrair coisas boas sem sentir gratidão pelo que tinha. — Um pensador disse que, se a única prece que você fizer em toda a sua vida for dizer "obrigado", será o suficiente.

"Como todas as coisas contribuíram para o seu crescimento, você deveria incluir todas as coisas em seu agradecimento."

Wallace Wattles

Charlotte explicou que era grata por tudo aquilo e que sabia que devia agradecer aos céus todos os dias pela família preciosa que tinha. Mas não conseguia lidar com a estranheza que as sensações do corpo lhe causavam.

— Quando me engasgo com a comida, por exemplo, acho que ela vai parar no meio do caminho e vou morrer de falta de ar. Se um bicho me pica, imagino que possa ser um inseto cujo veneno pode me matar.

Ana Clara percebia que tudo girava em torno do medo da morte.

— Será que você ficaria mais segura se eu lhe dissesse que existe algo além daquilo que nossos olhos podem ver? Que existem seres especiais zelando por nós?

Charlotte olhou para ela e esboçou um sorriso. Em seguida, olhou para si mesma e viu uma fagulha de esperança entre os fantasmas que alimentava diariamente.

— Como você pode ter tanta certeza disso? Como sabe que não vamos simplesmente acabar quando morrermos? Que prova existe do que as pessoas dizem sobre Deus e sobre vida após a morte?

Ana Clara tinha provas, sinais, elementos que a faziam sentir-se em paz consigo mesma. Mas só os tinha porque estava receptiva a eles. Sabia que Charlotte não os enxergaria como pequenos milagres, pois estava duvidando de tudo, apesar de querer muito acreditar em algo.

Ana Clara viu que ela estava em desespero, e pessoas nessa situação não conseguem encontrar a resposta.

— Tente não pensar nisso — disse. — Quando sentir medo, ignore-o e pense em outra coisa.

— E você diz isso assim? — Charlotte ficou apavorada.

Além do medo latente da morte, a menina sentia um desamparo constante. Mas não sabia explicar por quê. Para Ana Clara, a solução seria tentar acalmar a nova amiga e fazê-la se sentir segura para refletir sobre seus medos e, observando-os, ver que não tinham o menor fundamento.

"Se não puder ser uma estrada, seja apenas um caminho.
Se não puder ser o Sol, seja uma estrela.
Não é pelo tamanho que terá êxito ou fracasso...
Mas seja o melhor no que quer que seja."

Pablo Neruda

Izabel gostava da casa em que estava morando, na qual passara a infância. A vida na floresta lhe ensinara muitas coisas, mas agora ela estava se adaptando ao dia a dia no vilarejo. A casa que tinha sido ocupada por Maria ficava em uma rua sinuosa, no canto esquerdo do vilarejo, perto da taberna mais famosa da cidade, onde Rebeca trabalhava durante a noite.

O sol já se punha no horizonte, e o céu estava carregado de nuvens pretas. Quando a noite caía, juncos mergulhados em gordura forneciam a iluminação. Assim era possível fazer o jantar, que era servido na arca que havia no canto do cômodo, transformada em mesa na hora das refeições.

Naquela noite, Izabel preparava um doce com maçãs que trouxera da floresta. Enquanto aguardava Rebeca e Ana Clara, teve um forte pressentimento de que algo importante estava para acontecer. Uma ventania anunciava uma tempestade, e a velha senhora sabia que uma nuvem carregada de emoções se aproximava. Lembrou-se de um ditado que dizia: "Esteja sempre preparado para a tempestade, para poder dar abrigo a todos os que precisam. Esteja sempre iluminado, para poder guiar os viajantes nas trevas."

Assim que Ana Clara chegou, Izabel percebeu que a tempestade seria longa. Ela estava acompanhada por Joana, que conhecera no caminho de volta da casa de Charlotte. Ao vê-la, aflita, chorando escondida em um beco escuro, Ana Clara decidiu falar com ela. A princípio, Joana recusou qualquer ajuda. Mas a outra insistiu com tanta delicadeza que a moça não resistiu, permitindo que a desconhecida a consolasse e a conduzisse até sua casa.

Joana mal pôde acreditar quando viu Izabel. Era ela mesma, a mulher que a curara quando pequena e a quem recorria sempre que precisava. Mas o que fazia ali no vilarejo?

— Foram os anjos que colocaram vocês em meu caminho! Que doce e agradável surpresa! — e então começou a contar às duas as informações que deveria manter em segredo, para a própria segurança do vilarejo.

José, o conde, estava com lepra, retido em um leprosário distante e impedido de voltar à cidade. O coração de Ana Clara deu saltos no peito. Se Joana era filha de José, devia ser irmã de Francisco. Não teve coragem de fazer nenhuma pergunta, e Joana não parava de falar nem por um minuto.

— Izabel, me diga, como posso curar meu pai? Deve haver uma maneira! Por favor, me ensine. Eu farei qualquer coisa para tê-lo de volta. Se o deixarmos lá, nunca poderei me perdoar.

Izabel deixou queimar o doce de maçã que estava fazendo, tamanha foi a surpresa com o pedido inusitado de Joana, que contou detalhes da conversa que tivera com Antonia pouco antes de sair do castelo.

— Preciso resgatar meu pai. Por favor, me ajude!

O destino colocara as irmãs lado a lado. Ana Clara sequer desconfiava de que era filha de José, mas Izabel percebeu que aquele seria um momento único e decisivo na vida das duas. Sentou-se calmamente diante de Joana, que não conseguia controlar o desespero, e fitou seu rosto cansado, porém cheio de esperança. Embora acreditasse que a cura da lepra fosse possível, achava que Joana não teria forças para enfrentar aquela batalha sozinha. Precisaria de alguém com dons de cura, magnetismo, coragem e movido pelos mesmos objetivos. Alguém como Ana Clara.

Olhou para a sobrinha-neta e imaginou se ela estaria disposta a encarar uma longa e dura jornada ao lado da jovem desconhecida. Era difícil prever o que poderia acontecer. José era o pai dela, e, se as duas resolvessem se entregar à difícil missão, Izabel ainda teria que convencer Rebeca a contar seu passado à filha. Não sabia se ela estaria disposta a revelar a Ana Clara que se envolvera com José e que a menina era fruto desse amor.

Entregou suas aflições aos céus. A energia e o amor das duas filhas poderiam curar José, mas era perigoso para as duas fazerem aquela viagem sozinhas. Teriam que contar com a ajuda de Francisco. Precisariam de muita fé, mas com as instruções certas, o preparo adequado e as emoções equilibradas, conseguiriam um bom resultado.

> *"Não se deve em momento algum cogitar uma indiferença a qualquer intuição. Tente compreendê-la e terá o discernimento necessário para o entendimento do estágio atual."*
>
> *Margarida & Fraely*

— Tudo tem um significado nesta vida. Mesmo as piores desgraças são pontes para grandes acontecimentos — Izabel comentou, sem que as duas meninas pudessem compreendê-la completamente.

Mas Joana tinha ainda outra questão. Queria resgatar José sem que Antonia soubesse. Relatou a Izabel a reação da mãe com uma raiva que a própria Ana Clara foi capaz de sentir.

— Não exija de alguém o que não for capaz de exigir de si mesma. Na vida haverá perdas, rompimentos, violência, apego e emoções tristes. Não fique amarrada a nada disso — pontuou Izabel. — Sempre que houver alternativas, escolha segundo sua vontade, mesmo conhecendo os riscos e as consequências. — Antes de concluir, Izabel observou a aflição e a excitação que dominavam a mente e o coração da jovem. — Dizem os sábios que, quando você encontra seu pai, encontra seu próprio caráter. Os antigos diziam que o caráter era herdado do pai, e a mente, da mãe. A procura pelo pai simboliza a descoberta do destino.

Joana estava emocionada com as palavras de Izabel, embora não soubesse que elas eram destinadas a Ana Clara, que já estava absolutamente contaminada pelas emoções. A menina se deixou levar pela intuição, que lhe trazia lampejos de sabedoria.

— É normal termos momentos de tristeza e agonia, durante os quais achamos que a vida não faz sentido — ela disse. — O que não podemos fazer é deixar que esses períodos se tornem rotina em nossa vida. Não temos tudo aquilo que gostaríamos, mas devemos ter força mental para combater os momentos ruins.

Neste instante, Rebeca chegou. A cena que viu não poderia ser mais inusitada. Sua filha dava conselhos à filha do conde. Ana Clara aconselhava a própria irmã.

— E esses momentos ruins acontecem todos os dias. Só que algumas pessoas se deixam levar por eles e ficam envolvidas numa aura de infelicidade eterna. São aquelas pessoas de aspecto sombrio, que parecem ter perdido o sopro da vida. Os vitoriosos são aqueles que deixam a tristeza fluir e choram até que ela seja expulsa do coração, e não a alimentam, para que ela não seja uma constante.

Elas ficaram conversando até tarde da noite. Rebeca não conseguiu dormir, atordoada com a coincidência e com a notícia repentina da doença de José. Só podia ser o destino que colocava a filha de José e Antonia em sua casa, pedindo ajuda para resgatar o pai. Só podia ser o destino que a aproximava novamente de José. Mas, dessa vez, a história envolvia sua filha.

"Qualquer um pode zangar-se. Isso é fácil. Mas se zangar com a pessoa certa, na medida certa, na hora certa, pelo motivo certo e da maneira certa não é fácil."

Aristóteles

O convento era um lugar repleto de amor, no qual as freiras se dedicavam com pureza a todas as atividades previstas pela madre superiora, que era extremamente exigente. Além de ser muito rígida, Izolda era também uma mulher rancorosa e motivada pelo desejo de vingança. Assim como a jovem Bárbara, a madre superiora também fora abandonada no convento quando criança e não suportava a ideia de que as duas irmãs, Maria e Izabel, tivessem sido poupadas daquela vida de reclusão, que para ela era um sofrimento.

Toda vez que olhava os grandes portões de ferro que mantinham o convento em segurança e a lembravam de que deveria viver em clausura, recordava-se do dia em que os pais a haviam deixado ali com a justificativa de que não teriam como sustentá-la. Como era a mais velha das três irmãs, os pais tinham conversado com a menina, e achavam que ela poderia entender, pois seria apenas por um período; mas para ela, que já se sentia a menos querida das três, foi o estopim de uma crise sem precedentes.

Dia após dia fazia questão de alimentar aquele rancor incontido pelos pais e pelas irmãs que tinham sido poupadas. Não que a vida no convento fosse difícil. Mas ela não conseguia suportar a ideia de que Maria e Izabel continuavam ao lado dos pais, enquanto ela estava ali sozinha sem nenhum parente próximo.

Para Izolda, o conceito de família não existia. Aquelas pessoas, responsáveis por seu abandono, eram a prova da maldade suprema. E, embora os pais tivessem voltado, dois anos depois, para buscá-la, Izolda fora vítima de um orgulho inconsequente. Disse que preferia a companhia das freiras a de pais que não gostavam dela, e, embora estivesse louca de vontade de retornar aos braços da família, preferiu amargar um rancor vingativo, que a sufocava e crescia cada vez mais com o passar dos anos. Para as freiras, implorou para que a ajudassem a ficar. Disse que passaria fome na casa dos pais e que realmente tinha vocação para servir a Deus. Comovidas, as freiras não tiveram dúvidas em defender a posição da menina.

Elas conversaram com os pais e os convenceram da legitimidade da vocação de Izolda, e os fizeram ver que o melhor lugar para a menina era o convento. Viam nela um grande potencial.

Os pais chegaram a insistir que a levariam, mesmo a contragosto, mas as freiras os convenceram de que a menina realmente estava feliz ali e não pensava em voltar para casa. Izolda sentia-se vingada. Achava que os pais sentiriam um pouco daquilo que sentira quando fora deixada.

Quanto às irmãs, Izolda era categórica: odiava-as desde o dia em que tinham nascido e roubado seu lugar na vida dos pais.

Anos depois, soube que os pais haviam morrido e deixado Maria e Izabel em uma casa no vilarejo. Acompanhou o desenrolar da vida das irmãs com um ódio abissal. Izolda havia desenvolvido meios de burlar seu isolamento e conseguir notícias do vilarejo. Às vezes, por meio de algumas freiras que o frequentavam para irem à feira semanalmente, mas ela também mantinha uma espécie de rede de informantes, muito bem pagos, que se infiltravam na região em busca de novidades, principalmente, vigiando as pessoas de sua família. E, ao descobrir que Izabel fazia rituais e trabalhava com ervas e plantas, mandou um recado a Maria: se não a expulsasse de casa, ambas seriam queimadas vivas, como bruxas, em praça pública.

Como Izabel logo sumiu do mapa, Izolda imaginava que ela e Maria teriam travado uma verdadeira batalha na velha casa do vilarejo. Dessa maneira, Izolda imaginava ter plantado a semente da discórdia entre as irmãs. A religiosa se regozijava com a derrocada da família que a abandonara. Alimentava por todos um ódio absoluto, e fora esse espírito maldoso que a fizera acolher Bárbara no convento como sua preferida.

Não adiantara Abigail tê-la deixado, incógnita, na roda dos expostos. A rede de informantes da madre havia lhe garantido que a criança abandonada era neta de Maria e que fora rejeitada pelos pais. Izolda tornou-se uma espécie de madrinha da criança e, ao longo dos anos, com requintes de crueldade, foi destilando sobre ela o seu veneno contra a instituição da família. Contou parte do segredo a Bárbara, mas guardou o melhor para o final, quando finalmente lhe disse que Rebeca poderia ter evitado seu abandono, e não o fez com a desculpa de que já tinha que cuidar de Ana Clara.

Izolda também havia acompanhado secretamente o destino de Abigail, mãe de Bárbara. Sempre pagando muito bem aos informantes, não havia uma história que escapasse da madre superiora.

Sobre a cigana, Izolda sabia que tinha viajado para outro condado, onde conhecera um homem e tivera um filho. Izolda a perseguiu durante anos, até denunciá-la à Igreja como feiticeira e levá-la à morte em praça pública, assim como seu marido.

Era assim que a poderosa madre vivia sua vida: manipulando o destino das pessoas que acreditava terem-na prejudicado no passado. Orgulhava-se do poder que tinha como membro ativo da Igreja. Sabia que a instituição influenciava o pensamento e o comportamento das pessoas de uma maneira perturbadora, mas não se queixava. Era exatamente isso o que ela queria: que, no convento, todas as irmãs a temessem, respeitassem e fizessem tudo que ela ordenava em nome da Igreja.

> *"Cada ser humano é um mágico. Através da palavra, podemos não só encantar, como libertar alguém de um encantamento. Ao captar nossa atenção, a palavra pode entrar na nossa mente e alterar todo um conceito. Para melhor ou para pior."*
>
> *Pensamento tolteca*

Francisco era um jovem muito benquisto no vilarejo. Não havia quem não gostasse dele. Era um rapaz alegre, cheio de vitalidade e dotado de uma espontaneidade que deixava as pessoas à vontade. Direto, muitas vezes deixava homens mais velhos admirados com sua objetividade. Agia como uma criança que fala as coisas sem pensar.

Porém, sua tristeza o deixara irreconhecível. Desde que voltara da viagem sem José, não passava um minuto sequer sem pensar em uma maneira de resolver a situação.

Naquela tarde, após se refazer em uma longa noite de sono na casa de Ana Clara, Joana o procurara para falar sobre o encontro com Izabel. Planejava ir atrás do pai e contar com a ajuda da sabedoria da velha senhora.

— Francisco, você não imagina que feliz coincidência aconteceu na noite passada. Izabel está morando no vilarejo com a sobrinha e uma sobrinha-neta. — O irmão estava com os pensamentos longe, mas ela continuou: — Izabel pode nos ajudar na cura de papai. Lembra que ela conseguiu acabar com minha doença quando eu era criança?

Francisco acreditava na irmã, mas não pôde concordar com ela em relação a isso.

— Joana, ninguém se cura de lepra, é uma doença muito séria.

— Podemos tentar — ela disse, após lhe contar seu plano. — Se não fizermos isso, como saberemos se poderia ter funcionado? Você consegue confiar no poder da fé? Você percebe que, se não acreditarmos que é possível, não será possível? E que, se não tentarmos, jamais saberemos se daria certo?

Joana não conseguia acreditar que o próprio irmão se recusava a ajudá-la. Às vezes, achava que era sonhadora demais, mas, em casos de doença, tinha certeza de que a fé tinha um poder curador muito maior do que qualquer outra coisa. Se não acreditassem, jamais conseguiriam curar o pai.

— Milagres acontecem todos os dias, Francisco. Por que acontecem com algumas pessoas e com outras não? — perguntou, em tom de desafio. — Porque algumas acreditam, e outras não. Acreditar é a chave. Se pedirmos com fé, podemos conseguir tudo. Mas, se duvidarmos da nossa capacidade, jamais alcançaremos o que almejamos. Agora me diga, Francisco. Responda com sinceridade. Se for conosco, deve acreditar. Se não, preferimos que não vá. — Ele ficou pensativo. Conhecia o poder de Izabel, sabia que ela seria capaz de fazer uma fórmula mágica que pudesse curar o pai, mas, no estágio em que a doença de José estava, duvidava que todo o esforço valesse a pena. Enquanto ele se distraía com essas reflexões, Joana insistiu: — Um sonho nunca é só nosso. Quando expressamos uma vontade, todo o universo sonha conosco e conspira para que ela se realize.

Francisco relutou, mas não tinha como negar um pedido da irmã. E não se perdoaria caso o pai viesse a falecer. Se Joana decidira resgatar José, estaria com ela.

"É preciso correr riscos.
Porque o maior azar da vida é não arriscar nada...
Pessoas que não arriscam, que nada fazem, nada são.
Podem estar evitando o sofrimento e a tristeza.
Mas assim não podem aprender, sentir, crescer, mudar, amar, viver..."

Søren Kierkegaard

Nos dias seguintes, Izabel dedicou-se a ensinar Joana a preparar o unguento que poderia curar a doença de José. Rebeca acompanhava os passos da tia e de Joana. A cada dia, reunia mais coragem para contar a verdade sobre seu passado a Ana Clara e lhe dizer que ela também era filha, embora ilegítima, do homem mais poderoso da região. Mas temia o que poderia acontecer.

Pensava nas possíveis reações de Ana Clara. Como uma garota que vivia na pobreza reagiria ao saber que a mãe engravidara do homem mais rico da região e ele não assumira a filha? Ao contrário, casara-se por interesse com outra mulher, que sequer merecia o seu amor. Rebeca teria que detalhar à filha toda a verdade a respeito da fuga para a floresta, e de sua frieza ao abandonar Maria. Ainda por cima, obrigaria a menina a conviver com aquela realidade, sabendo que o pai jamais a assumiria.

Calculou os prós e contras. Era difícil desnudar a alma diante da filha. O fio condutor do destino ia se desenrolando, e Rebeca não conseguia acompanhá-lo. Temia a reação da filha ao saber que escondera informações tão importantes para sua história. Se lhe contasse a verdade, ela poderia ser mais útil ainda no resgate do pai. Ao mesmo tempo, poderia encontrá-lo já sem vida. Era uma decisão muito difícil, mas Rebeca finalmente reconheceu que Ana Clara merecia saber a verdade.

Aproximou-se dela, que estava sentada na cama de palha, olhando fixamente para o teto, e segurou sua mão. Ana Clara, que jamais tivera uma manifestação espontânea de carinho vinda da mãe, admirou-se com aquela atitude e olhou para ela, desconfiada. Via em seus olhos uma apreensão aflitiva. Rebeca sentou-se ao lado da filha e respirou fundo antes de começar a falar.

Izabel, que preparava um queijo para a viagem, percebeu que a grande revelação estava para acontecer e fez uma prece silenciosa, pedindo que os bons espíritos guiassem as palavras da sobrinha.

"Que as suas emoções se materializem em palavras de amor, mesmo que a mágoa tente endurecê-las e a razão confunda seus sentimentos."

Rebeca tomou coragem e, do silêncio, brotaram as palavras. O discurso começou com amor. Enquanto a mãe relatava seu passado, Ana Clara parecia desmoronar. Toda a sua força e beleza murchavam, como uma arruda sob o mau-olhado. Atônita, não conseguiu pronunciar uma só palavra depois que Rebeca concluiu, dizendo que José era seu pai. Aquelas palavras ecoaram em sua mente e anestesiaram seus sentidos. Enquanto tentava processar as informações, respirou fundo e começou a chorar. Chorou de decepção, por só descobrir a identidade de seu pai tantos anos após seu nascimento. Chorou de tristeza, por nunca ter sido procurada por ele, que sempre soubera onde vivia. Chorou de alegria, por ele ainda estar vivo e ter a oportunidade de conhecê-lo. Chorou de emoção, por saber que tinha irmãos, embora eles jamais fossem saber que tinham o seu sangue. Chorou de pena, ao saber quanto a mãe sofrera por aquele amor.

E, quando parecia não haver mais forças para chorar, Ana Clara chorou de desespero diante da possibilidade de não conhecer o pai ainda com vida. Naquele momento, decidiu que ajudar Joana no resgate de José era realmente sua missão.

Disse à mãe que iria caminhar e saiu sem rumo, iluminada somente pela força dos pensamentos.

Notou que pequenos pontos de luz formavam um caminho no chão. Eram vaga-lumes. "Que beleza!", pensou. E resolveu seguir a trilha formada por aqueles pequenos seres iluminados. Queria arejar os pensamentos. Estava confusa com a notícia que tinha acabado de receber. Ouviu, então, um som que não conseguiu identificar. Era contínuo e não dava pistas de onde vinha. Uma névoa densa se formou diante de seus olhos. Inspirou profundamente. Era um ar diferente daquele a que estava acostumada. Não tinha cheiro, mas conseguia pegá-lo, embora não pudesse dar forma a ele. O que era aquilo? Tirou o cantil de couro que sempre carregava consigo dentro da roupa e o abriu, deixando que aquele ar entrasse na pequena garrafa. Inspirá-lo e expirá-lo a estava acalmando. "Vou propor isso a Charlotte", deduziu.

Os vaga-lumes começaram a se mover tão rapidamente que não conseguia mais vê-los. Via apenas o rastro de luz que deixavam e que indicava o lugar onde estava o próximo pergaminho. Sentou-se, imaginando como leria o documento com toda aquela escuridão, mas percebeu que ele brilhava no escuro e que o âmbar que o envolvia o iluminava. Isso seria suficiente.

IV

Um Grupo Especial dirige as forças dos Raios ao Mundo. Vocês ainda não estão preparados para vê-los. Isso geraria pânico, já que vocês são incrédulos e têm medo daquilo que não conhecem. Por que têm medo do que não entendem?

Enquanto houver luz nos corações humanos, não haverá escuridão na Terra. Enquanto houver seres especiais, unidos por amor, transmitindo uma sensação positiva e irradiando luz ao mundo, a vida será mantida.

Visualizem o seu planeta Terra envolto em uma radiação poderosa. É necessário continuar salvando-o, transmutando as energias negativas. Levando luz à escuridão.

Os Filhos da Luz têm muitos sonhos reprimidos. E decepções. Alguns não estiveram à altura dos ensinamentos e desistiram da jornada.

Estamos todos interligados, fazemos parte de um plano. Você não precisa acreditar nisso tudo. Basta seguir seu coração e buscar se entender.

Se suas ações forem cheias de luz, só uma coisa importa: aquilo em que você acredita.

Esta névoa de um branco rosado é uma prova da nossa existência. Guarde-a consigo e, todas as manhãs, abra a garrafa e inspire o ar puro que lhe demos.
Ele trará inspirações ao seu caminho. Lembre-se: basta acreditar.

Pela primeira vez em muitos anos, Bárbara acordava antes da hora prevista. Com a roupa ensopada de suor, despertara aos gritos, acordando as colegas de quarto. Apavorada com a reação de seu organismo, urinara na cama, como fizera centenas de vezes desde que ingressara no convento. Mas, naquela noite, ela parecia estar em estado de choque, e as freiras ficaram tão surpresas com o tremor da noviça que resolveram acordar uma das freiras mais doces e benevolentes do convento: a irmã Ruth.

Conhecida por sua bondade inabalável, a irmã Ruth era sempre procurada nos casos mais graves de loucura, quando pessoas perturbadas iam ao convento em busca de ajuda. Sempre tinha uma palavra sincera para oferecer, e fazia questão de abrandar o coração dos viajantes que batiam à porta do convento. Naquela noite, seria Bárbara quem teria o prazer de sua agradável companhia.

Ruth era a mais velha do convento, e jamais quisera ocupar a posição de madre superiora, pois temia corromper-se com o poder. Por isso, sempre se colocava à disposição das freiras mais jovens, como uma amiga verdadeira. Seus olhos amendoados, de um castanho-claro esverdeado, expressavam uma ternura singular e, ao mesmo tempo, uma força categórica diante dos aflitos, capaz de mudar o estado de espírito de quem quer que fosse.

Quando Bárbara se viu diante dela, estremeceu e começou a chorar, desconsolada. Havia tido um pesadelo tão real que não conseguia desligar-se dos maus pensamentos que a afligiam. Era como se fantasmas a perturbassem. Sem que Bárbara se desse conta, Ruth colocou as mãos macias em sua cabeça e fez uma oração silenciosa:

— Que Deus afaste a sombra dos maus pensamentos, permitindo que o sol de suas bênçãos se derrame dentro de ti. E que tenha piedade, caso estejas expurgando a culpa dos maus hábitos, e que tu tenhas clareza de pensamentos para discernir o que é bom do que é ruim.

A avalanche de sentimentos que a perturbavam pareceu se dissipar. Bárbara relatou a Ruth que sonhara com a própria morte. Sentia-se asfixiar, enquanto o pai se aproximava, numa casa que jamais conhecera. O sonho fora tão real e assustador que ela acordara sem ar.

Ruth ouviu com atenção a narrativa de Bárbara e reagiu com um grunhido. Tratou de acalmar a jovem e fazê-la dormir novamente em seus braços. Enquanto Bárbara se aconchegava em seu colo seguro, a freira tentava não demonstrar a má impressão que o sonho lhe causara.

"Aquele que domina os próprios sentidos conquistou o mundo inteiro e se tornou parte harmoniosa da natureza."

Gandhi

Manoel, o mercador de lã, estava mais cansado que de costume. Chegou em casa e foi direto pedir a Samara que lhe servisse um copo de cerveja. Percebeu que a mulher estava com um ânimo diferente.

— Charlotte saiu com Ana Clara — ela disse, plena de felicidade.

Mas Manoel não gostou do que ouviu.

— Como você pode deixar nossa filha sair de casa no estado em que se encontra? Não sabe que ela não pode entrar em contato com outras pessoas? Que está louca? E se o padre assistir a um ato de loucura dela no meio da rua? E se as pessoas a olharem com desprezo?

Samara tentou acalmá-lo, mas não houve jeito. Temendo que algo acontecesse à filha, Manoel saiu em disparada pela rua para procurá-la.

Ana Clara e Charlotte apenas passeavam pelo vilarejo. A primeira tentava convencer a amiga de que o mundo não oferecia tantos riscos quanto sua cabeça pensava. Mas foi a força do braço de Manoel que as tirou do devaneio.

— Você pensa que pode caminhar pela rua na companhia de uma criada que não sabe o que faz? Pensa que pode confiar nas pessoas? O mundo é mais hostil do que parece. Volte para casa comigo imediatamente. E você — disse, dirigindo-se a Ana Clara — não precisa voltar a partir de hoje. Não quero vê-la mais em minha casa. Você é uma péssima influência para minha filha.

As certezas de Ana Clara caíam por terra. Se achava que Manoel confiava nela e a tinha chamado para ajudar na recuperação de sua filha, naquele momento percebia que não tinha toda a liberdade de que gostaria. O que ele queria era que Ana Clara acalmasse Charlotte, e não a levasse para a rua. Temia que ela tivesse um acesso na frente dos outros.

Charlotte não teve coragem de reagir. Ana Clara baixou os olhos para que a amiga não visse suas lágrimas. Sem perceber, Manoel contribuía para o sofrimento da filha, que via o mundo como ele o descrevia.

"Existem aqueles que veem as coisas do jeito que são e se perguntam: por quê? Sonho com coisas que nunca aconteceram e me pergunto: por que não?"

Robert Kennedy

Quando a lua cheia já aparecia no céu estrelado, Izabel iniciou um ritual para preparar tudo aquilo que Joana e Ana Clara levariam na viagem para a cura de José. A mistura era feita com azeite de oliva, mirra, cinamomo e alguns tipos de flores cujas folhas eram secas e amassadas. Além disso, Izabel era cuidadosa na seleção dos alimentos que fortaleceriam o corpo e o espírito dos jovens.

A velha senhora também separara alguns amuletos de seu baú e estava pronta para ensinar às meninas todos os segredos da cura por meio da fé e do amor. Sabia que esses seriam os ingredientes que realmente importariam no momento crucial, e que todos os outros apenas as fortaleceriam. Bastava que elas acreditassem no preparo para que ele tivesse poder. A mistura, a magia, as crenças..., de nada adiantariam todos os preparos sem a fé, que é capaz de mover montanhas.

Ana Clara estava acomodada no chão, assistindo aos preparativos, quando ouviu alguém chamando-a lá fora. Reconheceu a voz de Joana de imediato e levantou-se para ir atendê-la. Seria a primeira vez que a veria depois da revelação que a mãe fizera. Mas, quando pisou lá fora, uma surpresa que normalmente a teria deixado feliz acabou com o seu dia. Ao lado de Joana, estava Francisco, sorrindo. Ela se enrolou depressa em seu manto e convidou os dois para entrar.

— Estou feliz com a coincidência. Vê-la novamente... — disse ele, apertando sua mão com suavidade.

Mas Ana Clara não estava feliz. Pelo contrário. Ser filha de José a tornava irmã de Francisco, o mesmo com quem sonhava dias atrás e que a galanteava naquele momento.

— Não temos tempo para conversar. Izabel nos aguarda — ela disse rispidamente, acabando com as esperanças dele.

Mesmo Joana, que mal conhecia Ana Clara, achou estranha sua atitude. Mas não disse nada, nem deixou seus sentimentos transparecerem. Francisco, porém, estava exultante. Parecia mais animado com a viagem ao lado de Ana Clara do que com o resgate do pai. Já a menina não queria pensar mais no sonho nem alimentá-lo. Naquela noite, não trocou sequer um olhar com o rapaz. "Que infelicidade! Agora, que finalmente me encantei por alguém, ele é meu irmão", ela pensou, lamentando-se.

"Todos nós vivemos sob o mesmo céu, mas não temos os mesmos horizontes."

Konrad Adenauder

Padre Aurélio estava intrigado. Perguntara a Antonia sobre o conde, e ela lhe dissera que ele tinha seguido viagem. Ele não conseguia entender por que Francisco voltara para casa sem o pai. E a explicação não fazia nenhum sentido. Foi Eliza quem acabou contando a ele, durante sua confissão, que José estava com lepra, exilado num leprosário distante.

O padre Aurélio pensava a cada minuto naquele escândalo dentro do condado, mas não havia nada que pudesse fazer, pois, de acordo com as normas da Igreja, jamais poderia revelar a quem quer que fosse uma informação obtida por meio da confissão. Ou seja, não poderia dizer a ninguém que José estava com lepra.

"Um conde leproso", pensava, aflito, porque sabia que Antonia colocaria Francisco no lugar do pai. Mais cedo ou mais tarde, fariam a revelação. Era só uma questão de tempo. "E Francisco, o filho do bispo Dom Gregório de Nigris vai assumir o poder neste condado, sem que todos saibam que ele não é filho do conde", disse a si mesmo, petrificado com o rumo que os acontecimentos tomavam.

Quando Lucas, o filho de Abigail, se aproximou de Montecito, seu corpo já dava sinais visíveis de fraqueza. Tinha passado algumas noites com um bando de ciganos que encontrara na floresta, mas sentia que já estava na hora de continuar sua busca por Izabel.

Pensou em entrar no vilarejo e pedir um pouco de água e comida antes de perguntar por ela, mas achou prudente aguardar e observar os habitantes. Não conhecia ninguém, nem sabia como Izabel era fisicamente, e isso o deixava apreensivo. Talvez a mulher também não fosse uma figura benquista no vilarejo. Como descobrir? De cabeça baixa, seguiu cambaleante até o primeiro ponto de comércio que avistou, mas parou na porta, de onde avistou uma jovem bem-vestida que parecia alheia a tudo.

— Com licença, a senhorita pode me ajudar?

Ela levantou a cabeça e o fitou, sem responder nada. Lucas achou estranho o comportamento da garota, mas resolveu arriscar.

— Estou procurando uma mulher chamada Izabel — disse em voz baixa. — Saberia me dizer onde posso encontrá-la?

A jovem não parecia interessada em conversar.

— Acha mesmo que conheço alguém deste povoado? — ela disse, e depois saiu bruscamente, em direção à igreja local.

Manoel, o mercador de lã, que observava a cena de longe, ficou curioso e resolveu se aproximar para falar com o rapaz.

— Quem é você? — perguntou a Lucas. — Estava falando com Eliza, a filha do conde? Devo avisá-lo de que não conseguirá nada com ela, rapaz.

Ele não teve coragem de encarar o comerciante. Toda a sua coragem tinha ido embora.

— Só queria saber onde posso encontrar uma pessoa chamada Izabel — disse, com lágrimas nos olhos. — Estou viajando há muitos dias e...

Manoel teve pena dele e lhe ofereceu um copo de suco de maçã. Lucas se acalmou.

— Você fala da Izabel, uma mulher esquisita que mora com a pequena traidora? — disse, rangendo os dentes só de pensar em Ana Clara.

Ele não conseguira engolir que a menina tinha levado sua filha para uma volta no vilarejo, quando pedira que fizesse companhia a ela dentro de casa.

Lucas não entendeu nada.

— Na verdade, eu não a conheço, senhor. Minha mãe, antes de morrer, pediu que eu a procurasse.

Aquela frase pareceu comovê-lo.

— É a única Izabel que temos por aqui. Muito estranha, como toda a família, eu diria. Mas você vai encontrá-la na casa que fica no fim da segunda rua.

O rapaz agradeceu, tomou um gole do suco e desapareceu da vista de Manoel.

"Em verdade vos digo que todo aquele que disser a esta montanha: tira-te daí e lança-te ao mar, sem que seu coração hesite, mas acreditando firmemente que tudo aquilo que disse acontecerá, ele o verá, de fato, acontecer."

Marcos 11,23

Izabel queimava ritualisticamente frutos secos e moídos de sorveira, transformados em incensos mágicos. Dizia que seriam eficazes para purificar o espírito e dar proteção aos jovens em sua missão. Explicou que todas as manhãs, até que conseguissem chegar ao leprosário, deveriam fazer uma oração pedindo proteção para o dia que viria e em agradecimento pela noite que teriam suportado.

Antes que eles partissem, receberam as últimas instruções da senhora.

— Vocês entrarão num campo em que a busca, a fé e o amor os guiarão e os farão vitoriosos. Assim como a vida, essa jornada será uma aventura. Esses dois elementos podem transformar situações numa alquimia jamais vista. São os ingredientes mágicos que devem ser carregados a todos os lugares e em todas as buscas. — E, olhando diretamente para cada um deles, prosseguiu: — Mudanças virão, e vocês encontrarão novos propósitos. Mas, durante a convivência, aprendam a se elevar acima das reações humanas, das compulsões e das emoções negativas. E não deixem que os sentimentos os governem.

Com a bênção de Izabel e o olhar de aprovação de Rebeca, os três jovens partiram em busca de um único pai.

6

"As suas almas estavam cheias de alegria porque sabiam que, um dia, cessaria todo o pecado e toda a dor; que, nesse dia, não haveria mais fome nem sede, fosse do que fosse; não haveria mais discórdias e lutas, nem separações nem despedidas, nem divisões, nem angústias, nem lágrimas derramadas, nem esperanças perdidas, nem anseios incompletos, nem resquícios de imperfeição; que, nesse dia, tudo quanto existe teria voltado ao lar de onde veio."

Serapis Bey

O bispo Dom Gregório de Nigris fora convocado para uma reunião de emergência na diocese. O padre Aurélio não podia revelar a situação de José, mas nada o impedia de insuflar a maldade e o veneno da discórdia no coração da madre superiora e do bispo.

— Estou preocupado — ele disse. — O conde não volta de viagem... — Fez uma pausa e pigarreou. — O que podemos fazer? Ir atrás dele seria uma boa medida?

Izolda percebia que Aurélio estava cheio de más intenções. E que sabia de algo que eles não sabiam.

— Alguém da família dele se confessou com o senhor, padre? — ela perguntou.

Mesmo diante do silêncio do bispo, a maior hierarquia ali presente, o padre Aurélio quis responder à pergunta para deixar claro que sabia de algo.

— Eliza se confessou comigo. E acho que devemos nos preocupar.

O bispo se movimentou na cadeira, demonstrando desconforto com a situação, e ficou pensativo por alguns minutos. Padre Aurélio percebia que ambos haviam mordido a isca.

Seria só uma questão de tempo para que a doença de José fosse descoberta.

"O dia mais belo? Hoje.
A coisa mais fácil? Errar.
O maior obstáculo? O medo.
A pior derrota? O desânimo.
O que mais te faz feliz? Ser útil aos outros.
O maior mistério? A morte.
O pior defeito? O mau humor.
A pessoa mais perigosa? A mentirosa.
O pior sentimento? O rancor.
O presente mais belo? O perdão.
A sensação mais agradável? A paz interior.
O melhor remédio? O otimismo.
A maior satisfação? A do dever cumprido.
A força mais potente do mundo? A fé.
As pessoas mais necessárias? Os pais.
A mais bela de todas as coisas? O amor."

Madre Tereza de Calcutá

"Nunca diga a um jovem que uma coisa não pode ser feita. Talvez Deus esteja esperando há séculos por uma pessoa que desconheça a impossibilidade de se fazer exatamente essa coisa."

John Andrew Holmes

O início da viagem trouxe medo e excitação. Como era inverno, os raios de sol não eram fortes o suficiente para iluminar a floresta; então, mesmo durante o dia, os jovens temiam que bandidos os surpreendessem.

Ouviam o ruído harmonioso dos pássaros e sentiam uma estranha presença que parecia acompanhá-los por todo o percurso. Ana Clara não queria deixar transparecer, mas a presença de Francisco a deixava inquieta. Ele a olhava a todo instante, e ela fingia não perceber. Não tinha aprendido a lidar com aquele sentimento, nem seria capaz de defini-lo. Mas sabia que deveria sufocá-lo. Afinal, ele também era filho de José. Logo, era seu irmão.

Joana estava com fome. Haviam cavalgado durante horas e precisavam alimentar-se. Enquanto o irmão amarrava os cavalos para sair à caça, com um arco que considerava uma arma simples, confiável e capaz de abater um animal de grande porte, instruía as jovens a improvisar uma fogueira para que pudessem assar a caça que ele conseguisse. Entregou a elas um punhal e uma espada e saiu em busca de alimento.

Eram duas moças sozinhas, e um viajante se aproximava, parecendo inofensivo. O homem de barba espessa e trajes surrados caminhou vagarosamente até o local onde as jovens faziam a fogueira e perguntou se poderiam lhe oferecer algo para beber. Joana, que sempre confiava na boa-fé das pessoas, acreditou que ele não lhes faria mal e resolveu ser gentil. Que mal haveria em lhe oferecer uma bebida?

Mas Ana Clara se lembrou do discurso da tia-avó e resolveu ser prudente. Apanhou um ramo de ervas que tinham propriedades soníferas e as misturou ao chá sem que ele percebesse. Em poucos minutos, o homem ficou sonolento e adormeceu. Porém, Joana não entendeu a desconfiança da amiga e contestou sua atitude.

— Apenas segui minha intuição. Quando nossa intuição está apurada, não há aparência que nos engane — Ana Clara explicou. — Por isso, devemos ser fiéis à voz do nosso coração. De que adianta confiar em palavras doces vindas de pessoas desconhecidas, quando sentimos nosso coração entregar suas intenções maldosas?

Assim que Francisco retornou, carregando um javali de médio porte, mal pôde acreditar em seus olhos. O homem que ali dormia era um conhecido saqueador, que sequestrava suas vítimas e as torturava até a morte caso as famílias não pagassem o resgate. Então fugiram dali depressa, com uma grande lição: as palavras podem enganar, mas a intuição não trai jamais.

"Somos as únicas criaturas na face da Terra capazes de mudar nossa biologia pelo que pensamos e sentimos! Nossas células estão constantemente bisbilhotando nossos pensamentos e sendo modificadas por eles."

Deepak Chopra

Sem os conselhos e a presença de Ana Clara, Charlotte sentia-se desconsolada. Era acometida por surtos cada vez mais assustadores. E Manoel acabou se convencendo de que deveria convocar o padre Aurélio para exorcizar a filha. Quando soube da decisão do pai, a menina se descontrolou completamente. Como ele seria capaz de deixá-la sob os cuidados de padre Aurélio?

Suas células nervosas já a mantinham em estado de alerta, e, quando o padre chegou, a menina sentiu seu corpo estremecer. Gritou até perder a voz e se debateu com força nos braços dos dois monges que estavam ali para ajudá-lo. Para ele, aquela reação era a prova de que Charlotte estava realmente sob influência do demônio. E nada, nem ninguém, o impediria de exorcizá-la.

"Desistir de nossos projetos, ou aceitar palpites infelizes em nossa vida, é mais fácil do que lutar por eles. Renunciar, chorar, aceitar a derrota é mais simples pelo fato de que não nos obriga ao trabalho. E ser feliz dá trabalho. Ser feliz é questão de persistência, de lutas diárias, de encantos e desencantos."

Paulo Roberto Gaefke

Ana Clara sabia que teriam que se preparar para o frio que enfrentariam durante a noite. E Francisco já estava animado com a ideia de tomarem vinho juntos diante da fogueira. Acreditava que seria uma excelente oportunidade de conhecer melhor aquela jovem tão intuitiva e corajosa.

Mas não era simples encontrar um local seguro onde passar a noite. Já escurecia, e Francisco abria caminho com uma tocha. Toda a esperança e a fé de Joana eram colocadas à prova. A jovem começava a se entregar ao desânimo. Estava triste consigo mesma por não conseguir acompanhá-los. Tinha medo, e estava desiludida. Tudo aquilo em que acreditara parecia não fazer mais sentido.

Nunca ficara longe do castelo por tanto tempo. Imaginara que a missão seria fácil e que só sua vontade de ajudar o pai seria suficiente. Mas a realidade não era tão simples. Havia o frio, a fome, o cansaço e o medo de não ter onde dormir. Sua esperança estava por um fo.

Ana Clara não precisou olhar duas vezes para a amiga para perceber o que se passava. Pensou que talvez fosse melhor não dizer o que estava sentindo, mas resolveu seguir sua intuição.

— É comum na vida muitas coisas não saírem como esperamos — ela disse. — Principalmente os sonhos. Às vezes fazemos planos e imaginamos certas situações, como se vivê-las fosse realmente fácil, mas a verdade é que não podemos prever o que vai atravessar nosso caminho.

Joana sentiu como se cada palavra penetrasse em seus ouvidos. Era exatamente assim que se sentia: uma boba por ter acreditado que tudo daria certo, sem nenhum percalço, atraso ou dificuldade.

— Temos todas as ferramentas para enfrentar tudo aquilo que é colocado diante de nós — Ana Clara continuou. — Mas, no momento em que mais precisamos, não temos forças para utilizar os instrumentos que afiamos. — Os olhos de Ana Clara pareciam brilhar, mesmo no escuro. Sua voz estava tão carregada de emoção que Francisco e Joana ganharam novo ânimo. E assim continuaram procurando um lugar para passar a noite.

"A dor não existe para fazê-lo infeliz: ela está aí para torná--lo mais consciente! E, quando você se torna consciente, a infelicidade desaparece."

Osho

Naquele dia, Izabel estava no coração da floresta prestando ajuda a um rapaz que a procurara no dia anterior.

Lucas era órfão. O último pedido de sua mãe fora claro: ele deveria procurar Izabel. E não fora fácil encontrá-la. Os pais do jovem haviam sido decapitados em um vilarejo não muito longe dali. Ele tinha uma história triste e carregava em seu semblante um ar de angústia permanente. Sua mãe, Abigail, não tivera a sorte de sobreviver aos inquisidores, que a acusavam de feitiçaria. Os pelos dela haviam sido totalmente tirados pelos torturadores, que procuravam uma verruga ou algo que pudesse incriminá-la de heresia. Nem a mãe nem o pai de Lucas tinham conseguido escapar da morte.

"Em qualquer vilarejo, de qualquer condado, os costumes não são diferentes", pensou Izabel. Quando a Igreja desconfiava de que alguém praticava feitiçaria por meio de rituais, iniciava um processo de inquisição. Acusando os hereges da presença do demônio, ordenava cruelmente sua execução após um julgamento no qual ninguém tinha a coragem de depor a favor dos acusados, mesmo que tivesse sido beneficiado por eles.

Foi assim, com a perda dos pais, que Lucas perdera sua identidade, ficando a vagar à procura de abrigo, como um espírito sem rumo, até conseguir encontrar Izabel. Ainda se lembrava das últimas palavras da mãe antes de ser capturada: "Filho, caso consigas fugir, procura uma velha senhora chamada Izabel nos arredores de Montecito e diz a ela que a dona dos pergaminhos corre perigo." Sabia que a mãe era cheia de mistérios. Tinha sonhos, visões e fazia previsões até mesmo para aqueles que não conhecia.

Izabel ouviu com atenção as palavras de Lucas, enquanto o observava admirar a grandiosidade das árvores. Sabia que a jornada dele não havia terminado e, embora Izolda agora estivesse em posição confortável, faria todo o possível para saber o que estava escrito nos pergaminhos que Ana Clara recebia. Desde criança, a madre superiora achava que, quando fizesse quinze anos, conseguiria colocar as mãos nos pergaminhos e abri-los. Nunca se conformara por não ter tido sequer a oportunidade de tocar neles.

A velha e sábia Izabel observou, com as pálpebras semicerradas, o jovem que tinha diante de si. Lucas não tinha nada além da roupa do corpo, mas era dotado de uma inteligência extraordinária.

— O viajante no fundo de um vale com névoas não vê os pontos de sua rota, mas, chegando ao alto da montanha, seu olhar vê o caminho percorrido e o que falta percorrer.

— O que quer dizer com isso? — ele perguntou, olhando para os dentes amarelados de Izabel. — E por que minha mãe pediu que eu a procurasse?

— Abigail era uma mulher interessante — disse Izabel, deixando-o intrigado, pois ele não dissera o nome da mãe. — Ela vivia livremente, até engravidar. Apaixonou-se por Damião, um saqueador conhecido da região, filho de minha irmã Maria. — Lucas ficou atento ao que Izabel tinha a dizer. — Foi quando ela me procurou. Não desejava a criança, e soube que eu fazia poções de todos os tipos. Queria uma que a fizesse abortar.

Lucas não acreditava no que estava ouvindo. Então sua mãe pretendia abortá-lo? E ele não era filho de seu pai? Aquela história contada pela velha senhora chegava a dar arrepios.

— Como posso saber se não está difamando minha mãe? Eu sou a criança que ela não queria colocar no mundo? É isso que você está dizendo?

— Deixe-me continuar. Não preparo poções para a morte, e sim pela vida. Não deixaria que ela exterminasse a vida que brotava dentro dela. Ela concordou em não abortar, mas decidiu que deixaria a criança no convento para que fosse criada pelas freiras. A criança existe e é sua irmã. A filha de Abigail ainda é viva. Você não está sozinho.

— Então... Ela abandonou o bebê? — indagou Lucas.

— Sim. Sua mãe teve uma menina e a deixou no convento. Depois disso fugiu, deixando Damião sem rumo. Talvez por isso ela tenha pedido que me procurasse. Porque eu sabia sobre seu passado.

— Então eu não estou sozinho. Alguém neste vilarejo tem o mesmo sangue que eu correndo nas veias... — disse o rapaz.

Mas ainda tinha muito o que descobrir. Enquanto não soubesse sobre a tal dona dos pergaminhos, que sua mãe lhe apontara, não dormiria tranquilo. Alguma coisa mudava no coração de Lucas. Era a temperatura. Esfriava, tornando-o petrificado de tão gelado e pesado.

"Se você não quer ser esquecido quando morrer, escreva coisas que valham a pena serem lidas ou faça coisas que valham a pena serem escritas."

Benjamin Franklin

De longe, Francisco, Ana Clara e Joana avistaram uma cabana, iluminada por tochas presas por cordas às janelas. Dentro dela, um velhinho gorducho, de estatura diminuta, já havia percebido a movimentação e acenava para os viajantes, que viam ali uma boa oportunidade de assar o javali, já que tiveram que sair fugidos do lugar onde tinham feito a fogueira para assá-lo. O homem transmitia calma, tinha a voz mansa e era de poucas palavras. Rapidamente, os jovens amarraram os cavalos numa árvore e entraram na cabana.

Lá dentro, havia galões com poções e um baú aberto, no qual se podia ver toda a sorte de talismãs e grandes papiros.

Enquanto lhes servia um vinho açucarado, o homenzinho parecia querer decifrá-los:

— Vejo luz no coração de vocês. Com esta chama, podem enfrentar o desconhecido. Mas o brilho nos olhos é que dirá se vencerão. — Fez uma pausa, tomou outro gole de vinho e continuou, olhando para cada um dos três, como se pudesse ler seus pensamentos: — A vida é uma caixa de segredos. Alguns só se revelam na hora certa.

Disse isso com a convicção de quem sabe do que está falando e fechou os olhos, minutos depois, embriagado de sono e, provavelmente, da grande quantidade de vinho que ingerira.

Ana Clara estava pensativa. Lembrava a cada instante as palavras da mãe, imaginando como Rebeca conseguira sufocar um amor por tanto tempo. Perguntava-se como seria ter um pai. Sonhava com o momento em que encontraria José e o abraçaria, redimindo-o de qualquer culpa.

Porém, um desconforto a fez perceber que não poderia fazer aquilo que desejava. Os filhos verdadeiros de José estariam com ela. E não poderiam sequer desconfiar de que Ana Clara era filha ilegítima do conde.

Tentou imaginar por que o destino a colocara diante de Joana quando a menina chorava no beco. Provavelmente, os seres divinos conspiravam para que ela conhecesse o pai. Mas e se ele estivesse morto? E se nada daquilo fosse possível? Notou que Francisco ainda estava acordado.

— Você pensa demais — sussurrou o jovem, para que Joana não despertasse. — O que a preocupa?

Se a cabana não estivesse escura, teria percebido que o rosto de Ana Clara ficara vermelho como um tomate maduro.

— Estou pensando como a vida nos coloca em situações difíceis, pondo-nos à prova para ver se conseguimos aplicar tudo o que aprendemos — ela respondeu.

Francisco riu, sem saber que ela se referia a seu pai. Ela, que sempre falava sobre compreensão, conseguiria perdoar José por ter abandonado sua mãe e jamais ter feito uma visita para saber se estavam bem? Apesar de ter decidido perdoá-lo, seu coração muitas vezes dava sinais de que não seria tão fácil quanto parecia quando estivesse cara a cara com José.

— Ou não — desafiou o rapaz. — Será que a vida não nos coloca em situações difíceis para que possamos crescer? Se estudarmos a vida das pessoas que marcaram a história, por exemplo, veremos que elas só conseguiram se destacar por causa dos obstáculos que enfrentaram. Não desistiram, nem se sentiram prejudicadas. Simplesmente superaram os problemas e foram em busca de outros desafios.

Ele ia direto ao ponto. Era nisso que ela acreditava.

— Mas, às vezes, por maior que seja nossa vontade de vencer, nosso coração nos trai — ela disse.

Francisco refletiu e admitiu que ele mesmo já tinha caído nas armadilhas da vida.

— Sempre me considerei corajoso, mas, quando recolheram meu pai e o levaram ao leprosário, me senti um covarde por não ter lutado. Ainda bem que terei uma oportunidade de me redimir. Posso ter sido covarde da primeira vez, mas não vou fracassar na segunda. Sempre temos uma segunda chance.

Ana Clara concordou. Mas ela não teria outra chance. Se não conseguisse perdoá-lo, não seria capaz de desejar sua cura de todo o coração, e talvez pudesse influenciar negativamente todo o processo. Talvez a vida de José estivesse em suas mãos, mas só diante dele conseguiria dizer que seu coração estava livre de qualquer mágoa. Na hora certa, pediria que todas as forças a ajudassem. Tinha que conseguir perdoá-lo. Estava disposta a isso, mas apenas teria a comprovação de que seria capaz quando estivesse diante dele.

Quando todos já haviam adormecido, Ana Clara ouviu um ruído vindo de fora. Não conseguia identificar de onde vinha exatamente. Por um instante, teve medo. Já tinha ouvido falar de feiticeiras da floresta, que atraíam as pessoas e as enfeitiçavam das mais diversas maneiras. Mas seu coração dizia que deveria seguir mais seus instintos e ouvir sua intuição.

Na ponta dos pés, sem fazer nenhum barulho, Ana Clara saiu do casebre como quem seguia um chamado. Quando olhou para o céu, não conseguiu acreditar no que via. Era como se estivesse cheio de cores. Uma poeira cósmica descia no horizonte, fazendo uma luz vermelha brilhante cair sobre as árvores. Nunca tinha visto fenômeno parecido, mas poderia jurar que eram pedras caindo do céu. "Uma chuva de pedras", exclamou para si mesma. Os pedaços de rocha caíam como raios flamejantes, dando a impressão de que iam atear fogo às árvores, mas, ao atingir as folhas, desapareciam com pequenas explosões.

Ana Clara percebeu que, ao redor da raiz de uma das árvores próximas, um daqueles pontos de luz continuou acesso, e correu para vê-lo mais de perto. Foi assim que identificou o pergaminho, junto daquele material de luz que nunca tinha visto antes.

Quando estava bem perto, percebeu que era como um cristal rutilado e tinha um formato diferente dos âmbares que vira antes. Tinha o formato de uma estrela. Estava com medo de tocá-lo, mas resolveu arriscar. Pegou o lenço que guardava no bolso e enrolou aquele fragmento colorido que se assemelhava a uma pedra preciosa. Resolveu guardá-lo consigo quando viu o pergaminho se abrir diante de seus olhos.

V

Não traremos chaves para o futuro. Conhecer o futuro seria uma carga muito pesada para qualquer um.
Qual o sentido da vida? Da sua vida? O que faz seu coração vibrar? Pelo que acorda todos os dias? O que espera de seu futuro?
Já fez essas perguntas a si mesma hoje? Já espalhou o seu melhor pelo mundo?
Não tenha medo. Equilibre suas emoções e deixe que o amor inicie seu movimento pulsante.
Você está aqui e agora.
Já se perguntou o porquê disso?
Estrelas cadentes deixam rastros que podem ser vistos de longe. Seja uma estrela e faça com que seu brilho se perpetue por milhares de anos.
Guarde este presente dos céus. Use o poder da sua mente para torná-lo um objeto precioso e cheio de significados. Ele será um importante catalisador de energias se você souber usá-lo. Mantenha-o sempre com você.
Use a força do pensamento para imantá-lo com boas energias, e guarde-o para o momento oportuno. Quando sentir necessidade, poderá usá-lo da maneira mais adequada. Siga sempre o chamado da intuição.

Ela olhou em direção ao casebre, para se certificar de que ninguém tinha acordado. Por um instante, pensou em comentar sobre os pergaminhos com Francisco, mas depois desistiu. Apesar de querer desabafar, não seria necessário envolvê-lo em uma história que nem ela mesma tinha conseguido decifrar.

"Pessimista é aquela pessoa que reclama do barulho quando a oportunidade bate à porta."

Michel Levine

Antonia já tinha dito a Eliza várias vezes que não seria capaz de suportar mais um dia sem notícias de Francisco e Joana. Desconfiava que os filhos tivessem ido em busca de José, mas não podia mandar ninguém atrás deles. Não podia correr o risco de que alguém descobrisse a doença do marido.

Para deixar Eliza ainda mais desesperada, alardeava que estava adoecendo. De início, apenas se queixava de dores, desânimo e tristeza. Depois, começou a dizer que era infeliz e que só quando morresse lhe dariam o devido valor. Dia após dia, o mal-estar crescia. Às vezes, deitava-se na cama e contava à filha que sonhara com a própria morte. Antonia dizia que preferia morrer a ter que conviver com um leproso dentro de casa. Eliza, que sempre fora como um reflexo da mãe, sem impor a própria voz, estava com medo. Via-se sozinha e sem apoio: o pai estava com lepra; a mãe, doente; e os irmãos, desaparecidos.

"Uma das maneiras de saber que encontramos uma pessoa realmente especial é o tempo que podemos ficar com ela sem precisar dizer nada. Falar demais transmite a mensagem de que você não se sente confortável consigo mesmo."

Will Bowen

A luz cinzenta da manhã deixava as folhas das árvores ainda mais reluzentes. Francisco acariciava a pelagem castanha de seu cavalo, enquanto Ana Clara o observava. Quando notou sua presença, ele encheu os pulmões de ar, como quem toma coragem antes de uma decisão importante, e se dirigiu a ela, fitando-a nos olhos e dedicando-lhe uma atenção que jamais dispensara a outra mulher em sua vida.

Desde que a conhecera, sentira por ela uma afinidade inexplicável. Gostava de seu sorriso largo, de sua maneira de falar, de seus gestos delicados. Chegava a sonhar com os momentos em que Ana Clara enrolava os cabelos com a ponta dos dedos. Contava os segundos para estar novamente ao lado dela, e a admiração que tinha por ela só crescera desde a primeira vez que a vira. Estava decidido a pedir sua mão em casamento. Nem a mãe, que sonhava vê-lo casar com uma nobre donzela, poderia convencê-lo do contrário. Francisco amava Ana Clara.

Aproximou-se dela, a ponto de sentir sua respiração, e segurou suas mãos. Se a jovem tinha alguma dúvida de que existia um sentimento maior por aquele que descobrira ser seu irmão, ela se dissipou por completo. Francisco mal lhe tocara a pele alva e Ana Clara já sentia uma sensação diferente que percorria toda a sua espinha, ondas quentes e explosivas que pareciam prontas a inundar todo o seu corpo. Apavorou-se com a ideia de um possível envolvimento, mas não havia escapatória. Seus sentimentos haviam ganhado vida, e já não podia mais aprisioná-los.

Joana os interrompeu, afobada, dizendo que era hora de seguir viagem. Teriam que correr para chegar ao destino antes do anoitecer. Ana Clara tratou de dispersar os pensamentos e sufocar as emoções. Mesmo que quisesse, não conseguiria descrever o que se passara instantes atrás.

Então seguiram adiante, na direção que Francisco apontara, e cavalgaram pelo resto do dia, sem descanso.

"É na mente que se iniciam os planos de ação. A mente ociosa cria imagens infelizes que se corporificam com alto poder de destruição, consumindo quem as elabora e atingindo as outras pessoas. Luta com vontade para que a 'hora vazia' não se preencha de lixo mental, tornando-te infeliz."

Joanna de Angelis

Rebeca estava estremecendo de ansiedade em sua casa humilde no vilarejo, e o remédio para sua angústia eram os conselhos de Izabel, que a deixavam mais segura. A irmã de Maria estava certa de que deveriam manter o pensamento firme e rezar com fé para que Ana Clara sentisse a vibração do pensamento de ambas. Izabel sabia que o encontro da jovem com o pai seria um momento difícil, principalmente com Francisco e Ana Clara, que não sabiam de nada, mas tinha certeza de que a menina tinha o coração puro e bom e que saberia lidar com a situação melhor do que ninguém.

— Mas quem deve perdoá-lo, antes de qualquer pessoa, é você — disse Izabel.

A mãe de Ana Clara sabia que aquele era um momento crucial em suas vidas. Não podia ignorar que José estaria frente a frente com a filha. Ao mesmo tempo, tinha medo. Temia que ele rejeitasse a menina, e que ela sofresse ainda mais.

Não parava de pensar em todo o mal que poderia acontecer com os jovens: os perigos da floresta, os saqueadores, a rejeição de sua filha por José e até mesmo a chance de o encontrarem morto. Não descartava também a possibilidade de que a lepra poderia não ser curada pelo preparado de Izabel.

— Os pensamentos têm muito poder. Pare de imaginar coisas ruins e desfechos trágicos — disse a tia, interrompendo seus pensamentos. — Já imaginou que essa aflição pode destruí-la? Que tudo pode estar correndo bem e você está criando um ninho de preocupações em seu coração? A única pessoa a se desgastar com isso é você mesma. Tente despreocupar-se e imaginar que tudo está bem. Se tudo der certo, você terá sofrido à toa. Se não der, não há nada que você possa fazer. A não ser esperar com fé.

Rebeca parou para refletir sobre as palavras de Izabel. Faziam sentido. Mas ela não conseguia livrar-se da preocupação. A tia percebeu que ela continuava agoniada.

— Em primeiro lugar, treine para a felicidade — Izabel disse. — Ela é resultado da maneira como reagimos e nos relacionamos com as situações que ocorrem ao nosso redor. A felicidade não está nas coisas, mas na maneira como nos relacionamos com elas. Podemos escolher se queremos reagir com medo e frustração, ou se preferimos entender o que acontece como fato da vida, sem atribuir a esses eventos qualquer classificação. — Rebeca deixou que seu coração fosse tocado, então Izabel prosseguiu: — Quantas vezes em nossa vida perdemos preciosas oportunidades de sermos felizes? Preferimos a inércia, a preocupação, o medo, a ansiedade. Temos que despertar da nossa ignorância e perceber que esses sentimentos não vão mudar nada para melhor. Só trazem dor e destruição. Despreocupe-se e deixe que Deus, os anjos ou alguma força maior em que você acredite guiem sua vida. Mas essa força divina só poderá agir se seu coração estiver leve. — Rebeca entendeu que deveria libertar-se dos maus sentimentos e transformar-se para estar aberta à felicidade. — O mais importante — finalizou a velha senhora — é não deixar que o comportamento dos outros interfira na sua felicidade. As pessoas só poderão atingi-la se você permitir que isso aconteça.

"Um coração despreocupado vive muito."

William Shakespeare

"Escancare a janela dos desejos e esbanje sonhos. Ninguém sonha em vão, e também não é verdade que os sonhos fogem. As pessoas é que desistem, e eles morrem."

Lady Foppa

Joana já conseguia avistar o leprosário no alto de uma montanha. Faltava pouco para o destino final, e a busca parecia não ter sido tão longa como imaginara em seus sonhos.

Francisco e Ana Clara estavam se preparando para o momento que exigiria deles muita força e coragem. Sabiam que Joana hesitaria ao ver o pai, e o choque com a feição de José poderia prejudicar toda a missão. Por isso, pararam um pouco para conversar a respeito do que encontrariam.

Francisco olhou com carinho para a irmã e a alertou de que José estaria provavelmente muito debilitado e resignado com o fato de que morreria naquele local, sem esperança de que alguém fosse resgatá-lo. Falou sobre os homens que ficavam em volta do leprosário e poderiam impedir-lhes a entrada. Por isso, deveriam estar preparados para o pior.

Joana segurou o choro e teve a exata noção do que o irmão queria lhe transmitir. Mas sentia, no fundo de seu coração, que era possível levar o pai de volta para casa.

— Não há nenhum mal que o amor não possa curar. O amor traz compostos divinos e é um tônico que refaz o ânimo e tem efeito multiplicador. Uma doação de amor pode salvar vidas — disse Joana, com a inspiração que vinha de seu coração. Deixou que os sentimentos fluíssem e optou por dizer "sim" à vida, confiando no universo e entregando seus medos a Deus.

Seguiram em direção ao portão lateral, onde acreditavam que seria mais fácil o acesso, e encontraram um homem de costas largas, que os impediu de prosseguir. Com violência, ele empurrou Francisco e os intimou a sair dali.

Foi então que um dos pequenos milagres da vida aconteceu. Ana Clara percebeu que a feição do brutamontes lhe era familiar. Viu uma marca de nascença na testa dele — era igual à de sua mãe. Então, imagens instantâneas começaram a passar por sua mente, como o dia em que Rebeca levou um estranho para casa, quando Ana Clara ainda era criança, e o apresentou como Damião, seu irmão mais velho, que morava em um lugar distante.

— Damião — disse Ana Clara, sorrindo, emocionada.

O homem olhou para a moça com atenção. Suas feições lhe pareciam familiares, mas sua memória falhava.

— Damião, sou filha de Rebeca! — disse ela.

Ele arregalou os olhos, coçou a barba, como costumava fazer quando estava preocupado.

— Filha de Rebeca. Mas o que faz tão longe de casa? Como chegou até aqui? Não sabe que este é um lugar onde os doentes de todos os condados da região vivem isolados?

Joana e Francisco não conseguiam entender que relação ligava Ana Clara àquele homem, mas ela logo explicou aos companheiros de viagem toda a história de seu tio, e, a Damião, o que fazia ali, omitindo a verdade sobre a identidade de José.

O filho de Maria ficou então realmente disposto a facilitar a missão dos três, e Joana mal podia acreditar na coincidência que acabara de acontecer. Era mais um sinal de que o universo conspirava a favor deles.

> *"À medida que percorre o caminho, o peregrino deve ter o ouvido aberto, a mão generosa, a língua silenciosa, o coração purificado, a voz suave, o passo rápido e o olho pronto para ver a luz. Ele sabe que não viaja sozinho."*
>
> *Alice A. Bailey*

Damião abriu a porta lateral do leprosário e imediatamente Francisco, Ana Clara e Joana sentiram o odor da morte, que lhes inspirara um temor inesperado. As infecções cutâneas dos doentes, misturadas à sujeira do local, davam-lhes náuseas, e Joana chegou a imaginar que não seria capaz de suportar ver a pessoa que mais amava revelando uma dor que talvez não fosse capaz de vencer.

Era importante fazer silêncio para não chamar a atenção. Se um leproso conseguisse escapar do isolamento, seria um escândalo. E Damião fora contratado justamente para evitar que isso acontecesse. Mas ele era irmão de Rebeca e, mesmo distante da irmã, dedicava-lhe uma profunda admiração e respeito, sendo incapaz de negar um favor à filha dela.

Sua respiração era ofegante e seus passos eram leves, mesmo com todo o peso de seu corpo. A maior força de Damião era sua coragem, e, como faltavam homens assim dispostos a trabalhar entre os leprosos, ele havia sido altamente recomendado pelos guardas, mesmo sendo um bandido da floresta.

Quando encontrou José, que estava muito abatido e tinha o rosto parcialmente desfigurado, os braços e as pernas finas e cansadas, pensou que devia carregá-lo, a fim de facilitar a fuga dos jovens, mas não o fez. Ajudou-o a se levantar e a se vestir e o conduziu até a porta lateral, sem despertar suspeitas. Quem assistisse àquela cena certamente imaginaria que o doente estava em estado terminal e seria enviado a um núcleo especial, onde ficavam confinados os casos mais graves.

Lá fora, embora anoitecesse e o ar estivesse tão gelado que as extremidades do corpo chegavam a doer, Joana e Francisco estavam transpirando de emoção enquanto aguardavam a chegada do pai. Cheios de esperança, tentavam disfarçar a ansiedade, enquanto Ana Clara fazia uma prece silenciosa, alheia ao que se passava ao seu redor.

A jovem estava concentrada. Seria um momento único, a partir do qual toda a sua vida faria sentido. Teria a chance única de conhecer o pai e ajudá-lo a se curar, mas sabia que uma circunstância poderia desconcentrá-la: se quando o visse pessoalmente não fosse capaz de amá-lo e perdoá-lo por ter abandonado e rejeitado sua mãe, voltando atrás na decisão que já tinha tomado; enfim, se houvesse algum resquício de mágoa, poderia colocar tudo a perder.

Ana Clara sabia que seria um desafio. Não poderia condicionar-se a gostar de alguém que não conhecia, mas, para que sua missão fosse bem-sucedida, teria que extrair de seu coração o amor mais puro que pudesse existir. Tudo aquilo que havia desejado estava prestes a se concretizar, mas todo sonho que está em vias de se tornar realidade deixa o sonhador sem saber o que fazer.

Sentiu uma gota de suor escorrer lentamente pelo rosto e percebeu que estava nervosa. Queria ter pleno controle de suas emoções. Nesse momento, olhou para a coluna de madeira que os separava da porta de entrada do leprosário e viu uma grande teia de aranha, cujos fios conduziram seus pensamentos para longe dali. Ana Clara transportou-

-se para todas as noites, ao longo de anos, em que observara calmamente o trabalho das aranhas tecendo seus fios delicados, e sentiu uma conexão inexplicável com a energia de sua casa. Como se aquela teia fosse um portal que levasse para aquele lugar todos os instrumentos necessários naquele momento.

Sentiu um calor se irradiar de seu peito e percebeu que, mesmo a distância, Izabel a observava. Quis acreditar que Maria, sua falecida avó, também estava ali, apoiando-a em um momento tão importante, e tentou imaginá-la ao seu lado, fortalecendo toda a coragem que a inspirara a chegar aonde estava. Embargada de emoção, a jovem olhou para o vazio do céu e observou finos raios de luz abençoarem aquela noite. "A vida é uma busca incansável por sentimentos perdidos, por emoções que não se medem, por suspiros e sorrisos", pensou. Viu os olhos de Francisco, repletos de um amor que não conseguia condensar dentro de si, e finalizou mentalmente a oração, emocionada: "O amor é paciente. Ele não é rude, não é interessado, não se irrita facilmente, não mantém nenhum registro dos erros. O amor não se deleita com o mal, mas se rejubila com a verdade. Protege sempre, confia sempre, sempre tem esperança, sempre persevera. O amor nunca falha."

Seus pensamentos foram interrompidos pelo barulho de alguém se aproximando. Olharam em direção à porta e notaram que dois vultos estavam indo em direção a eles.

"Quem não pode encontrar um templo no coração jamais encontrará seu coração em qualquer templo."

Mikhail Naimy

Izolda estava com os nervos à flor da pele. Desde o dia em que o padre Aurélio insinuara que Eliza havia lhe contado em confissão algo preocupante sobre o conde, tentava acompanhar o que se passava nos arredores do castelo. Além disso, intrigava-a o sumiço de Ana Clara. Desde que soubera que a neta de Maria tinha acesso aos pergaminhos, mantivera seus informantes rastreando seus passos. Mas, de algum modo, eles perderam a pista dela.

Izolda não se conformava de jamais ter tido a oportunidade de tentar abrir os pergaminhos. Queria saber, a todo custo, que informação tão secreta aqueles documentos escondiam, e sentia raiva de Ana Clara, a filha de Rebeca, por ela ser a predestinada. Queria que os pergaminhos fossem seus. Com um conhecimento que ninguém mais detinha, teria mais poder.

Izolda sabia que as mulheres mais antigas tinham intuído que o pergaminho fora aberto. A lenda dizia que estrelas cadentes e fenômenos naturais seriam frequentes quando fosse anunciada a chegada da pessoa predestinada. Em questão de dias, todos perceberiam uma mudança de comportamento nas jovens da região.

A madre suspirou profundamente enquanto arquitetava seus planos. Tinha que agir rapidamente. E conquistar a confiança de Ana Clara para levá-la ao convento e convencê-la a contar o que lera nos pergaminhos. Precisava saber de tudo. E cuidava para que seus espiões fossem muito bem pagos para lhe levarem notícias relevantes. A última novidade a desconcertara. Soubera que Lucas, o filho de Abigail, fora visto na companhia de Izabel. A situação escapava a seu controle. E seu ódio cego pela irmã era cada vez mais voraz. Mandou chamar a jovem Bárbara, filha de Abigail e Damião, à sua presença. Tinha tomado uma decisão importante.

"Os homens que tentam fazer algo e falham são infinitamente melhores do que aqueles que não tentam fazer nada e conseguem."

Martyn Lloyd Jones

Izabel pressentia que chegara a hora. Tinha acabado de deixar Lucas na floresta e voltado para casa, onde encontrou Rebeca explodindo de ansiedade. Lembrou-se de uma história sobre esperança que tinha ouvido quando criança.

— Quatro velas ardiam calmamente — Izabel começou a narrar. — O ambiente estava tão silencioso que se podia ouvir o diálogo entre elas. A primeira disse: "Eu sou a Paz, e, apesar da minha luz, as pessoas não conseguem manter-me acesa." Em seguida, sua chama foi diminuindo devagarzinho até se apagar totalmente.

"A segunda disse: 'Eu me chamo Fé! Infelizmente, sou supérflua para as pessoas. Elas não querem saber de Deus, por isso não vejo razão para continuar queimando.' Logo em seguida, um vento soprou levemente e ela se apagou.

"Baixinho e com voz triste, a terceira vela se manifestou: 'Eu sou o Amor! Não tenho mais forças para arder. As pessoas me deixam de lado, porque só conseguem enxergar a si mesmas; esquecem até dos que estão à sua volta.' E também se apagou.

"De repente, chegou uma criança e viu as três velas apagadas.

"'O que é isto? Vocês devem ficar acesas e queimar até o fim.'

"Então a quarta vela falou: 'Não tenhas medo, criança. Enquanto eu estiver acesa, poderemos acender as outras. Quando apagamos as chamas da Paz, da Fé e do Amor, ainda assim nem tudo está perdido. Alguma coisa há de ter restado dentro de nós. E isso tem que ser preservado, acima de tudo.'

"Então a criança pegou a vela da Esperança e acendeu novamente as que estavam apagadas." Depois que terminou a história, Izabel concluiu: "Que a vela da Esperança nunca se apague dentro de você. Ela é a luz que deve nos guiar diante das dificuldades. O caminho da felicidade precisa, antes, ser construído com esperança."

Rebeca estava com os olhos marejados, e ali nascia um fiozinho de esperança.

"Se eu pudesse...
Se eu pudesse deixar algum presente a você,
deixaria aceso o sentimento de amar
a vida dos seres humanos.
A consciência de aprender tudo
o que foi ensinado pelo tempo afora.
Lembraria os erros que foram cometidos
para que não mais se repetissem.
A capacidade de escolher novos rumos.
Deixaria para você, se pudesse,
o respeito àquilo que é indispensável."

Mahatma Gandhi

Do alto da colina, uma vista impressionante deixava Francisco sem fôlego. Apesar da baixa temperatura e da forte ventania, o rapaz parecia não acreditar que conseguira chegar até ali. Por isso, seu rosto contorcia-se enquanto aguardava o vulto que se formava na porta anunciar a presença de José.

Joana não conseguia conter as lágrimas, e apertava a mão do irmão com força. Havia medo em seu coração, mas uma certeza de que o pai seria curado.

Quando se viu fora do leprosário e pôde respirar a liberdade foi que José entendeu o milagre que acontecera. Seus filhos estavam ali para buscá-lo e não o deixariam padecer até a morte.

Joana o abraçou, sem sentir repulsa pelas feridas que se abriam no corpo de José. Era seu pai, e pouco importava sua aparência. Ficou aliviada quando percebeu que ele continuava lúcido, embora estivesse mais magro e com o aspecto deteriorado por conta da doença.

Feliz com a presença de Joana e Francisco, José notou que uma moça os acompanhava. Por um breve instante, vacilou. Suas pernas ficaram trêmulas, o que seus filhos associaram à baixa temperatura. Mas José estava absolutamente surpreso com a presença de Ana Clara ali. Não estava sonhando. Estava diante da menina que vira na casa de Rebeca. O que ela estaria fazendo ali com seus filhos? Que reviravolta teria acontecido durante o tempo que passara fora? Não conseguia encará-la, embora a jovem tivesse aberto um sorriso largo e generoso.

O coração de Ana Clara dava pulos. Estava diante de seu pai. Analisou seu rosto com cuidado, verificando cada linha de expressão, e pôde constatar que herdara dele os olhos grandes e a pele clara, além de outras características. Era como se acabasse de vir ao mundo.

Olhar para o pai pela primeira vez a desconcertava. Pensou se ele a reconheceria e um medo assolou sua alma. Enquanto José abraçava Joana, um sentimento completamente novo fez com que todo o seu corpo tremesse. Tinha pavor de admitir, até para si mesma, mas sentia ciúmes da maneira como ele tratava a irmã.

As emoções foram vindo à tona sem que Ana Clara pudesse contê-las, e ficaram ainda mais indecifráveis quando notou que ele não a reconhecera. Sempre acreditara que tinha uma semelhança com sua mãe, e, em seus sonhos mais secretos, acreditava que ele a reconheceria aos prantos e lhe pediria perdão. Pelo menos esse era seu sonho. Mas a realidade já estava ganhando outra tonalidade.

Enquanto ela estava entregue a esses devaneios, Damião temia que fossem vistos, então os apressou para que fugissem antes que isso acontecesse.

Tarde demais. Outro guarda apareceu e, sem dar ouvidos a Damião, partiu para cima de José, na tentativa de levá-lo de volta para o leprosário. Ana Clara mal teve tempo de pensar, mas intuiu que podia usar um trunfo guardado para um momento de perigo. Puxou de dentro da roupa o frasco com o pó das asas de borboleta e imediatamente o jogou no rosto do guarda. Francisco e Joana não entenderam a reação da moça, mas notaram que algo havia acontecido com ele. O guarda colocou a mão nos olhos e no nariz, espirrando.

— O que aconteceu? — ele disse. — Não estou enxergando nada! O que você fez, menina?

Enquanto ele tentava limpar aquele pó cintilante do rosto, José conseguiu se desvencilhar dele. E todos correram em direção aos cavalos.

Na escuridão da noite, guiaram os animais e só pararam para dormir quando o corpo já não respondia aos apelos da mente. A madrugada era fria. E a noite seria longa.

Ana Clara ficou surpresa com a própria reação, mas não se arrependera. Descobriu que era capaz de qualquer coisa para salvar o pai. E não sabia se aquilo era bom ou ruim.

"Os que se rendem ao desânimo se transformam em pacientes psiquiátricos, vitimados por uma estranha anemia de ordem moral. Observemos os exemplos de quantos se encon-

tram lutando com limitações maiores que as nossas, sem que lhes escutemos uma reclamação sequer."

Irmão José / Carlos A. Baccelli

Longe dali, no castelo onde só havia tristeza, Antonia não perdia a oportunidade de se queixar. Do momento em que acordava até a hora em que ia se deitar, enchia os ouvidos de Eliza com todos os tipos de lamentos. Dizia-se infeliz, sentia que seu corpo estava fraco e reclamava que seus filhos a tinham abandonado para ir atrás de um homem castigado por Deus. Era assim que Antonia via José.

Eliza estava acuada. Não tinha tido coragem de seguir os irmãos, porque temia que a doença do pai fosse contagiosa, e agora lidava com a inesperada reação da mãe que, em vez de alimentar a esperança de ver o marido retornar curado ao lado dos filhos, preferia que a encontrassem doente para perceberem o mal que lhe haviam causado ao contrariar sua vontade.

"O que mais nos faz sofrer no mundo não é a dificuldade. É o desânimo em superá-la. Não é a provação. É o desespero diante do sofrimento. Não é a doença. É o pavor de recebê-la. Como é fácil perceber na solução de qualquer problema, o pior problema é a carga de aflição que criamos, desenvolvemos e sustentamos contra nós."

Albino Teixeira / Francisco Cândido Xavier

Ana Clara despertou na cabana abandonada, no meio da floresta, onde haviam se abrigado e sentiu certa familiaridade com o local. Segura de si, levantou-se cheia de esperança. Sabia que estava preparada para a longa jornada que se iniciaria a partir daquele momento.

Pelo aspecto do lugar, ela pôde perceber que ninguém estivera por ali havia muito tempo e, nas imediações, não havia sinal de vida humana. Enquanto se espreguiçava, tentando disfarçar o vão que parecia existir entre os ossos e a carne, tamanha a dor que penetrava em seus músculos, Ana Clara, prudente, refletiu que, apesar de o local ser muito discreto e não chamar atenção, ainda havia a possibilidade de serem descobertos.

Resolveu acordar os demais antes que o sol nascesse e constatou que Francisco já estava fora da cabana, pronto para partir assim que todos se levantassem. A neblina da manhã era tão densa e palpável que Ana Clara mal podia ver os olhos brilhantes do rapaz, mas já conseguia ouvir os cantos graves e agudos das aves. Só com a claridade do sol foi que conseguiram visualizar a face deformada de José e refletir sobre o que poderia ser feito.

— Não seria prudente voltar com nosso pai para o povoado, já que, com esse aspecto, ele seria banido novamente do convívio com a família — disse Joana.

Foi Ana Clara que propôs a solução. Acreditava que poderiam seguir viagem até a floresta próxima ao vilarejo, onde havia uma cabana escondida em uma região que conhecia como a palma de sua mão. Seguindo os ensinamentos de Izabel, ela cuidaria de José até que sua pele não apresentasse mais sinal da doença.

Ela explicou que a cura do conde poderia levar meses. Até lá, deveriam manter segredo sobre a situação. Francisco concordou com a ideia de imediato. Seria perfeito tê-la por perto cuidando do pai. E poderia visitá-los diariamente, levando roupas e mantimentos.

José emocionou-se com o carinho dos filhos. Seu coração, quase petrificado pela dor enquanto estivera no leprosário, começava a se entregar ao amor que lhe era dedicado.

Olhava para Ana Clara com uma ternura que não conseguia disfarçar. Não entendia como a menina tinha conhecido seus filhos, mas achava aquela coincidência providencial. Todos os anos que a renegara como pai o envergonhavam. A culpa o arrasava. Ainda não era capaz de encará-la.

Já Ana Clara percebia que havia algo estranho no comportamento de José, mas não sabia se o pai a reconhecera ou se estava desconfiado de sua presença junto aos filhos. Sentiu vontade de chorar. Estava longe de casa, com um pai que não a considerava como filha.

Enquanto olhava para os trajes de Joana, um sentimento a incomodou mais uma vez. Mesmo com simples roupas de viagem, ela seria reconhecida como filha do conde onde quer que estivesse. Ana Clara lembrou como fora humilhada pelo pai de Charlotte no meio da praça principal. As pessoas a tratavam mal por ser muito pobre e filha de mãe solteira, quando, na verdade, era filha do conde. Por que não podia usufruir das mesmas regalias e dos mesmos privilégios de Joana? Por que a outra era considerada melhor? Aquelas perguntas martelavam em sua cabeça, principalmente porque o pai não dava sinais de reconhecê-la.

Começou a sentir raiva. A princípio, era em relação ao abandono da mãe, mas foi crescendo e se tornando um sentimento que ganhava formas definidas. Estava com ciúme de Joana. Não que quisesse ter nascido rica, mas achava injusto o fato de José dedicar tanto carinho a uma filha e simplesmente ignorar a existência de outra. Seus pensamentos só foram interrompidos quando Francisco se aproximou devagar e colocou as mãos em sua cintura. Ela sentiu um arrepio.

— Você está tão pensativa... Por quê? — perguntou, sorridente.

Ela ajeitou os cabelos, tentando disfarçar e controlar aquele desejo incabível.

— Não precisa invadir meus pensamentos. Posso pensar sozinha ou devo satisfações sobre eles também?

Francisco não entendia por que Ana Clara se tornara tão agressiva. Ela lhe virou as costas e o deixou falando sozinho. "O destino me armou uma grande enrascada", ela pensou. Estava sufocando o amor por Francisco, tentando administrar seus sentimentos em relação a José e com ciúme do tratamento que o pai dispensava a Joana.

"Quando a chama do amor cresce em alguém, podeis crer que ali sopra o vento da intuição, alimentando-a de sabedoria; tudo isso são possibilidades intrínsecas ao homem."

Confúcio

No vilarejo, Izabel, que pressentira que Ana Clara estava por perto, sabia que a menina ia superar a mágoa de ter sido rejeitada pelo pai durante toda a vida e o amaria como gostaria de ter sido amada. Estava escrito no coração dela. Embora fosse difícil aceitar José de imediato, as emoções positivas acabariam falando mais alto. Deu um suspiro alto enquanto oferecia a Rebeca um suco de maçã, preparado num jarro de barro.

— Quem ama não deixa a mágoa aflorar — ela disse. — O amor é capaz de anestesiar qualquer dor. Quem ama perdoa, enxerga os motivos do outro e as circunstâncias em que pecou, e não o julga por isso. Só o amor pode trazer a redenção.

— Do que você está falando, Izabel?

Sabia que a tia era sábia, mas às vezes ainda se assustava com seus pensamentos repentinos.

— Acho que Ana Clara vai conseguir transpor a indiferença, a rejeição. De início vai ser difícil, mas ela tem que vencer a si mesma. Esse é o desafio. É fácil sermos virtuosos quando as circunstâncias nada exigem de nós. As verdadeiras provações aparecem quando temos dificuldade de ajustar nossos sentimentos, quando lutamos contra eles.

Rebeca ficou preocupada. Ana Clara conseguiria perdoar o pai? Ficar ao lado dos irmãos e não se sentir excluída da família?

"Não devemos ter medo de confrontos. Até mesmo os planetas se chocam, e do caos nascem estrelas."

Charles Chaplin

A viagem de volta para a floresta que ficava nos limites do condado estava sendo mais difícil do que Francisco imaginara. As pausas para descanso eram necessárias, pois José estava debilitado. Francisco temia o que poderia acontecer, embora não revelasse sua preocupação. Sabia dos perigos da floresta. Eram frequentes os assaltos a viajantes. E não era em qualquer lugar que poderiam parar para descanso, mas não havia maneira de prosseguir viagem quando o pai dizia, com a voz fraca, que seu corpo estava dolorido.

Ana Clara sentia que Francisco estava apreensivo. Sabia que ele devia estar preocupado com José. Já os sentimentos dela em relação ao pai oscilavam com o decorrer da viagem. Nos breves contatos que tinham, ele demonstrava tanto carinho e ternura por ela que Ana Clara chegava a se emocionar. Às vezes pensava em abraçá-lo e deixar vir à tona todo aquele sentimento sufocado. Outras vezes, quando o via conversando com Joana, sentia que jamais teria aquela atenção. E se entristecia.

Tentava lutar contra isso e entrar na vibração de um intenso amor pela recuperação do pai, mas, muitas vezes, não conseguia. Era invadida por emoções conflitantes. Chegava a ter pena, amor, raiva e ternura por José em um único dia. Mas sabia que só conseguiria resolver aquilo quando estivesse a sós com ele. Olhou para Francisco e notou que ele parecia abatido. Uma mancha escura em torno dos seus olhos denotava o cansaço de noites maldormidas. Resolveu conversar.

— Ainda estamos longe? — perguntou, tímida.

Ele abriu um sorriso tão iluminado quanto o próprio sol.

— Mesmo que estivéssemos, na sua companhia nenhuma viagem pareceria longa.

O rosto de Ana Clara estava em chamas. Nitidamente perturbada, mudou de assunto.

— Temo que não tenhamos o que comer até o final da viagem. E você está cansado demais para ir caçar. Além do mais, não sabemos o que pode nos acontecer nesta floresta — ela disse.

Ana Clara tinha razão. Os mantimentos estavam no fim, e ele estava cansado para caçar alguma coisa que pudessem comer. A floresta onde se instalariam não estava distante, mas, por causa de José, teriam que parar inúmeras vezes até chegar ao destino. Francisco finalmente se desarmou.

— Não sei o que fazer, Ana Clara. Realmente, nunca fiz uma viagem em que tivesse que parar tantas vezes em um único dia. Está demorando demais. E por isso corremos alguns riscos. Podemos estar sendo seguidos.

Ela ficou assustada. Quebrou uma folha seca com os pés e tentou amenizar a situação.

— É nas dificuldades que temos que encontrar a força que reside dentro de nós.

— Como se isso fosse fácil... Você consegue?

Ela parou para pensar. Estava diante de inúmeras dificuldades e fraquejava.

— Não sei se consigo, mas estou tentando — disse, lembrando da força que fazia para não pensar no pai como um homem que a abandonara e ignorara durante toda a vida.

Francisco olhou para José, que dormia calmamente recostado sob uma árvore.

— Às vezes, quanto mais lutamos contra um pensamento, mais ele nos ocorre — disse.

Ana achou que era melhor deixar a conversa fluir, para ver o que acontecia.

— O que quer dizer com isso?

— Quero dizer que, quanto mais penso naquilo em que não quero pensar, mais dou força para esse pensamento. Entende?

Sim. Ela entendia. E, quanto mais pensava que queria parar de pensar em Francisco, mais pensava nele. Ficou quieta.

— Ei — disse o rapaz, colocando as mãos no queixo de Ana Clara para levantar seu rosto —, por falar em pensamentos, tenho pensado muito sobre nós dois.

Ana Clara achou que seu coração fosse saltar para longe. Não sabia como esconder que também estava interessada nele, mas não podia alimentar nenhuma esperança. Era filha de José. "Somos irmãos", pensou. "Tenho que acabar logo com isso." Tirou a mão dele de seu rosto sem nenhuma delicadeza e virou-lhe as costas. Mas Francisco não queria mais ser tratado daquela maneira.

— Espere. — Puxou-a pelo braço, trazendo seu corpo para perto do dele. — Desculpe. É que me descontrolo na sua presença. Você tem o poder de fazer isso comigo.

Tudo o que Ana Clara queria dizer era que ele também exercia aquele poder sobre ela, que o que mais queria era se jogar em seus braços, mas não podia. Ao mesmo tempo, como ele entenderia que ela queria, mas não podia, se não sabia que ela era filha de José? Era tudo complicado demais. Foram bruscamente interrompidos por José, que acabara de acordar.

— Vamos. Temos que seguir viagem.

Pela primeira vez Ana Clara suspeitou que o pai a reconhecera. Mas como, se nunca a vira antes?

"Muitos problemas são psicossomáticos porque corpo e mente não são coisas distintas. A mente é a parte interior do corpo, e o corpo é a parte exterior da mente. Portanto, qualquer coisa pode começar no corpo e invadir a mente ou vice-versa."

Osho

Charlotte não estava nada bem. Depois do exorcismo ao qual fora submetida, suas crises tinham voltado com força total e seu medo parecia ainda mais aterrorizante. Sentia arrepios só de pensar na experiência com o padre Aurélio. Na presença do pai, fingia que estava bem, para que ele não o chamasse novamente. No dia de sua visita, ele tinha sussurrado a Manoel que via claramente a presença demoníaca no corpo de Charlotte, o que a deixara ainda mais apavorada.

Com medo, ela pedira que ele não se aproximasse. Temia que lhe fizesse algum mal. Mas o padre interpretara aquilo como um sinal de que ela estava realmente possuída. Foi então que pediu a seus dois assistentes que a segurassem e colocou a mão em sua testa, dizendo palavras que ela não conseguia entender. Jogava água benta e sal sobre ela e, empunhando um crucifixo, fitava a menina com olhar assustador.

Assustada e ansiosa para que aquilo acabasse logo, Charlotte só chorava e pedia que a deixassem em paz. Quando finalmente resolveu parar de lutar contra os membros da Igreja, eles acharam que ela tinha sido curada.

Todas as noites, quando o medo a dominava ou a lembrança do dia em que o padre Aurélio a visitara vinha à tona, Charlotte se lembrava da força que Ana Clara lhe transmitia e começava a rezar, pedindo aos seus anjos da guarda que lhe trouxessem a paz.

Mas queria que Ana Clara estivesse ali.

"É através do mental que recebemos, em maior quantidade, as energias, para as distribuirmos aos nossos semelhantes. Mas, se doadores dessas energias eles são, não o são por acaso, mas sim porque, vivenciando as virtudes, desobstruíram esses canais, que então passaram a energizá-los ainda mais, até torná-los verdadeiras fontes de energias de ordem virtuosa.

Distribuem-nas através dos dons da Palavra, da Fé, da Razão, do Conhecimento, da Lei, do Amor e da Vida. (...) Quando benzem com as mãos, ao passá-las pelo corpo do enfermo, magnetizam-no com a energia emitida pelos seus mentais positivos, altamente magnetizados. Essas energias, que são ondas magnéticas, inundam o corpo desenergizado do enfermo, revitalizando-o pelo tempo que durarem seus efeitos."

Rubens Saraceni

Levaram dois dias para chegar à floresta próxima ao condado. José estava exausto, embora parecesse feliz. Ana Clara mal pôde acreditar quando pisou novamente nas tábuas de madeira podre do casebre no qual vivera toda a sua infância. A folhagem das árvores que cercavam a casa abandonada já invadia as janelas, deixando seu interior ligeiramente melancólico.

Francisco e Joana rapidamente trataram de acomodar José e listar o material de que precisariam para que Ana Clara pudesse cuidar dele. Despediram-se, tranquilizados, pois sabiam que voltariam antes do entardecer.

Assim que os deixaram a sós, José ficou constrangido ao se ver sozinho com Ana Clara. Ele reconhecera a filha desde o primeiro momento em que a vira. Mas não poderia assustar Joana e Francisco, demonstrando que a reconhecera, nem que era sua filha. Aquilo o deixava duplamente constrangido. Ter rejeitado a própria filha era algo que o envergonhava profundamente.

— Ana Clara, tenho algo para lhe dizer. — A jovem ficou ansiosa, mas tentou conter o entusiasmo. Então, com a voz embargada, José pediu que ela o perdoasse. — Preciso do seu perdão. Se existe alguém neste mundo que pode me condenar à morte, esse alguém é você. Por tudo que a fiz sofrer. Você e sua mãe, que foram julgadas por todos os moradores do vilarejo e nunca se pronunciaram contra mim. Eu lhe devo explicações.

Tentou dizer-lhe os motivos que o fizeram distanciar-se de Rebeca, mas a jovem não se preocupava em saber disso. Estava contente. Seu pai a reconhecera.

— Achei que você não sabia quem sou. E isso encheu meu coração de dor. Durante a viagem, tive alguns momentos de fraqueza, quando pensei que o odiava. Mas agora percebo que você é um ser humano como eu. Com fraquezas. E devemos entender e perdoar as fraquezas dos outros.

O cômodo sombrio se encheu de luz, e o sorriso de Ana Clara conseguiu penetrar nos poros de José, dando-lhe conforto e esperança. Ele se ajoelhou diante da pureza da filha e se agarrou às suas pernas, num choro compulsivo de alívio. Sentia vergonha de si mesmo e percebia o quanto a menina era sábia.

Num ato sincero e despretensioso, Ana Clara pôs a mão sobre a cabeça do pai, absolutamente convencida de que ele se arrependera do que fizera no passado.

— Ainda que tivesse o dom da profecia e conhecesse todos os mistérios e toda a ciência, ainda que tivesse uma fé tão grande que movesse os montes, se não tivesse amor, nada seria. O amor tudo sofre, tudo crê, tudo espera, tudo suporta — ela disse.

Enquanto proferia essas palavras, cautelosamente aspergia o óleo preparado por Izabel na testa do pai e vibrava silenciosamente para que ele fosse curado. Com um abraço emocionado, selaram a mais nova e pura forma de amor.

Toda a culpa que perseguira José durante anos pareceu dissolver-se por completo. Se ele imaginava que a lepra era um castigo de Deus, naquele momento pensou melhor e percebeu que o perdão o redimia, que podia começar uma nova história.

Ficaram conversando sobre as próprias aflições durante horas, e, quando José foi descansar, Ana Clara percebeu que seus dedos formigavam e todo o seu braço doía de uma maneira que jamais acontecera antes. Pensou em acordar o pai, mas percebeu que só iria perturbá-lo com a notícia. Aos poucos, a dor foi se transformando numa dormência assustadora. Não conseguia movimentá-los. Por alguns segundos teve medo do que poderia estar acontecendo com seu corpo. Sentia-se fraca, e uma leve tontura a atordoava. Foi quando se lembrou do amuleto.

"Ele será um importante catalisador de energias se souber usá-lo", estava escrito no pergaminho. "Quando sentir necessidade, poderá usá-lo da maneira adequada." Segurou-o com força, como se descarregasse toda aquela energia estranha que invadia seu corpo. E fez uma prece, para que o pensamento ganhasse ainda mais força.

Percebeu que seus sentidos iam voltando ao normal, e aquela estranha dormência ia embora. Como estava longe do auxílio e dos conselhos de Izabel, tinha receio de que algo errado pudesse acontecer na floresta. Mas fortaleceu seu pensamento, a fim de não deixar que os medos tolhessem sua fé.

Ainda sob o efeito de felicidade por ter conseguido utilizar o amuleto, Ana Clara percebeu um estranho campo de energia envolvendo o lugar onde estavam. Era uma força que não conseguia explicar. Teve mais uma vez a sensação de que estava sendo observada. "O que é isso?", perguntou a si mesma. Já estava se acostumando aos fenômenos que vinham acontecendo desde que descobrira ser a Predestinada, mas algumas perguntas ainda a perturbavam.

Uma brisa suave e gelada trouxe um velho aroma conhecido: papoulas, uma espécie de flor que não via há muito tempo. Seguiu seu olfato até encontrá-las. Concentrou-se na fragrância que vinha do jardim, no som do vento nos ciprestes, no tímido murmúrio do riacho que ficava próximo dali... A alguns passos, um verdadeiro jardim de papoulas vermelhas de diversos tamanhos se desenhava diante de seus olhos. Teve o ímpeto de colher algumas e guardá-las sob seu manto, tecido com os fios que tinham caído do céu quando recebera o segundo pergaminho. Foi então que, entre elas, percebeu um pergaminho envolto em um âmbar ainda mais reluzente. Abaixou-se com cuidado e o tocou.

VI

Filha da Luz. Quando o desânimo bater à sua porta ou você sentir seu corpo fraquejar, lembre-se de que há uma fonte de energia inesgotável dentro de você. A única coisa que precisa aprender é a ativá-la.

O que você deve entender é que as pessoas que a cercam refletem e criam o que você é.

Cada pessoa que você encontra troca vibrações com você. E você nunca mais será a mesma, pois a energia do outro se integrará à sua energia. Tudo a modifica para sempre. Cada pessoa. Cada palavra.

Então, crie a realidade que deseja, selecionando bem as pessoas e os lugares com os quais troca energia. E impulsione as pessoas a serem melhores. A encontrarem motivação para a vida. A serem elas mesmas. Sem medos e culpas.

Então olharemos para a luz em seu coração e decidiremos quais ensinamentos e tarefas são necessários para que você desenvolva suas habilidades.

A natureza é sábia e trará respostas para tudo, sempre que sentir necessidade. A flor que carrega nos braços um dia será usada como uma medicina poderosa e atenderá às necessidades farmacêuticas humanas. Guarde-a. Um dia precisará dela e intuitivamente saberá usá-la da maneira correta.

"Os cataclismos que subitamente ocorrem na natureza resultam do pensamento e das ações do homem. Onde quer que o equilíbrio vibratório do mundo entre o bem e o mal seja perturbado por um acúmulo de vibrações nocivas, resul-

tantes de pensamentos e procedimentos errôneos do homem, ver-se-á a destruição."

Paramahansa Yogananda

Joana e Francisco tinham decidido não voltar para o castelo. Temiam o interrogatório de Antonia e sabiam quanto seria difícil esconder da mãe que José estava sob os cuidados de uma moça pobre do povoado. Por isso, fizeram uma grande manobra para que os guardas não percebessem sua entrada. Esperaram o momento da troca de turnos, quando os guardas pareciam mais desatentos, para entrar sem serem vistos.

Logo que entraram no vilarejo, foram direto até a casa de Rebeca e Izabel. Pediram que elas os abrigassem, a fim de manter o segredo. Izabel, que hospedara Lucas em seu casebre, logo perguntou para onde tinham levado José. E ficou aliviada quando soube que ele estaria na casa em que Ana Clara nascera e morara com Rebeca.

— Onde está Ana Clara? — perguntou Rebeca quando viu os dois sozinhos conversando com Izabel.

— Ela está bem. Está com nosso pai na casa em que vocês moraram na floresta. Você pode ir vê-la, mas, por favor, seja discreta. Temos que mantê-lo lá até que ele fique bom, senão corremos o risco de que a doença dele seja descoberta no vilarejo. Aliás, se é que já não foi... — disse Joana.

— As pessoas estão preocupadas — confidenciou Rebeca. — Souberam que José estava em uma longa viagem. Além disso, Antonia está doente por causa dele.

Francisco e Joana se entreolharam. A menina conhecia as manobras da mãe para chamar a atenção, mas Francisco ficou nitidamente preocupado com a saúde dela.

— Preciso ir até lá. Não posso deixar que aconteça alguma coisa a minha mãe. Agora que recuperamos nosso pai, temos que dar atenção a ela — ponderou Francisco.

Joana não acreditava que o irmão ainda caía nas armadilhas preparadas pela mãe, mas não disse nada.

A aflição de Rebeca era enorme. Os dois não tinham dado nenhuma pista sobre a reação de José a Ana Clara, e Rebeca já se imaginava fazendo uma visita ao pai de sua filha.

Izabel percebeu que a vibração naquela casa mudara subitamente. Cada um preocupava-se com uma coisa, e as energias e emoções deixavam o ambiente confuso e perturbado.

— Deixem que seus corações falem — ela orientou. — Vocês estão todos em uma agitação inútil, que não levará a nada.

Com calma, determinou que Joana fosse até o castelo consolar a mãe, que Francisco voltasse ao casebre com os mantimentos e que Rebeca esperasse para visitar Ana Clara em um momento mais oportuno.

— E por que tenho que voltar ao castelo? — argumentou Joana.

— Porque está na hora de você se reconciliar com sua mãe — respondeu Izabel. — Tente vê-la de outra maneira. Ela só precisa de carinho.

Antes de sair, Joana contou a Rebeca que Damião estava trabalhando como guardião do leprosário e que os ajudara. Do coração de Rebeca brotou a culpa por não tê-lo auxiliado no momento em que ele mais precisou: quando lhe pediu que cuidasse da filha que tivera com Abigail.

"É fácil amar as pessoas que estão distantes. Não é fácil amar as que estão perto de nós. É mais fácil dar um prato de comida a um faminto do que abrandar a solidão e o sofrimento de quem precisa de amor em nossa própria casa."

Madre Tereza de Calcutá

A beleza de Bárbara já causara algum desconforto entre as freiras. Elas achavam que a menina não deveria jamais expor seu rosto na presença de um homem, pois temiam que ela pudesse provocar pensamentos pecaminosos. Bárbara tinha a pele quase transparente de tão branca e muitas sardas nas bochechas rosadas, além de cabelos ruivos e vibrantes, que procurava esconder.

Naquela manhã, fora procurada por Izolda, a madre superiora, que a aguardava diante do altar da igreja. Discreta, convidou a jovem para um passeio no jardim, cuja brisa densa e gelada penetrava-lhe os ossos. Além do frio, um medo que jamais experimentara percorria-lhe a espinha. Era raro um momento de conversa com Izolda, e estava ansiosa em ouvir o que ela teria a dizer. Durante muito tempo, a madre persuadira Bárbara a permanecer enclausurada naquele convento, para que pudesse usá-la no momento adequado.

Conhecida por sua rigidez, a madre era temida pela maioria das freiras. Bárbara demorou para entender por que ela estava perdendo seu tempo com uma noviça naquele discreto passeio pelo jardim. Foram apenas alguns minutos de conversa, mas o suficiente para mudar o rumo da vida de Bárbara.

— Escolhi você para uma missão especial, pois tem uma história de vida muito parecida com a minha, e imagino que possa chegar aonde eu cheguei — começou Izolda, instigando a curiosidade da moça.

Apavorada com a ideia de decepcionar a madre, Bárbara ajoelhou-se diante dela e deixou escapar uma lágrima emocionada.

— Se sou digna de ser comparada à senhora, não vou decepcioná-la.

Izolda olhou discretamente ao redor, para se certificar de que ninguém ouviria o que tinha a dizer, e, com o olhar penetrante, contou à jovem o segredo que envolvia o pergaminho, cuja existência poucos puderam comprovar.

A mulher sabia que seus pais tinham ficado com o pergaminho quando a levaram para o convento, mas nunca tocara nele, pois deveria esperar completar quinze anos para fazer a tentativa. Estava certa de que nem Izabel nem Maria tinham conseguido abri-lo. E também achava impossível que a petulante Rebeca tivesse feito isso. "Um documento dessa magnitude não seria entregue a uma estúpida como ela", pensava.

Ao mesmo tempo, achava que Ana Clara também não seria capaz de abri-lo, embora estivesse surpresa com as atitudes da menina.

Por isso Ana Clara a incomodava. Além de ser uma jovem que começava a se destacar no vilarejo, podia ser ela quem tinha acesso aos pergaminhos, cujo conteúdo não conhecia. Sua maior preocupação era que Ana Clara espalhasse seu conteúdo por todo o vilarejo. Achava aqueles textos muito especiais para ficar na mão da pobre filha de Rebeca.

Izolda relatou a Bárbara um pouco da história de vida da menina, que era repleta de segredos que poucos conheciam. Foi com grande interesse que Bárbara ouviu que Ana Clara havia sido criada na floresta pela mãe, Rebeca. Tinha se mudado para a casa da falecida avó, Maria, aos dezessete anos, e desde então tornara-se uma figura conhecida no vilarejo.

Dizia-se que a jovem aprendera truques de magia com Izabel, irmã de sua avó Maria, mas Izolda acreditava que ela poderia ter nascido com dons especiais, que haviam aflorado com o passar do tempo. Mal sabia a madre que Ana Clara estava naquele momento ao lado do homem mais poderoso do vilarejo, exercitando seus poderes de cura.

"(...) pessoas que dominam o dom de curar com um simples toque, pelo olhar ou mesmo por um gesto, sem nenhuma medicação. (...) É evidente que o fluxo magnético exerce um grande papel no caso, mas, quando se examina o fenômeno com o devido cuidado, facilmente se reconhece a presença de mais alguma coisa. (...) A maioria das pessoas qualificáveis como médiuns curadores recorre à prece, que é uma verdadeira evocação."

Allan Kardec

Enquanto Joana e Francisco se preocupavam em reunir os mantimentos necessários para abastecer o casebre em que estava José, Ana Clara se concentrava em tornar o lugar mais agradável e acolhedor para o pai. Como estava fechada há muito tempo, a casa estava suja, mal arejada e cheia de insetos.

Ela resgatou a vassoura de trás da porta e limpou todo o chão, lembrando a época em que vivia ali com a mãe e varria toda a sujeira para fora, atraindo os pássaros, que voavam felizes para recolher as migalhas de pão.

José olhava para aquele casebre precário imaginando como Rebeca teria criado a filha ali, sozinha. Como se adivinhasse os pensamentos do pai, a jovem expressou o que sentia em palavras.

— Foi aqui que eu nasci, sabia? — disse, mostrando com o olhar o canto exato onde Rebeca tinha dado à luz.

— Sua mãe foi uma mulher corajosa — começou José, e parou para refletir antes de continuar. — Muito diferente de mim.

Ana Clara sentiu pena do pai. Viu que ele se martirizava constantemente. Sua dor chegava a ser palpável.

— Posso lhe perguntar uma coisa? — disse, tímida.

Ele sorriu, fazendo um sinal afirmativo com a cabeça.

— O senhor amava minha mãe?

José inspirou o ar com força. Seu peito ficou apertado, e seus olhos não seguraram uma lágrima insistente.

— Sua mãe foi a coisa mais preciosa que já aconteceu na minha vida — sussurrou, como se conversasse com uma criança.

A menina quis saber, então, por que o pai a tinha abandonado.

— E quem larga um tesouro precioso assim, como se ele não existisse?

Ele passou a mão sobre a cabeça dela.

— Às vezes o destino nos apronta ciladas. Um dia você vai entender isso.

Por mais que quisesse continuar com as perguntas, seu pensamento imediatamente se dirigiu a Francisco. Teve vontade de responder: "Sim pai, essas ciladas do destino eu já consigo entender."

"Se você busca se libertar da escuridão, ore pela libertação; se busca a cura, ore pela cura; se busca dons espirituais, ore por eles. Seja o que for que busque, peça à mãe santa e mantenha a fé perfeita de que isso lhe será dado — e assim será."

Tau Malachi

Os negócios do mercador de lã mais próspero do vilarejo não estavam indo bem. Manoel passava dias e noites buscando soluções, mas nada surtia efeito, o que deixava Charlotte ainda mais apreensiva.

Naquela tarde, Samara trazia algumas tintas e tecidos que recolhera na feira. Pensava em fazer algo novo para ajudar o marido, mas estava tão cansada que foi se deitar cedo, deixando-os sozinhos. Charlotte olhou para aquele tecido macio e para suas cores vibrantes e teve uma ideia. Começou a pintar em uma prancha de madeira.

As ideias brotavam de sua mente e tomavam a forma de desenhos. Lembrou que não comia nada desde o dia anterior, mas nada mais importava. Percebeu que a aplicação daqueles pigmentos líquidos sobre a superfície era algo que, além de distraí-la, dava-lhe uma sensação há muito esquecida. Era um sentimento que alimentara quando criança, ao passear com a mãe pelas ruas do vilarejo: uma inquietante vontade de permanecer fazendo apenas aquilo que estava fazendo, sem a expectativa de se entregar a nada novo. Esses momentos eram raros na vida de Charlotte. Pensou que estava sempre ansiosa por começar algo. Era uma insatisfação crescente, uma vontade de fazer algo que não sabia o que era.

Agora, diante daquelas cores disponíveis para dar vida à prancha de madeira, percebeu que havia uma esperança. "Por que não começar a pintar?", pensou. Aquilo poderia dar uma nova perspectiva à sua vida. Pintando, ela poderia se expressar sem palavras e trazer à tona todas as recordações que a atormentavam. "Ana Clara aprovaria isso", concluiu, imaginando o incentivo que a amiga lhe daria, de investir em algo de que realmente gostasse.

A possibilidade de criar algo fez seu coração palpitar. Olhou pela janela e percebeu que algumas andorinhas levantavam voo. "Seria impossível retratá-las", sussurrou. Mas logo lembrou que tinha que se libertar de seus fantasmas. "Talvez seja hora de começar", decidiu. Era um grande passo. Descortinar um novo horizonte seria um desafio e tanto para a vida da filha do mercador de lã mais tradicional de Montecito. Mas ela estava disposta a começar.

Francisco não mediu esforços para retornar ao casebre em que Ana Clara e José estavam. Assim que foi possível, ingressou novamente na floresta, onde surpreendeu Ana Clara fazendo um lindo ritual sob a luz do luar.

Com a cabeça de José apoiada em seu peito, a jovem entoava uma prece, enquanto passava um pano umedecido com a poção preparada por Izabel em todos os ferimentos dele.

"Dai força àquele que passa pela provação.
Dai luz àquele que procura a verdade.
Dai ao viajante a estrela-guia, ao aflito, a consolação, ao doente, o repouso.
Dai ao culpado o arrependimento, ao espírito, a verdade, à criança, o guia, ao órfão, o pai.
Deus! Um raio, uma faísca do vosso amor pode abrasar a Terra!
Deixai-nos beber nas fontes dessa bondade fecunda e infinita, e todas as lágrimas secarão, todas as dores acalmar-se-ão. Um só coração, um só pensamento subirá até Vós, como um grito de reconhecimento e de amor.
Deus! Dai-nos a força de ajudar o progresso, a fim de subirmos até Vós; dai-nos a caridade pura; dai-nos a fé e a razão; dai-nos a simplicidade, que fará de nossas almas o espelho onde se deve refletir a Vossa Pura e Santa imagem."

Prece de Cáritas

Ana Clara parecia estar em outra dimensão. Cada vez que passava o unguento na pele de José, repetia as palavras com uma força e um entusiasmo inacreditáveis. Era movida por uma fé e uma energia incalculáveis.

Francisco observou que o pai já parecia revigorado e contente, apesar de ainda apresentar inúmeros ferimentos pelo corpo. Mas era evidente que algo estava acontecendo. Não saberia detalhar se fora o amor de Ana Clara, seus cuidados, a poção ou os rituais, mas a verdade era que tudo aquilo fazia algum sentido. O pai apresentava sinais de melhora, e pouco importava o que estava provocando aquele efeito milagroso.

Antes de interrompê-los, Francisco imaginou Ana Clara como sua esposa e chegou a se emocionar com a possibilidade de tê-la em seus braços. Contava as horas para ter a jovem ao seu lado. Tinha em seus planos uma linha cronológica claramente definida. Assim que o pai ficasse curado, levaria-o de volta ao castelo e pediria a mão de Ana Clara em casamento.

Porém, uma conversa entre o pai e a moça o acordou de seus devaneios amorosos. A princípio, achou que José estivesse delirando, mas depois percebeu que estava completamente lúcido.

— Quando conheci sua mãe, fraquejei. Meu maior pecado na vida foi não ter acreditado em meu coração. Hoje, vendo você, fico pensando como pude viver tanto tempo sem o seu perdão e o de sua mãe. Não consigo imaginar como puderam viver todo aquele tempo aqui na floresta, para que minha família não soubesse que você era minha filha...

José encerrava a história chamando-a de filha. E ela o chamava de pai. Com um arrepio na espinha, Francisco largou a trouxa com os mantimentos e medicamentos enviados por Izabel e partiu, completamente atordoado, de volta ao vilarejo. Filha? Sim, ele tinha escutado direito. Mas não conseguia acreditar. Se Ana Clara era filha de José, também era sua irmã.

7

"A doença resulta do desequilíbrio. O esquecimento da própria identidade cria pensamentos e ações que conduzem a um estilo de vida insalubre e, finalmente, à doença. A doença em si é um sinal de que você está desequilibrado porque se esqueceu de quem é."

Barbara Ann Brennan

Quando Joana chegou ao castelo, Eliza jogou-se em seus braços.

— Irmã, por onde andou? Tive tanto medo... Estou aterrorizada com o estado de saúde de nossa mãe.

Joana percebeu que a preocupação de Eliza era extrema, mas confortou a irmã quanto à saúde do pai.

— Eliza, resgatamos nosso pai! Ele está em segurança e vai voltar curado para casa! Tenho certeza!

A irmã a encheu de perguntas e, antes de levá-la ao aposento em que Antonia descansava, relatou tudo o que acontecera no condado desde que eles tinham partido.

Assim que Joana entrou no quarto da mãe, Antonia assustou-se.

— Resolveu voltar para se despedir de sua mãe? Onde está seu irmão?

Joana quase se revoltou com a pergunta da mãe, mas resolveu não se entregar a esses sentimentos.

— Mãe, resgatamos nosso pai. Ele está bem e em segurança. Francisco já está a caminho. Preciso saber o que está acontecendo com você.

— Eu estou morrendo — disse, com a voz fraca.

— Mas por quê? Você adoeceu de repente?

"Se tem pensamentos felizes, você produz moléculas felizes. Por outro lado, se tem pensamentos ruins, e pensamentos raivosos, e pensamentos hostis, você produz aquelas moléculas que podem deprimir o sistema imunológico e deixá-lo mais suscetível a doenças."

Deepak Chopra

Antonia não queria, nem podia, falar da aflição que guardava no peito. Na verdade, desde que soubera da doença de José, imaginou que também seria castigada por Deus, mas por outro motivo: por ter omitido de todos, durante tanto tempo, que Francisco era filho do bispo e não de José. Seus pecados a deixavam tão transtornada que imaginava que Deus a estava castigando, não só por meio da lepra do marido, mas também a deixando doente. Ter tido relações com o bispo e um filho dele era seu maior segredo e sua grande desgraça. Talvez pelo medo de que a lepra a acometesse, Antonia foi tomada de um remorso repentino.

— Filha, tenho um motivo para estar sendo castigada. Mereço sofrer.

Joana tinha, na verdade, pena da mãe. Via que estava sendo verdadeira, mas não concordava com nada do que ela fazia. Não concordava com todo o drama, nem com o constante desejo de se fazer de vítima. Achava que ela queria a todo instante as atenções voltadas para si, e que só se fizera de doente para que os filhos também se importassem com ela. Mas Joana tinha pensado o tempo todo que a mãe estaria bem. Não imaginava que ela estivesse realmente doente. Achava que tinha sido uma maneira desesperada de dizer que também merecia cuidados e atenção.

Joana não sabia como agir diante da mãe fazendo-lhe aquelas confissões. Merecia morrer? Será que ela estaria realmente sentindo-se culpada por algo que fizera no passado?

"Um dia, a Beleza e a Feiura encontraram-se numa praia.
E disseram uma à outra: 'Banhemo-nos no mar.'
Então, tiraram as roupas e puseram-se a nadar nas águas.
Após algum tempo, a Feiura voltou à praia, vestiu-se com os trajes da Beleza e foi-se embora.
Quando a Beleza voltou do mar, não encontrou suas roupas. Por vergonha de ficar nua, vestiu as roupas da Feiura e seguiu seu caminho.
Desde esse dia, alguns homens e mulheres enganam-se, tomando uma pela outra.
Contudo, alguns tinham visto o rosto da Beleza e a reconhecem, apesar de suas vestes. Mas alguns conhecem a face da Feiura, e as roupas da Beleza não a ocultam a seus olhos..."

Khalil Gibran

"Há, em algum lugar de nosso ser, conhecimentos que ultrapassam todo o saber humano comum."

Porta do Sol

Foi na arte que Charlotte encontrou a cura definitiva para seus males. Por meio da pintura, deixava fluir sua energia e produzia quadros tão belos que o pai teve a ideia de vendê-los na feira.

A jovem estava entusiasmada com suas criações. Passava o dia todo em casa dando vida às tábuas de madeira que Samara e Manoel lhe levavam. Todos os sentimentos sufocados, a energia estagnada e o medo recorrente eram devidamente exorcizados pela pintura.

Seus dias eram de uma disciplina exemplar. Acordava, fazia suas orações e sua meditação, como Ana Clara havia lhe ensinado. Preparava seus chás com ervas calmantes e tentava se concentrar em bons pensamentos. Às vezes, a tristeza e o medo tentavam dominá-la, mas ela logo percebia que sua mente tinha o poder de eliminá-los por completo.

Quando estava com o humor mais denso, sempre acabava optando por pinturas mais sombrias, mas, na maioria das vezes, suas telas refletiam aquilo que tinha em seu interior. E conquistavam mais e mais compradores na feira.

"Sua luz, a sabedoria de suas palavras, o amor latente em todos os seus atos, sua arrebatadora magia, sua sublime pureza, sua profunda ciência e a beleza da sua visão do futuro iam se espalhando pelo mundo."

Maha Chohan

Os dias se passavam, e Ana Clara já iniciara o processo que Izabel chamava de "desintoxicação", durante o qual José expelia todas as formas de doença que haviam se instalado em seu organismo. A jovem também tomava doses homeopáticas de uma poderosa infusão com ervas para evitar o contágio, e tudo correra bem até então.

Para Ana Clara, o mais importante era que José mantivesse a esperança. Sem ela, nenhuma solução seria eficaz. Sentia seus dedos quentes quando posicionava as mãos sobre os ferimentos dele e vibrava positivamente pela sua recuperação. Rezava com fé, e o pai a acompanhava, comovido com a determinação da jovem.

Certa tarde, quando os dois tinham acabado de comer alguns pães que Joana levara ao casebre, Ana Clara percebeu que José já estava praticamente curado e viu que estava próximo o momento de voltar ao vilarejo. Ele já recuperara o antigo vigor, e, em seu rosto, braços e pernas, já quase não havia vestígios da doença.

"Não leve nada para o lado pessoal. Nada do que os outros fazem é motivado por você. É por causa deles mesmos."

Filosofia tolteca

Desde que ouvira o conde chamar Ana Clara de filha, Francisco não tivera mais um minuto de sossego. Lembrava-se de já haver ouvido histórias sobre amores proibidos, mas nunca acreditara que elas pudessem ser reais. Jamais cogitara a chance de viver um romance impossível.

Todas as possibilidades o atordoavam. Se Ana Clara era filha do conde, isso significava que seu pai tivera um relacionamento amoroso com Rebeca, mas era uma ideia absurda demais. Para Francisco, José era um homem de caráter inquestionável e jamais trairia sua mãe. "A não ser que isso tenha acontecido antes de ele conhecê-la", pensou, fazendo os cálculos e concluindo logo depois que, de qualquer forma, ela era sua irmã. "Minha irmã", repetiu para si mesmo.

Não conseguia acreditar. Relembrou todos os momentos que passara com ela, desde que a conhecera no vilarejo. A moça despertara sua curiosidade desde o início. Na primeira conversa, já sabia que ela era diferente. Francisco passou a mão nos cabelos, num gesto de desespero, e ficou imaginando se mais alguém saberia daquilo. Pensou em falar com Izabel. Já que ela dava conselhos tão eficazes, talvez pudesse ajudá-lo.

Só que logo descartou a ideia. Como era parente de Ana Clara, Izabel não era uma pessoa neutra, que pudesse lhe dar conselhos úteis nesse caso. Talvez não adiantasse muito conversar com ela. Mas com quem poderia falar? Joana? Não, definitivamente não. Se contasse à irmã, teria que expor o pai e a situação que presenciara. A vida da família já estava complicada demais para criar novos problemas.

Nunca imaginara ser capaz de sustentar um sentimento como aquele. Estava completamente entregue ao amor pela própria irmã. Tinha feito planos e já estava determinado a pedir sua mão em casamento. Até o momento em que ouvira a conversa. "Se ela tratou tão bem meu pai, tinha seus interesses. É claro. Como não pensei nisso antes? Talvez ela seja como uma cobra, pronta para dar o bote na herança da família, e tenha se dedicado ao meu pai apenas porque ele é o conde e pode tirá-la de sua situação de pobreza." Embora quisesse se convencer daquilo, imaginando uma Ana Clara diferente da que conhecera, no fundo sabia que a moça seria incapaz de trapacear para conseguir o que quer que fosse. "Se ela quisesse arrancar algo dele, já o teria feito, antes mesmo da doença", concluiu.

Francisco ficou imaginando o que se passava na cabeça dela. Sentiu-se um verdadeiro idiota por ter se apaixonado pela própria irmã. Ao mesmo tempo, sabia identificar os sinais. Desde o princípio, notara que Ana Clara olhava para ele de um jeito diferente. "Ou será que só eu vi dessa forma?" Era tudo muito estranho. A descoberta de que o pai tinha uma filha fora do casamento era, por si só, uma novidade que o desconcertava.

Desde pequeno, Francisco era uma pessoa reservada. Tivera alguns relacionamentos durante as viagens que fazia com o pai, mas nada que o tocasse de verdade. Pela primeira vez, sentia que estava apaixonado. O cheiro, a risada de Ana Clara, o olhar meigo e profundo que ela às vezes lançava o enchiam de vigor. Ficava feliz só de olhar para ela, de estar ao seu lado. E isso normalmente não acontecia com as outras pretendentes. Porém, tinha que lembrar que Ana Clara não era uma pretendente. Era sua irmã.

> *"Quantas vezes obrigamos nossos cônjuges, filhos e pais a pagar pelo mesmo erro? A cada vez que o recordamos, nós os culpamos novamente."*
>
> *Don Miguel Ruiz*

Naquele dia, Ana Clara teria uma surpresa. Com os cabelos presos em uma trança enrolada no alto da cabeça, Rebeca se aproximava da cabana na floresta com passos lentos, mas corajosos. Em seu rosto, uma expectativa que a tornava ainda mais atraente. Estava disposta a dar seu perdão a José. As chamas divinas do amor haviam se acendido novamente em seu coração, agora para sempre.

Ela entrou no casebre e se aproximou do pai de sua filha. Naquele momento, ele não era um conde, não era um homem poderoso, nem a autoridade máxima do vilarejo. Era simplesmente José, o homem que conhecera ainda criança, quando seu pai trabalhava no castelo, e com o qual se envolvera anos depois. Ali estava um homem marcado pelo tempo e curado pela própria filha, que renegara durante anos.

— José — chamou, como para provar a si mesma que estava diante de seu antigo e verdadeiro amor.

Ele se virou para ela. Estava diante do passado que o condenara durante anos. Ali estava a mulher que fizera sofrer e que, generosamente, enviara sua filha para resgatá-lo. Era a mulher de sua vida. Respirou fundo, tentando se conter, mas acabou caindo no choro. Queria dizer a ela como sofria por tê-la renegado, como aqueles anos tinham sido duros e como se arrependera do que fizera. Tinha sido um covarde.

— Fui um fraco. Deixei a mulher que amava por causa da ilusão das aparências, da ganância, achando que seria feliz. Fiz a escolha errada. Optei por aquilo que as pessoas achavam correto, e não por minha felicidade. E fui infeliz durante todo esse tempo, por minha culpa. — Encarou Rebeca com olhos que suplicavam seu perdão e continuou: — Durante todo o tempo em que estive no leprosário, só pensava numa coisa: em como condenamos a nós mesmos a uma vida infeliz. Condenei a mim mesmo, durante anos, a viver preso, fazendo algo de que não gosto, sendo casado com uma mulher que não amo, indo contra tudo aquilo com que sempre sonhei. Ficar exilado, junto a um bando de leprosos, não é muito diferente disso.

Rebeca percebia que ele estava sendo sincero.

— Eu também sofri — ela confidenciou. — Fiquei amargurada durante anos, com raiva por ter sido rejeitada. Quase abandonei esta vida quando perdi minha mãe e me vi sozinha no mundo para criar uma filha. Fui julgada quando voltei ao vilarejo, e todos me olhavam como uma criminosa por ser mãe solteira. — José abaixou os olhos. Envergonhava-se por tudo que fizera Rebeca passar. — Mas fui infeliz por minha culpa — ela continuou. — Fui infeliz porque quis. Poderia ter ignorado o que as pessoas falavam, poderia ter tentado amar novamente, poderia ter me aberto a ver o mundo de outra maneira, sem me prender à ideia de que as pessoas me fariam sofrer e de que a vida era dura demais.

Ana Clara, que de onde estava podia ouvir toda a conversa, olhava para a mãe com orgulho da mudança que ela operara em si mesma.

— E fui infeliz, acima de tudo, porque alimentei durante anos uma mágoa que só me envenenou — Rebeca continuou. — De que adiantou culpá-lo pela minha infelicidade? De que adiantou odiá-lo por tanto tempo? — parou para refletir. — Agora estou aqui, diante de você, para dizer que quero me libertar dessa mágoa. Não quero mais viver com ela dentro de mim.

José aproximou-se de Rebeca e a abraçou, derramando lágrimas de arrependimento e amor.

Ana Clara deixou-os a sós. Seu coração estava cheio de alegria. Agradeceu a Deus a força e a coragem que a tinham ajudado a chegar até ali e a perceber que ainda teria uma longa jornada pela frente. Rezou com paixão, enquanto imaginava o que estava para acontecer.

Mas seu maior sonho estava realizado. Deu alguns passos firmes em direção a uma árvore cujos galhos costumavam ser seus companheiros nas brincadeiras de infância. Viu que uma grande colmeia abrigava abelhas que iam e vinham em direção às flores espalhadas no chão. As abelhas pareciam não se importar com a proximidade de Ana Clara, que resolveu tirar um pouco de mel da colmeia. Já havia feito isso algumas vezes quando morava na floresta; então conhecia os movimentos delas. Percebeu que elas se movimentavam rapidamente em direção a um campo de girassóis que havia perto dali. Conseguiu colocar um pouco de mel em seu inseparável cantil e as seguiu. Os girassóis pareciam vivos, imponentes e brilhantes, voltados para o sol.

Sem temer seus poderosos ferrões, Ana Clara sentou-se bem perto das flores e ficou observando-as. Estava sentindo aquela felicidade da qual os pergaminhos falavam. Era uma sensação de plenitude, diferente do prazer. Era uma emoção, um contentamento tão grande que lhe dava vontade de chorar de gratidão por estar conectada com o universo, recebendo tantas dádivas e belezas da vida. Era só sentar e apreciar. Ficou imaginando por que as pessoas não desfrutavam daquele contentamento, não contemplavam a beleza dos momentos em contato com a natureza e não davam oportunidade para que o corpo experimentasse todas as sensações. Via todos c sempre preocupados e com a cabeça cheia de pensamentos tolos, de obrigações a cumprir, sempre ocupando a mente com bobagens. Nunca estavam totalmente presentes, sempre pensando em coisas que fariam depois ou que precisariam dizer a alguém. Lembrou que ela própria já caíra naquela armadilha. E percebeu que, quanto mais observava as coisas acontecendo ao seu redor, mais gratidão sentia por estar viva.

Estar viva. Pensava em como o milagre de existir era deliciosamente curioso. Às vezes se pegava questionando a existência dos pergaminhos, as aparições fantásticas, os sinais, mas depois percebia que, na realidade, muitas coisas na vida também eram fantásticas. As pessoas se acostumavam a elas e não percebiam mais como eram inacreditáveis.

Lembrou-se do dia em que a mãe lhe contara como nascem os bebês. Imaginou um corpo crescendo dentro de outro corpo e sendo expelido dali. Achava aquilo um verdadeiro milagre. Só que as pessoas tinham se acostumado a ele, que, para elas, tinha se tornado comum. O comum perdia todo o seu encanto. Então, pensou, seria questão de tempo a aparição dos pergaminhos ser vista como algo normal?

Enquanto refletia, percebeu que o vento estava cada vez mais forte, fazendo com que as pétalas dos girassóis se movessem freneticamente. Ficou aguardando um sinal. E viu que, ao redor dos girassóis, havia uma espécie de luminosidade amarela. Piscou e olhou novamente. Não estava enganada. Havia, sim, uma cor, além da cor dos girassóis. Era uma luz, um brilho, um colorido que seus olhos começavam a detectar. Caminhou devagar entre as flores e respirou profundamente para captar aquela energia. Sentia-se parte daquele jardim.

Foi então que viu, enfiado na terra, perto da haste de uma das flores, mais um pergaminho. Abaixou-se para pegá-lo, ansiosa pelos novos conhecimentos.

VII

Vocês são os precursores no movimento da Era Dourada. A energia está se movimentando, e logo todos os leões que rugem dentro de seu peito não andarão mais em trajes de ovelha.
Vocês nasceram para serem diferentes e jamais se encaixarão em sistemas que não correspondam àquilo em que acreditam.
O encontro de todos vocês é uma questão de tempo. Alguns já estão em movimento em busca dos outros. Mas não tenham pressa. Cada um tem o seu ritmo, e o seu tempo.
Tenham sabedoria para entender que os acontecimentos em sua vida são apenas momentos. Não se apeguem a nada. A felicidade passará. Assim como a tristeza. O que devem fazer é largar sua caixa de lembranças e aproveitar as oportunidades do aqui e agora. Não se apegar ao passado. Nem ao futuro. Vivam apenas o dia de hoje, em toda a sua plenitude.
Agora vocês são responsáveis por preparar o caminho para que outros aspectos de vocês venham à tona. É tempo de despertar. É tempo de acreditar. E não tenham

medo quando as coisas que desejarem automaticamente acontecerem. A velocidade do pensamento fará com que os desejos dos merecedores sejam satisfeitos.
Mas cuidado com seus desejos.
E confiem em si mesmos. Neste momento, a mensagem está sendo dada a todos. Alguns ainda não acordaram e vivem de braços cruzados, esperando que os dias passem.
Isso não é viver.
Desfrutem de tudo. Vivam em plenitude.
Deixem que seu corpo transborde de emoções e não percam tempo.
Guardem o mel e usem-no para adoçar a vida das pessoas queridas.

Ana Clara viu as letras se dissipando e começou a chorar. Era um choro de contentamento, de gratidão, de emoção por ter sido uma escolhida e por conseguir perceber tantas bênçãos diante de todo o caos.

"A mente não pode ser confinada, pois tudo existe dentro dela. Nada é tão rápido e tão poderoso. Basta observar a própria experiência. Você não precisa de asas. Tudo é pensamento."

Filosofia hermética

A vida na casa de Manoel, o mercador de lã, já não era a mesma. Ele estava deixando, aos poucos, de exercer sua atividade principal para auxiliar a filha a vender suas pinturas, negócio que estava cada vez mais próspero. Charlotte vendia tudo o que produzia, e não era incomum que pessoas viessem de outros vilarejos em busca de suas criações.

A roda da felicidade e da prosperidade atraía ainda mais entusiasmo às atividades da menina. Feliz com a nova terapia e com o sucesso que suas pinturas faziam, tinha planos concretos para o futuro. Além disso, percebia que a esperança era a cura para todos os males. Sem um vislumbre positivo do futuro, jamais teria forças para seguir adiante.

"Palavras saturadas de sinceridade, convicção, intuição e fé são como bombas vibratórias, altamente explosivas que, quando acionadas, fragmentam as rochas da dificuldade e criam a desejada mudança."

Paramahansa Yogananda

O vilarejo estava em polvorosa. A notícia de que José estaria de volta corria por todos os cantos, e aqueles que achavam suspeita a sua demora em retornar ao condado não queriam perder a oportunidade de esperá-lo no portão principal do vilarejo. O padre Aurélio, que soubera por Eliza sobre a doença do conde, durante sua confissão, aguardava-o ansiosamente para analisar sua aparência.

Quando Francisco e Joana chegaram com o pai, todos se manifestaram e acenaram, dando boas-vindas a José. Ele estava saudável. Para não levantar suspeitas, Ana Clara aguardava para retornar ao vilarejo quando as pessoas já tivessem se dispersado. Tinha combinado isso com o pai e não queria decepcioná-lo.

O padre Aurélio estava surpreso. Não conseguia acreditar no que seus olhos viam. Como José fora curado da lepra? Mas não podia dar sinais de que sabia da doença do conde. Precisava manter a discrição, já que Eliza lhe contara tudo sob segredo de confissão.

Porém, não saberia da boca de nenhum dos três o que realmente acontecera.

"Os demônios mais determinados são aqueles que vivem dentro de nós."

Lama Surya Das

A missão de Bárbara estava definida: devia sair do convento como uma jovem desamparada, pedir abrigo na casa de Ana Clara e depois persuadi-la a ingressar no estabelecimento. Ali, Izolda se encarregaria de convencê-la a lhe contar o conteúdo dos pergaminhos. Depois disso, ela não seria mais uma ameaça.

As noviças do convento eram conhecidas no povoado, pois estavam sempre auxiliando na cura de doentes, exceto Bárbara, que Izolda mantivera escondida para poder usá-la quando fosse necessário. Era a sua carta na manga.

Assim que a madre superiora se despediu cordialmente de Bárbara, dizendo que a manteria informada sobre as providências a serem tomadas, a noviça lembrou imediatamente algumas palavras que ouvira em sonho e, por alguns instantes, teve um arrepio, que a acompanharia sempre que seu coração duvidasse de seus propósitos: "Dia após dia lidamos com dilemas em nossa vida. Eles nos são úteis, pois conseguimos perceber que nosso coração está sempre cheio de boas intenções. É preciso coragem para emitir a própria opinião."

Tentou esquecer aquelas palavras, e não associá-las ao pedido de Izolda. Como duvidar da boa intenção da madre que a acolhera desde a infância? Sentia-se compelida a retribuir o gesto de amor e não decepcionar a mulher que tinha como mãe. Não tinha nada a perder. As freiras a tratavam como membro de uma família. E, se Izolda realmente achava importante recuperar os pergaminhos, acataria a ordem e cumpriria sua promessa.

Imaginou como seria Ana Clara, e um venenoso sentimento de cobiça a invadiu por completo. A menina certamente era livre, tinha uma família, e, mesmo vivendo em um povoado pobre, era alegre e tocava o coração das pessoas. Imaginou que Ana Clara não suspeitasse da própria sorte. Era escolhida, havia despertado a atenção de Izolda.

O rosto sardento de Bárbara ficou vermelho. A raiva tomou a proporção que Izolda desejara.

"Dê a seus sonhos todo o seu esforço e ficará admirado com a energia que brota de você."

William James

Foi Izabel quem recebeu Ana Clara e Rebeca com alegria quando as duas voltaram da floresta. Notou que elas conversavam como nunca haviam feito, como mãe e filha, mas também como amigas. Nem precisou pedir que a sobrinha-neta contasse tudo que ocorrera desde que tinha partido em busca de José com Francisco e Joana.

Ana Clara começou pela viagem de ida, dando detalhes sobre os riscos e obstáculos que tinham enfrentado, as coincidências, as pessoas especiais que passaram pelo caminho, os sinais, até o momento do resgate de José. Tinha sido uma viagem mágica, cheia de descobertas e pressentimentos. E sentira, diversas vezes, uma voz conduzindo-os e uma proteção constante, mesmo nos momentos em que fraquejavam.

Contou também sobre os rituais de cura, as preces, a fé, a energia que sentia fluir através de suas mãos, um formigamento insuportável toda vez que tocava José. E concluiu dizendo como tinha se emocionado com a reconciliação entre Rebeca e José.

Vendo o entusiasmo da menina, Izabel lembrou-se de uma antiga lenda.

— Contam na floresta a história de um leão que foi criado por ovelhas e pensava ser uma delas — ela disse. — Até que um leão mais velho o capturou e o levou até o lago. O leão que vivia entre as ovelhas viu seu reflexo na água e se assustou ao constatar que não era uma ovelha. — Ana Clara já sabia aonde Izabel queria chegar, mas deixou que ela terminasse. — Muitas vezes somos como o leão. Temos uma falsa imagem de nós mesmos, que vem do que os outros dizem a nosso respeito. Não imaginamos que fomos condicionados a viver de determinada forma, mesmo tendo uma força desmedida dentro de nós. — Izabel olhou para as duas, que a ouviam com atenção, e prosseguiu: — Olhem para o lago. Vejam a si mesmas. Acordem esse leão que vive dentro de vocês. Não o aprisionem. Esse leão é a sua força, sua coragem, sua vontade de viver. Vocês não são ovelhas.

Rebeca e Ana Clara olharam uma para a outra. Realmente, tinham se libertado das próprias amarras. E descoberto a força que havia dentro delas.

"Não é a intensidade da dor que educa, e sim o esforço de aprender a amenizá-la."

Ermance Defaux

Os dias se passavam e as coisas voltavam a ser como antes no vilarejo. Ninguém desconfiava de tudo o que acontecera com José, mas todos sabiam que Antonia estava gravemente doente. E o conde não conseguia fazer nada para amenizar o sofrimento da esposa. Ela não lhe dava ouvidos, não queria a ajuda de médicos ou curandeiros. Dizia que só Deus poderia acabar com seu sofrimento.

Por mais que Joana e Eliza dissessem que Deus usava a mão das pessoas para curar, ela não admitia visitas e se trancava no quarto. Para Antonia, aquela doença nada mais era do que a punição por seus pecados. Martirizava-se dia e noite, acreditando naquilo veementemente. Era a sua verdade.

Observando-a, José lembrou-se de uma oração proferida por Ana Clara. Nos pés da cama da esposa, rezou baixinho:

— A cura para todos os males está em meu coração,
na fé de que nada pode ser pior do que está.
Sempre melhor.
Hoje vou acreditar que a vida a cada instante
Me reserva surpresas, alegrias e aprendizados.
Viverei tudo com amor, com sabedoria.
E positivarei meus pensamentos,
Pois, do contrário,
boa fortuna não me trarão.

Joana surpreendeu o pai naquele gesto inesperado.

— Ela não quer que chamemos um médico — Joana lamentou.

— É uma pena — disse José —, pois Deus pode atuar por meio das mãos de um médico, de um padre e até mesmo de uma pobre camponesa.

Joana percebeu que o pai se referia a Ana Clara e teve um lampejo de esperança.

"Deus, para a felicidade do homem, inventou a fé e o amor. O Diabo, invejoso, fez o homem confundir fé com religião e amor com casamento."

Machado de Assis

O coração de Francisco estava dilacerado. Desde que ouvira a conversa entre José e Ana Clara, não tinha um minuto de paz. Mas não podia contar a ninguém o que ouvira, para não provocar um escândalo entre as famílias. Então, resolveu procurar o padre Aurélio para se confessar.

Entrou na igreja, onde o homem fazia suas penitências, e pediu que ele o ouvisse.

— Padre, tenho algo a lhe confidenciar. Preciso abrir meu coração para alguém, mas só posso fazer isso com o senhor, sob o segredo inviolável da confissão, porque ninguém pode saber o que vou dizer.

Acostumado a ter as peças de um grande quebra-cabeça em suas mãos, o padre se dirigiu com Francisco ao confessionário. Francisco pensou se deveria mesmo dizer ao padre tudo o que afligia seu coração, mas não conseguia mais guardar aquilo só para si. Precisava contar a alguém que não estivesse envolvido no problema nem oferecesse risco de revelar o segredo.

— Estou apaixonado por minha irmã — começou Francisco.

— Mas, Francisco, que pecado!

O rapaz explicou que não se tratava de Joana nem de Eliza, e sim de outra filha de seu pai.

— É uma longa história, padre. Tudo começou quando eu e meu pai saímos em viagem...

Francisco relatou os detalhes sobre a doença de José, a ideia de Joana e a imprevisível viagem ao lado de Ana Clara para resgatar o pai do leprosário. Explicou como a menina curara o conde e contou o diálogo entre seu pai e a jovem filha de Rebeca, que presenciara sem querer. Terminou o discurso dizendo que estava apaixonado por Ana Clara e pensava em se suicidar caso não pudesse viver aquele amor ao lado da jovem.

O padre se via diante de mais um grande dilema. Não poderia violar o segredo da confissão ou macular a imagem de Antonia, mas, se contasse ao jovem que ele não era filho de José, poderia poupar sua vida. Ao mesmo tempo, seria um grande escândalo no vilarejo, e todos ficariam sabendo que ele desrespeitara um precioso mandamento do sacerdócio.

Francisco continuou seu desabafo.

— O que mais me atordoa é que sei que ela alimenta um sentimento por mim, mas sabe que sou seu irmão.

O rapaz conseguia sentir, no olhar perturbador de Ana Clara, que ela também nutria por ele algo além de amizade. Seu rosto enrubescia quando o via e suas pupilas se dilatavam, revelando seus pensamentos mais secretos. Toda vez que se encontravam, era como se uma estrela cadente surgisse em um céu de anil e os deixasse sozinhos no palco da vida. Não havia quem pudesse abrandar aquela sensação. Era como se todos os seres humanos parassem de respirar só para ouvir os dois corações apaixonados batendo em uníssono.

— Sei que o amor é a chave-mestra para a felicidade, mas, nesse caso, é o cadeado que a trancafia no calabouço escuro e triste que se tornou meu coração — o jovem continuou.

Certa vez, ouvira dizer que o destino era sábio, e que precisávamos entender e aceitar o curso da vida, pois as coisas aconteciam exatamente como deveriam. Mas Francisco sempre questionava essa verdade. Para ele, o destino lhe pregara a maior peça do mundo: colocara o amor verdadeiro diante dele, mas o fizera proibido.

O padre Aurélio fitou o jovem por alguns instantes.

— Essa jovem é a mesma que salvou Rita da condenação? — perguntou. Francisco aquiesceu.

— Já que você não pode tê-la, e ela é uma moça com tantas virtudes, não vejo outra saída: vou determinar que ela entre para o convento — o padre sentenciou. — Dessa forma, ela poderá trabalhar na cura dos doentes, e você será obrigado a esquecê-la.

Francisco não concordava com a ideia, mas o padre Aurélio já tinha um plano em mente.

— As mulheres são a causa e o objeto do pecado. São a porta de entrada para o demônio. Só não são consideradas dessa forma quando são virgens, mães ou esposas. Ou quando vivem no convento.

Estava decidido. Faria o possível para que a menina servisse à Igreja. Ela já lhe causara problemas demais.

"Quando você se observar à beira do desânimo, acelere o passo para a frente, proibindo-se de parar. Ore, pedindo a Deus mais luz para vencer as sombras. Tente o contato de pessoas cuja conversação melhore seu clima espiritual. Procure um ambiente no qual lhe seja possível ouvir palavras e instruções que lhe enobreçam os pensamentos."

André Luís

Rebeca mudara seu comportamento. Parecia estar mais leve, feliz e radiante. Desde que perdoara José por tê-la abandonado enquanto estava grávida e a forçado a criar Ana Clara sozinha durante todos aqueles anos, sua vida adquirira novo vigor. Sentia que o perdão havia sido providencial para ambos e que seu coração estava sob os efeitos daquele ato generoso. Embora tivesse ouvido que José voltara para os braços de Antonia e para o conforto de seu castelo em companhia dos filhos, sabia que ele jamais a esquecera. E isso a envaidecia.

Enquanto observava a mãe sentada no parapeito da janela, Ana Clara ficava imaginando quem seria o dono do destino, que brincava com sua vida como se fosse um grande quebra-cabeça. Perguntava-se por que, enquanto algumas peças se encaixavam perfeitamente, outras eram desconexas. Sabia que devia encarar a vida como uma criança maravilhada diante de um lindo arco-íris, e que sempre que vivia seu dia a dia como uma brincadeira, toda a pressão sobre seu coração desaparecia. Sumia o medo da morte, da vida e do amor. Aprendera isso com seu amigo cego, Alaor.

Mas, ao mesmo tempo em que conhecera o pai com quem sonhara durante toda a vida, apaixonara-se por seu meio-irmão, cuja presença se tornara constante em seu pensamento e em seu coração. Mesmo sabendo que a vida era feita de ciclos de luz e de trevas e que tudo se acertaria no momento certo, Ana Clara estava mortificada. Estava vivendo um dos períodos mais complicados de sua vida. Estava apaixonada por Francisco.

Ouviu o grunhido de um corvo perto da janela. Era um mau presságio. Aprendera que a ave trazia um sinal de desgraça, e, quando emitia algum som, toda a família devia se preparar para uma batalha iminente. Sabia que era tempo de mudanças, e que elas estavam acontecendo rápido demais. Não podia fazer com que o tempo parasse, nem impedir o fluxo dos acontecimentos.

Sentiu um ar gelado vindo do nevoeiro que se instalava em Montecito. Havia uma insistente goteira dentro da casa. Foi logo buscar um recipiente no qual a água pudesse respingar sem alagar a casa e percebeu que os pingos eram fortes e cristalinos. Assim que o recipiente se encheu, a goteira imediatamente parou.

Ana Clara foi até a janela. Suspeitava de que um novo pergaminho apareceria com algum fenômeno extrafísico, mas nada aconteceu. Ficou alguns minutos ali, hipnotizada pelo vaivém de pessoas no vilarejo, e nem percebeu que um anel dourado parecia girar bem em cima de sua casa. Era uma espécie de arco de luz brilhante, que só poderia ser notado por alguém que fixasse os olhos nele com atenção.

Quando viu o arco se movimentando, levou um susto. O que seria aquilo? E se os outros não estivessem vendo aquilo? E se fosse apenas sua imaginação? Quando pensou nessa possibilidade, viu o disco desaparecer imediatamente. Piscou com força, para ver se conseguia enxergá-lo, mas ele não estava mais lá.

Ao mesmo tempo em que ficou aliviada, Ana Clara também se decepcionou com sua falta de fé. Lembrou uma história, que a mãe lhe contara quando era pequena, sobre um homem chamado Jesus, que caminhara sobre as águas dizendo que bastava ter fé. Questionara muito a veracidade da história. Como um homem podia andar sobre as águas? Mas, com o tempo, percebeu que acreditar era mais importante. Naquele momento, viu que não podia duvidar dos fenômenos. Bastava crer.

Correu em direção à janela e olhou para todos os lados, suplicando que o pergaminho aparecesse. Ouviu a goteira novamente dentro de casa. Quando estava prestes a desistir, viu o arco de luz se formar de novo, movimentando-se rapidamente e descendo em alta velocidade, formando uma espiral de fogo. Quando tocou no chão, soltou uma faísca e levantou fumaça, impedindo que se visse o que estava acontecendo por trás. Ana Clara saiu apressadamente em direção ao local em que a espiral se dissipara e encontrou o pergaminho, intacto. Pensou que pudesse estar quente e, com medo de queimar os dedos, puxou a ponta do avental que usava e enrolou a mão no tecido antes de tocá-lo. Nada aconteceu. O âmbar não derreteu como das outras vezes.

Ana Clara ficou desapontada. Achava que o fato de ter duvidado do que via tinha mudado o rumo dos acontecimentos. "Não sou merecedora deste segredo", pensou, tentando não chorar. Resolveu pegar o pergaminho e levá-lo para casa. Dessa vez, quando o tocou, o âmbar que o envolvia derreteu, e ela o viu se desenrolar sob seus olhos. Ana Clara percebeu que, à medida que isso acontecia, um aroma suave de alfazema invadia a casa e acalmava seu ânimo.

VIII

A Lei do Ciclo é uma das maiores leis do universo.
Todos os pensamentos, sentimentos e ações enviados retornarão a você à medida que forem atingidos os objetivos. No caminho de volta, novas vibrações, idênticas àquelas que você tiver projetado, serão incluídas às suas intenções, e você receberá de volta da vida aquilo que der diariamente.
Se criticar, será criticada. Se ferir, será ferida. Se for injusta, receberá a injustiça.
Todo o seu plantio será colhido depois, com os devidos acréscimos.
O que você tem plantado?
Se acha que o invisível é inexplicável, como explicar o amor, a tristeza, o ódio e a dor? Eles não são reais para você?
De que maneira você tem exercido sua influência? Tem feito as pessoas felizes, ou faz com que elas se sintam aliviadas quando você se afasta?
Faça o que fizer, não entre no campo do Reino dos Adormecidos. Eles estão cansados e têm preguiça de pensar. Por isso, preferem viver no esquecimento.

A proximidade de uma fogueira gera a sensação de calor. A proximidade de um mensageiro de luz produz uma sensação de bem-estar. Pratique e demonstre sua força. Aprenda a imantar a água com o magnetismo de suas mãos. Observe a energia que será liberada com sua fé. Da mesma forma que o calor irradiado por um aquecedor proporciona conforto, vibrações do pensamento influenciam a atmosfera de um lar. Não se trata de um fenômeno. É um fato científico.

Quando viu aquelas palavras se desmanchando no pergaminho, Ana Clara ficou aliviada. E acreditou.

"Encha a tigela até a borda e ela transbordará.
Continue afiando sua faca e ela ficará cega.
Corra atrás de dinheiro e segurança
E seu coração jamais ficará à vontade.
Deseje a aprovação das pessoas
E será prisioneiro delas."

O Tao

O convento estava agitado. O padre Aurélio procurava Izolda para lhe contar seu plano. Queria persuadi-la a atrair Ana Clara para o convento. A madre superiora o recebeu com descaso. Não tinha paciência com o padre.

— Izolda, tenho algo importante a lhe dizer.

Sem saber que era algo de seu maior interesse, a madre continuou em seus afazeres, sem dar muita atenção ao que levara Aurélio até ali com tanta urgência.

— Existe uma jovem no vilarejo. O nome dela é Ana Clara... — começou o padre.

Os olhos de Izolda pareceram ganhar outra tonalidade.

— É mesmo? — perguntou, sarcástica. — E o que preciso saber sobre ela?

O padre revelou que soubera de coisas sobre a menina e que era preferível que ela se tornasse freira. Acreditava que ela tinha poderes milagrosos e não achava conveniente que ela se tornasse bem-vista no condado, sem ter tido uma educação na Igreja.

O plano de Izolda estava mais próximo do sucesso do que ela própria imaginara. Poderia valer-se da intenção do padre para executar sua missão.

— Acho que talvez eu possa ajudá-lo — disse, contente. — Tenho uma jovem aqui, Bárbara, que posso mandar para tentar persuadir Ana Clara a ingressar no convento.

— Então — disse Aurélio, determinado —, faça também com que ela seduza o filho de José, porque ele está apaixonado pela moça, e, se eles se casarem, será nossa ruína. — Ele não contou à madre que o casamento seria impossível, já que os dois eram irmãos. — Já imaginou? Ela se casar com o filho do conde e influenciar todo o condado?

Izolda percebeu que tudo fazia sentido. A menina era uma ameaça ao seu poder pessoal. Em todos os aspectos.

"Para haver paz no mundo, é necessário que as nações vivam em paz.

Para haver paz entre as nações, as cidades não devem levantar-se umas contra as outras.

Para haver paz nas cidades, os vizinhos precisam entender uns aos outros.

Para haver paz entre vizinhos, é preciso que haja harmonia em casa.

Para haver paz em casa, é preciso que ela esteja, em primeiro lugar, dentro de seu coração."

Lao Tsé

O coração de Ana Clara estava perturbado. Procurara Izabel nos arredores do vilarejo e não a encontrara. Queria contar a ela sobre o corvo e sobre os maus presságios que pressentira repetidas vezes naquela tarde. Além disso, tinha visto um escaravelho no vão da porta principal da casa, e esse tipo de besouro cascudo não trazia sorte.

Sentiu uma repentina necessidade de conversar com alguém. Por alguns instantes, lembrou-se de Joana e a invejou: a jovem tinha uma grande família com a qual poderia contar em todos os momentos e morava num lugar onde nenhum medo a perturbaria. Respirou profundamente, imaginando-se uma princesa num belo castelo. No mesmo instante, sentiu uma fagulha de esperança, pensando que seu pai, José, poderia convidá-las para viver no castelo no futuro. Morariam todos juntos.

Assustou-se com o teor do seu pensamento. Tentou acalmar seu coração e pensou em Maria, sua avó. Ouviu uma voz interior que lhe dizia: "As condições de existência das pessoas mudam de acordo com as necessidades de cada um." Refletiu sobre essas palavras. Sabia que cada pessoa sabia do fardo que carregava e jamais deveria invejar a posição alheia, acreditando que ela traria uma sorte diferente.

O clima na casa de José não tinha melhorado. O estado de saúde de Antonia só se agravara desde o retorno do marido, e a mulher sadicamente fazia os filhos sentirem-se culpados pela piora do quadro. Antonia lhes dizia que estava doente porque eles a tinham abandonado para resgatar José no leprosário. Embora soubesse que estava apenas tentando manipulá-los, para fazê-los se sentirem culpados, Joana, sem saber como neutralizar as más intenções de Antonia, evitava sua presença.

Havia pouco tempo, Izabel lhe explicara que certas pessoas poderiam ser denominadas vampiras, tendo a habilidade de drenar a energia vital por meio de palavras, contato físico ou mental. Segundo Izabel, o encontro com esses vampiros fazia as pessoas sentirem-se mal e cansadas, e os deixava mais fortes e sadios.

Enquanto Joana refletia sobre o estado físico e emocional da mãe, Francisco não sabia o que fazer para se desligar de Ana Clara. Sua mente simplesmente não conseguia se fixar em nada que não fosse a jovem. Tinha medo de enlouquecer com aquela paixão obsessiva. Pensava em se aconselhar com o pai, mas não imaginava como conduzir a conversa. Como poderia dizer a ele que tinha descoberto que Ana Clara era sua filha? Que estava apaixonado pela própria irmã? E que por isso ela estava na iminência de ser confinada em um convento pela intervenção de padre Aurélio?

Sentia-se como se as pedras das paredes do castelo sufocassem seu coração. Tentava enterrar suas emoções, mas era perseguido por elas a todo instante. Era uma tarde abafada quando resolveu procurar Joana e sugerir que fizessem uma visita à casa de Ana Clara no dia seguinte.

> *"O anseio mais profundo da alma humana é ser compreendida. O anseio mais profundo do corpo humano é de ar. Se você consegue escutar outra pessoa em profundidade, a ponto de ela se sentir compreendida, é como se lhe desse ar."*
>
> *Steven Covey*

Quando Ana Clara encontrou Izabel na floresta, mal pôde acreditar. Precisava falar com ela, mas a tia-avó estava acompanhada de um jovem rapaz. Lucas tinha a postura de um lorde, embora não tivesse riquezas ou propriedades. Tinha os cabelos ligeiramente dourados, a pele muito branca e os olhos de um azul tão intenso que deixariam qualquer mulher desconcertada. Era encantador e parecia maduro e sensível para alguém da sua idade.

Assim que o jovem segurou sua mão, Ana Clara teve a impressão de entrar no campo de energia dele e de perder a referência de si mesma. Era como se outra pessoa comandasse suas palavras e atitudes. Sem distinguir a própria voz, virou-se para ele e disse, olhando-o nos olhos:

— Afaste-se da dor, do peso e da culpa. Não há o que fazer. Eles deixaram-lhe um legado. Cumpra suas promessas, mas se desprenda da tristeza que os traz para perto.

Perplexo, Lucas não conseguiu emitir um som. Afastou-se de Ana Clara e imediatamente se recordou do rosto de sua mãe, cuja beleza selvagem a tornava única.

Izabel os conduziu até um carvalho frondoso que ficava ali perto.

— Vejam este carvalho — ela disse. — É uma árvore muito antiga, mas a única coisa que podemos perceber nela é que é forte como uma rocha. Sua força vem de dentro, da raiz, e se espalha pelos galhos, pelas folhagens. Assim devemos ser. Encontrar nossa força em nossa raiz. — Estava falando sobre o encontro com o eu interior, sobre a natureza e sobre a importância de reforçar laços afetivos. — Reforçar laços afetivos é um antídoto para a dor, assim como fazer novos amigos ou acolher uma família. Mas, embora estejamos sempre apegados aos laços de sangue, devemos saber que, muitas vezes, nossa família acaba sendo constituída por pessoas com as quais não temos nenhum grau de parentesco.

Ana Clara concordou. Há muito percebera que a vida a aproximava de pessoas com as quais tinha afinidade. Tinha sido assim com Izabel, com Joana e até mesmo com Charlotte.

— Existem relacionamentos fantásticos entre irmãs que não nasceram do mesmo ventre, e relações inacreditavelmente odiosas entre duas pessoas em cujas veias corre o mesmo sangue — lembrou Izabel, com a imagem de Izolda atrevendo-se a lhe invadir a mente.

— Minha mãe sempre dizia que as pessoas não pensam antes de desferir duros golpes por meio de palavras e acabam se magoando dia após dia — disse Lucas, que estava quieto até então, lembrando-se das doces palavras de Abigail. — E que a ferida que se cria em torno de uma mágoa geralmente fica aberta e se torna terra fértil para frutos venenosos.

Izabel sabia bem o que ele estava dizendo. Sabia como era fácil tornar-se uma pessoa rancorosa. A receita era simples. Bastava ter um desapontamento com quem se ama e aquecê-lo diariamente. Em alguns anos, a pessoa se tornaria amarga e vingativa.

— Todos nós somos magoados diariamente por pessoas que amamos — ela disse. — Mas a grande arte da vida é saber que muitas palavras serão esquecidas por aquele que disse, e muitos atos são inconsequentes e frutos de momentos de raiva incontrolável — lembrou Izabel, com sabedoria. — Aquele que souber domar os sentimentos, de forma a administrar a dor, sairá vitorioso.

"A violência de que somos vítimas costuma ser menos dolorosa do que a que infligimos a nós mesmos."

François de La Rochefoucauld

Rebeca aproveitava seu dia de descanso para recolher o lixo que se acumulara diante da casa. O esgoto a céu aberto, além de cheirar mal, trazia má sorte se ficasse por muito tempo estagnado ali na frente. De repente, ergueu os olhos e, surpresa, deu com os filhos de José diante de si.

— Bom dia, Rebeca. Gostaríamos de falar com Ana Clara. Ela está em casa? — perguntou Joana.

Sem levantar a cabeça, Rebeca disse-lhes que a filha estava na floresta, com Lucas e Izabel, e lhes informou a direção que deveriam seguir.

— Elas foram em direção ao coração da floresta para mostrar a um rapaz onde fica a Clareira oculta. Sigam na direção de onde o sol se põe e não vão se perder.

Enquanto divagava com a vassoura na mão, Rebeca levou um susto ao avistar uma jovem que se aproximava com passos lentos e ritmados. A rua, cheia de excrementos, parecia se abrir para que a ruiva de rosto sardento e alegre se aproximasse.

Rebeca esfregou os olhos e mal pôde acreditar no que via. Era uma moça cuja pele, olhos, cabelos e expressão eram idênticos aos de Abigail, a primeira mulher de seu irmão, Damião. Só podia ser ela, sua sobrinha, de quem ela não quisera cuidar e que por isso tinha sido deixada no convento.

"Não espere que estranhos façam por você o que você mesmo pode fazer."

Ennius

Tinha sido para proteger um segredo que Lucas fora enviado até Izabel. Ana Clara tinha que estar ciente disso, mas Izabel não sabia como lhe contar que Izolda, a madre superiora, estava interessada nos pergaminhos. A velha senhora queria falar sobre aquela história apenas quando estivessem no coração da floresta, onde ninguém pudesse ouvi-la. Mas seus planos não chegaram a se concretizar. Ana Clara sinalizou que cavalos se aproximavam. Eram Joana e Francisco, que chegavam com a iminência de uma chuva.

O estrondo de um trovão os surpreendeu, e um relâmpago caiu perto dali, anunciando uma tempestade inoportuna.

— Temos que nos proteger da chuva que está por vir. Essas tempestades são traiçoeiras — Izabel apressou-se em dizer.

Os cinco correram em direção ao casebre que ficava próximo dali para se proteger da chuva. Ana Clara estava tensa, pensando em Rebeca. Um medo estava fazendo seu estômago ficar embrulhado, trazendo à tona uma ansiedade daquelas que antecedem os grandes eventos. Ela sabia que algo importante estava para acontecer, e sua aflição era por não conseguir decifrar o que seria. Seu coração lhe implorava para procurar a mãe, mas ela não podia ir a lugar nenhum com a tempestade que se formava lá fora.

Em alguns instantes, sua agonia ficou evidente, e todos perceberam que ela estava sufocada por um pressentimento indecifrável. Joana passou a mão sobre sua cabeça, tentando acalmá-la, e o gesto desencadeou uma crise de choro de grandes proporções. Francisco lançou um olhar preocupado para Izabel.

— O que faremos?

— Hoje vi um escaravelho e um corvo — Ana Clara desabafou para Izabel, que parou diante dela. — Não tenho um bom pressentimento em relação a esses bichos. Sei que algo ruim vai acontecer. E não há nada que eu possa fazer.

Sabia que Rebeca corria perigo e que não teria como ajudá-la. Reuniu todas as suas forças e foi até a porta do casebre. Precisava de ar. Francisco se levantou. Queria acompanhá-la, mas Izabel fez um gesto com a mão, recomendando que ele a deixasse. Ana Clara precisava ficar sozinha.

A ventania só aumentava, e Ana Clara já não tinha medo do que poderia acontecer. Sentiu aquele ar gelado nas bochechas e começou a experimentar uma estranha atração puxando-a para perto de uma árvore que ficava próxima à Clareira oculta. Era como se uma força a atraísse. O pergaminho estava próximo. Olhou para o céu, que refletia nitidamente o que estava escondido em seu coração: uma turbulência sem fim e uma profusão de cores que se entrelaçavam, formando uma imagem assustadora.

A chuva começou de repente, e com força. A floresta atraía raios violentos, que despedaçavam árvores em um piscar de olhos. Mesmo assim, Ana Clara não saiu do lugar. Esperou uma resposta para suas dores, algo que pudesse conter um pressentimento assustador.

A tempestade ficou ainda mais forte, e as lágrimas da menina acompanhavam o ritmo incessante da chuva. Ela fechou os olhos e levantou a cabeça para os céus, abrindo os braços, em uma tentativa desesperada de gritar por uma resposta. Só que a água que caía se transformou de repente em granizo. Estava muito frio.

Ana Clara se recusou a entrar na cabana, mas a chuva apertava. Estava se arriscando perigosamente. Foi quando olhou bem para os granizos que caíam perto da árvore que a atraíra de maneira curiosa. Aproximou-se e notou que eram pedras diferentes, pequenas joias de todas as cores, envoltas em um cristal delicado. Segurou uma delas. Refletiam seu rosto, a floresta, a cabana... e sua mãe.

Fixou os olhos naquela bola de cristal e tentou enxergar mais de perto o que ela queria mostrar. Rebeca parecia estar fazendo um chá para uma visita. Ana Clara viu um raio dentro daquela bola e reagiu com raiva. Estaria tendo alucinações? Já ouvira falar daquilo. Era um instrumento realmente poderoso, um oráculo antigo, feito com cristais de muita energia. Sabia que aquele formato de cristal centralizava os fluidos mais puros que existiam no planeta. E, quando raios eram vistos, era sinal de que mudanças bruscas aconteceriam na vida da pessoa.

Largou o cristal e segurou o pergaminho com força assim que o avistou. Não tinha tempo a perder. À medida que o documento se desenrolava sob seus olhos, experimentou uma sensação que jamais tivera. Era como se alguém a observasse, mas não como das outras vezes. Parecia que alguém a estava vendo em sua totalidade. Sentia-se desnudada em seus pensamentos, como se todos eles estivessem expostos sobre uma mesa de jantar. Não pôde evitar a sensação de que seus sentimentos estavam repentinamente se revelando.

IX

Os corpos mentais dos homens são como teia de aranha nas quais durante muito tempo foram armazenadas todas as impressões humanas.
Não há como fugir dos fantasmas que assombram sua mente, mas há como transmutar toda a energia e programá-la para que sua vibração seja mais elevada. A vibração da pureza acelera a ação dos elétrons e os ajuda a expandir a luz e a expelir a substância nociva acumulada.
Se seu corpo mental não estiver purificado, você não estará em condições de receber as mensagens.

O movimento perpétuo da energia se manifestará em todos os planos.
Não confiamos a ninguém uma tarefa, por menor que seja, sem primeiro ter certeza de sua persistência na execução do trabalho.
Não desperdice tempo e força.
Aprenda a lição do ritmo. Viva a vida livremente. É necessária uma vontade firme de fazer alguma coisa, o desejo inquebrantável de vencer. Mas tenha concentração e dedicação.
Seu corpo mental está livre de pensamentos pessimistas? Seu corpo emocional encontra-se mergulhado em tristeza? Ou está repleto de entusiasmo, fé e vida plena? Você não conhece nem o dia nem a hora em que será encarregada de uma missão sigilosa num grande trabalho cósmico. Esteja pronta.
Este cristal lapidado em que flameja uma chama púrpura poderá ajudá-la nos momentos de dúvida. É um amuleto poderoso, no qual você poderá ver o futuro quando estiver preparada.

"O pressentimento é um mensageiro do destino."

Canning

Era tarde da noite quando Antonia mandou chamar José. Sentia que estava prestes a morrer e precisava revelar-lhe um segredo, a fim de aliviar seu coração e partir sem culpa. Os religiosos pregavam que antes de morrer era necessário confessar os piores pecados. Ela tinha medo de se encontrar com Deus sem ter dito a verdade ao marido. Na noite anterior, tivera delírios febris e pedira perdão ao filho enquanto dormia.

José entrou silenciosamente no quarto. Sem hesitar, Antonia contou-lhe a verdade que tinha mantido em segredo por tantos anos.

— José, Deus está me castigando por um pecado que cometi. Preciso fazer uma revelação. Francisco não é seu filho.

Estupefato e indignado com a revelação, José tentou fazer perguntas à mulher, de cuja fidelidade jamais desconfiara, mas ela simplesmente sorriu e afagou-lhe os cabelos, pedindo perdão. O conde ficou pensativo, sem conseguir assimilar a informação. Não sabia que a mulher estava tendo delírios, embora ela parecesse estar lúcida. Era difícil digerir aquela revelação dada sem preâmbulos. Como Francisco poderia não ser seu filho? Recorreu às lembranças daquela época e continuou a fazer perguntas a Antonia. Mas a mulher parecia realmente aliviada com o que havia contado ao marido. E não estava disposta a dizer mais nada.

"Se formos honestos, veremos que dentro de nós moram o santo e o assassino."

Arthur Jeon

Ali, diante de Bárbara, Rebeca não conseguiu esboçar nenhuma reação que não fosse a de absoluta surpresa.

— Quem é você? — perguntou, com medo da resposta. Não parava de pensar no dia em que negara o pedido de Damião, que lhe implorava para que cuidasse de sua filha.

Rebeca largou a vassoura no chão e, antes de bombardear Bárbara de perguntas, convidou-a para entrar. Uma chuva de granizo começava a aterrorizar os habitantes do povoado. A correria era geral. Portas batiam, e as pessoas fugiam para suas casas, levantando poeira e deixando a rua praticamente deserta.

Com o rosto aparentemente inofensivo, a jovem cujas sardas pareciam meticulosamente desenhadas à mão a observava com atenção. Rebeca não sabia como iniciar a conversa, nem o motivo que a levara até ali, mas estava curiosa para descobrir de onde a menina vinha e onde tinha vivido durante todos aqueles anos.

— Vim de um convento. — Bárbara começou a executar, com voz doce, o plano arquitetado por Izolda. — Fugi de lá porque era maltratada pelas freiras.

Rebeca estava intrigada com a coincidência. Se a menina não a procurara propositalmente, então fora o destino que a colocara em seu caminho, procurando um lugar para passar a noite, para que se redimisse de seu erro do passado?

Ofereceu-lhe um chá e prometeu abrigá-la por alguns dias, para pensarem em outro lugar para onde ela poderia ir. Enquanto preparava a bebida, Rebeca foi até a porta para ver se Ana Clara e Izabel estavam chegando. Vendo aquela oportunidade única, Bárbara resolveu agir logo. Tinha levado uma erva poderosa — que poderia inclusive ser letal, embora a menina não soubesse disso —, que, como Izolda lhe garantira, era capaz de fazer qualquer pessoa dormir por um longo período. Se a colocasse no chá de Rebeca, poderia procurar os pergaminhos enquanto a mulher dormia. Se deixasse a oportunidade passar, a próxima chance poderia demorar meses. Era o momento ideal, e ela teve que ser rápida.

"Existem pessoas que se acostumam com os próprios erros, e, em pouco tempo, confundem seus defeitos com virtudes."

Paulo Coelho, Brida

Izolda não conseguia dormir. Tinha medo de Bárbara não conseguir cumprir sua missão. Talvez devesse pedir ao padre Aurélio, mais uma vez, que expulsasse Izabel do vilarejo. Sem a velha, seria mais fácil levar a menina para o convento.

Quando a chuva cessou, já era noite alta, mas ninguém no casebre da floresta conseguia dormir. Francisco achou melhor, então, irem a cavalo até o vilarejo, munidos de tochas, para verificar se Rebeca estava em segurança e tranquilizar Ana Clara.

Levou Izabel na garupa, enquanto Ana Clara pegou emprestada a montaria de Joana, que resolveu ficar ali, com Lucas. Ana Clara estava com medo.

— Não sei se quero chegar depressa ou se quero que o tempo passe devagar — disse ela, lembrando que os portões que davam acesso ao vilarejo estariam fechados àquela hora.

— Os guardas do castelo devem estar por lá — disse Francisco —, e eles não podem impedir minha entrada no condado.

Tudo ocorreu como o rapaz tinha imaginado. Sem muito esforço, entraram no vilarejo e foram rapidamente até a casa que tinha sido de Maria.

Logo que entrou em casa, Ana Clara percebeu que havia algo errado. A sala tinha sido revirada, e, no meio dela, estava o baú, aberto e vazio.

— O que aconteceu aqui? — gritou, sem conseguir controlar seus instintos.

Rebeca parecia dormir encostada à parede. E não acordara com seu grito. Um frio percorreu a espinha de Izabel. Alguém tinha imaginado que encontraria os pergaminhos naquela casa.

— Ladrões? Mas não podem ter entrado ladrões aqui! Havia algum tesouro neste baú? — perguntou Francisco, muito nervoso.

Ana Clara aproximou-se da mãe para acordá-la e sentiu sua mão gelada. Colocou os dedos em seu pescoço, para sentir seus batimentos, mas não houve nenhum sinal. Rebeca parecia estar morta.

Um grito ecoou por todo o vilarejo. A tristeza e a dor de Ana Clara invadiram o imenso vazio que cobria o universo.

Izabel ajoelhou-se diante de Rebeca para checar seus sinais vitais e notou um pequeno frasco de barro caído no chão. Como seu olfato era muito poderoso, cheirou-o apenas para ter certeza do que sua intuição já lhe dizia. Era uma erva poderosa e tóxica, utilizada para envenenar as bruxas em uma época mais distante. Sabia que poucas pessoas naquele vilarejo teriam o conhecimento necessário para encontrar aquela planta. Havia um antídoto, que poderia ter sido utilizado se tivessem chegado a tempo. No fim das contas, o pressentimento de Ana Clara tinha sido real.

> *"Tomo a decisão de viver com todas as minhas forças enquanto viver. Tomo a decisão de não perder um minuto de tempo e melhorar o uso de meu tempo da maneira mais proveitosa que puder. Tomo a decisão de não fazer nada que não deveria, ainda que fosse a última hora de minha vida."*
>
> *Jonathan Edwards*

Agora, enquanto olhava o corpo frio e sem vida de Rebeca, Ana Clara parecia ter sido transportada para outra dimensão. Não falava, não esboçava nenhuma expressão, nenhum gesto e nenhum suspiro. Parecia que nem piscava. Sentia-se como uma árvore cujas raízes tivessem sido arrancadas da terra. Tinha diante de si uma escuridão tão profunda que chegava a duvidar da própria fé.

Banhara a mãe em lágrimas quando vira que ela estava sem o sopro divino. Descontrolara-se a ponto de se engasgar no próprio soluço e implorar aos céus que a levassem no lugar dela. Mas não era hora de Ana Clara partir, embora ela, que tantas vezes transpirava sabedoria, não conseguisse entender isso. A morte, a traiçoeira visitante que levara sua mãe deste mundo e ceifara sua alegria.

Por mais que se esforçasse para sair do estado de letargia diante do corpo inerte da mãe, Ana Clara só conseguia pensar que falhara em não ouvir sua intuição no casebre na floresta. Toda a culpa que Rebeca carregara durante toda a vida por ter deixado sua mãe, Maria, morrer sozinha parecia ter se transferido imediatamente para Ana Clara. E com uma força ainda maior, pois ela sentira que algo estava prestes a acontecer e não fizera nada.

Suas energias se esvaíam por todos os poros. Sentia-se sem forças até para pensar. Aos poucos, começou a imaginar como a mãe conseguira ânimo para continuar vivendo, sozinha e com um bebê para cuidar, quando Maria morreu.

Pela primeira vez, Ana Clara enxergou a mãe com outros olhos. Era uma mulher que muitas vezes parecia apática e frustrada, mas que havia superado a perda de um pai, encarado sozinha a maternidade, vivido anos longe do homem que amava, e tudo isso com o peso da culpa pela morte de Maria sobre suas costas.

Ana Clara achava que, se existisse um instrumento capaz de medir a intensidade da dor, a sua não chegaria a um décimo da que Rebeca sofrera em seus piores momentos. Foi a essa conclusão que chegou com a morte da mãe.

Sempre a amara, respeitara, e, embora muitas vezes questionasse seus hábitos e costumes, fazia isso pelo que julgava ser o bem. Mas não conseguia anular a sensação de absoluta incredulidade que a dominava naquela hora fúnebre.

Não tentou dispersar os pensamentos. Preferiu embarcar neles, até que aquela dor dilacerante anestesiasse todos os seus músculos. Levantou-se e dirigiu o olhar agoniado para Izabel.

— Existe consciência após a morte? — perguntou, sem saber que resposta realmente queria ouvir.

A pergunta não era simples. Izabel poderia revelar que acreditava na vida após a morte, e que o espírito havia apenas se desligado do corpo. Mas não quis influenciar Ana Clara. Embora aquele momento fosse decisivo, deixou que a menina acreditasse naquilo que lhe trouxesse maior conforto.

— Ela continua viva no coração daqueles que a amam.

Ana Clara fechou os olhos, deu um suspiro profundo e esboçou um sorriso delicado, que brotou de suas lágrimas.

— Então, sinto que não ficaremos sozinhas.

"Não temerás os terrores da noite, nem seta que voe de dia, nem peste que ande na escuridão, nem mortandade que assole ao meio-dia. Mil poderão cair ao teu lado, e dez mil à tua direita, mas tu não serás atingido."

Salmo 91

Enquanto Ana Clara e Izabel velavam o corpo de Rebeca, Francisco estava preocupado, imaginando por que o pai mandara um mensageiro do castelo atrás dele e de Joana, alegando que precisava vê-los com urgência. Mas ele não deixaria as duas mulheres sozinhas em um momento em que precisavam de consolo e compaixão.

Prometera a Ana Clara que ia descobrir quem assassinara sua mãe. Seu coração ardia como se álcool tivesse sido jogado em uma ferida aberta.

"Não há árvore que o vento não tenha sacudido."

Provérbio hindu

O destino fora cruel com José. Sentia-se como se um castigo arrebatador tivesse descido dos céus. Joana chegara em casa levada pelo mensageiro que fora enviado pelo pai.

— Pai, precisamos descobrir quem assassinou a mãe de Ana Clara. Devemos isso a ela — disse.

Os olhos de José encheram-se de lágrimas. Não sabia como dar à filha a notícia do falecimento de Antonia.

— Teremos tempo para isso. Joana, Antonia partiu.

A menina demorou a assimilar a informação. Achava a mãe tão chantagista e imoral que não conseguia admitir a cruel possibilidade de que ela viesse a morrer.

Ouviu os gritos ensurdecedores de Eliza, inconformada diante do corpo da mãe, e resolveu ir até a torre para que o ar oxigenasse seus pensamentos. Porém, não derramou uma lágrima. Não nesse dia.

Apenas horas depois Francisco foi informado da morte da mãe. A própria Joana saiu do castelo para contar-lhe. Era como se ela ainda não tivesse absorvido a informação. Quando entrou na casa de Ana Clara, Joana não pensou na reação ou nos sentimentos do irmão diante da gravidade da situação. Simplesmente sentenciou que a mãe tinha morrido.

O rapaz virou-se, perplexo. Não conseguia acreditar. Estava tão envolvido no drama de Ana Clara que mal dera atenção à mãe. Saiu da casa em disparada. Precisava ficar sozinho.

Joana viu que Ana Clara e Izabel a observavam e pensou que talvez tivessem estranhado o modo como ela deu a notícia. Respirou fundo, vendo o carinho com que Ana Clara segurava a mão gelada de Rebeca, e desabafou:

— Eu gostaria de ser assim. Gostaria de ter tido um laço, por menor que fosse, com minha mãe. Mas só consigo pensar nela como vítima da própria cilada.

— Cada um tem um jeito de reagir às situações — disse Ana Clara, embora estivesse sem energia. — Não existe certo ou errado. Existem maneiras diferentes. Mas acho que você deveria repensar sua postura e perdoar Antonia. Ela precisa do seu perdão para descansar em paz.

Ana Clara estava certa, pensou Joana, mas achava que seria hipocrisia chorar pela morte da mãe, tendo desaprovado suas atitudes durante a vida toda.

— Não se trata de ser hipócrita — completou Ana Clara, como se ouvisse os pensamentos dela. — Será que você não quer culpá-la pela própria morte porque está se sentindo culpada por ela? Por estar se sentindo culpada de não ter dado a ela a atenção que ela lhe implorou durante meses? Você está com medo de admitir que perdeu a oportunidade de se reconciliar com ela enquanto estava viva.

Joana sentia, em seu íntimo, uma parcela de culpa, que jamais admitiria. Manteria sua versão até o fim.

"Que eu não perca a vontade de VIVER, mesmo sabendo que a vida é, em muitos momentos, dolorosa...
Que eu não perca a vontade de AJUDAR as pessoas, mesmo sabendo que muitas delas são incapazes de ver, reconhecer e retribuir essa ajuda.
Que eu não perca o EQUILÍBRIO, mesmo sabendo que inúmeras forças querem que eu caia.
Que eu não perca a GARRA, mesmo sabendo que a derrota e a perda são dois adversários extremamente perigosos.

Que eu não perca a BELEZA e a ALEGRIA de ver, mesmo sabendo que muitas lágrimas brotarão dos meus olhos e escorrerão por minha alma...
E acima de tudo... Que eu jamais me esqueça de que Deus me ama infinitamente, que um pequeno grão de alegria e esperança dentro de cada um é capaz de mudar e transformar qualquer coisa, pois... A vida é construída nos sonhos e concretizada no amor!"

Francisco Cândido Xavier

Aquele dia parecia interminável para as duas famílias. Enquanto Rebeca era enterrada diante de Ana Clara, Izabel e Lucas, o funeral de Antonia contava com a presença de padres e representantes da igreja, que ressaltavam que a morte cristã deveria ser lenta, nunca súbita, e que, portanto, Antonia morrera corretamente, suportando a dor por meses a fo.

A grande preocupação de Antonia, enquanto vivia, não era a morte, e sim a salvação de sua alma. Naquele decisivo momento, o padre dizia que, como Antonia comprara indulgências, que era o pagamento em dinheiro para a remissão dos pecados, sua alma seria salva.

Joana olhava incrédula para aquela cena. Não acreditava que dinheiro algum pudesse redimir as falhas da mãe diante de Deus. E ela ainda nem imaginava o segredo que estava prestes a ser revelado.

Logo que Bárbara entrou no convento, Izolda sentiu que a menina não havia cumprido sua missão. Bárbara trazia papéis sem nenhum significado, que, ao contrário da culpa que carregava, não pesavam absolutamente nada. Depois de ouvir o que a jovem tinha a lhe dizer, Izolda reagiu violentamente.

— Você foi um verdadeiro fracasso. Fez tudo por impulso e não soube reconhecer o momento de agir para conseguir o que queria. Não concluiu nem a primeira parte da missão que lhe propus. Não me importo de ter tirado a vida de Rebeca, uma mulher que violava os mandamentos de Deus e não tem um homem dentro de casa. Mas você poderia ao menos ter conquistado a confiança de Ana Clara para ter acesso aos pergaminhos, sua inútil!

Bárbara estava cada vez mais amedrontada. Achava que havia feito a coisa certa, e que Izolda se orgulharia dela. Não contava com o desprezo da mulher que mais admirava. Sentiu-se como um inseto sendo esmagado. Mas a madre superiora ainda não estava satisfeita:

— Vou lhe dar uma segunda e última chance. Mas você deverá estudar seu adversário para saber como ele irá reagir. Deve identificar o momento exato de agir para vencer e não temer as consequências dos seus atos. — Bárbara ouvia atentamente as instruções de Izolda, que resolveu plantar ainda mais ódio em seu coração. — Não se culpe pela morte de Rebeca. Foi ela quem negou seu direito à vida. Quando Damião, seu pai, a procurou, pedindo-lhe que cuidasse de você, sabe o que ela fez? Disse que já tinha que criar Ana Clara e sugeriu que ele a deixasse no convento. Você vai se sentir culpada por ter acabado com a vida de uma infeliz como ela? Não! Você só fez o que ela merecia!

Bárbara ajoelhou-se diante de Izolda e pediu perdão. A madre superiora sorriu, satisfeita, e exigiu que ela não falhasse de novo.

"Todos somos reconhecidos pelo brilho da nossa luz."

Djwhal Khul

Lucas preferiu não se envolver no drama de Ana Clara, mas não deixou de perceber que, mesmo diante das adversidades, ela encontrava forças para sorrir e carregar um brilho nos olhos que refletia a beleza de seu coração.

Logo após o enterro de Rebeca, Ana Clara fraquejou. Tinha uma intuição forte em relação aos pergaminhos e sabia que forças estranhas há muito tempo se movimentavam para encontrar a Predestinada. Não queria que nenhuma pista dos documentos fosse encontrada em seu poder e resolveu pedir a ajuda do rapaz. Explicou a ele toda a situação em que se encontrava e lhe entregou a bola de cristal lapidado que recebera com o último pergaminho.

Lucas sabia que aquele era um instrumento poderoso e que estaria correndo um grande risco se ficasse com ele. Apesar de conhecê-lo muito pouco, Ana Clara acreditava que ele não faria nada que pudesse prejudicá-la, já que sua família tinha sido exterminada pelos inquisidores.

— Não lhe entrego os pergaminhos porque não os tenho em mãos, mas fique com isso, por favor. Não quero recorrer a isso para saber o que vai acontecer na minha vida. E não quero ter em meu poder qualquer pista da existência dos pergaminhos. Fique com a bola por um tempo e guarde-a bem.

Depois, pediu licença para ficar alguns instantes sozinha e se afastou de Lucas e Izabel. Precisava respirar, entender o que estava acontecendo, colocar os pensamentos em ordem, por mais que eles quisessem se manter confusos.

"Não é justo", pensou, colocando as mãos no rosto, como se quisesse impedir que as lágrimas rolassem. O vazio que sentia era tão grande que achava que jamais seria preenchido novamente. Viver sem Rebeca era um castigo que beirava o insuportável.

Olhou ao redor. O movimento da natureza seguia seu curso natural. As folhas caíam das árvores ao balanço do vento. Das águas que brotavam de uma fonte próxima, jorravam pétalas de lírios. Tudo parecia seguir em perfeita harmonia — os aromas, as cores, a simetria das formas. Mas seu coração estava despedaçado. Era como se o colorido da vida ganhasse tons de cinza.

Respirou profundamente. Precisava ser forte. Quando soltou o ar e inspirou novamente, sentiu um cheiro de mato queimado invadir suas narinas. E lançou um olhar ao redor e notou que alguns ramos de louro estavam queimando perto dali, como se tivessem entrado em combustão espontânea.

Hipnotizada por aquela fumaça, seguiu em frente. Conhecia aquele cheiro. Sabia que as folhas de louro podiam ser queimadas para provocar visões e que as ervas eram um grande amuleto de proteção e purificação, além de dar força àqueles que estivessem envolvidos em grandes embates. Seria algum sinal?

Quando chegou mais perto, notou que a chama se apagava. Resolveu recolher os ramos. Quando os puxou, percebeu que um fio os ligava a um pergaminho. Começou a chorar, emocionada. Não estava sozinha.

X

Os cristais podem nascer de várias formas: das cavidades vulcânicas, do acúmulo de sais, da erosão das rochas ou de uma forte pressão. Deixe seu cristal nascer das profundezas de sua alma.
Tudo o que existe na Terra tem um campo vibracional que interage continuamente com outros campos. Os portais de energia se abrem, inclusive quando estamos

em contato. Você foi condicionada a acreditar somente naquilo que pode ver, sentir, ouvir ou tocar. Mas deve entender que há muito mais além daquilo que pode imaginar. Deixe sua percepção encontrar as respostas. Veja a magia do universo atuando e acredite nos sinais.

Os raios de luz estão selados no espaço sagrado do seu corpo. Estamos segurando um espelho à sua frente para que você veja a si mesma. Não queira ver o medo que leva as coisas a um desequilíbrio ainda maior.

Alguns eventos ficam registrados na sua memória celular durante anos. Mas não deixe que sementes do medo se instalem.

Acenda os pontos de luz e não se preocupe com o que vier depois. Os ramos de louro lhe trarão proteção. Veja dentro deles e encontrará um cristal vermelho chamado rubi. É uma pedra que protege o organismo e ativa a mente. E é um ótimo remédio para o coração.

Quando se sentir triste ou desorientada, ative a energia deste rubi.

Ana Clara ficou alguns minutos pensando no que tinha acabado de ler, antes de procurar a pedra preciosa entre os ramos de louro. Era um rubi claro com reflexos dourados. Ouvira dizer que esses cristais possuíam uma chama que ardia eternamente e que protegiam seus donos de todo tipo de desgraça.

Ana Clara levantou-se calmamente e foi ao encontro de Izabel. Lucas já não estava mais lá. Com passos lentos, as duas caminharam para casa, a princípio em silêncio e pensativas. Ana Clara sentia-se grata por ter encontrado

Izabel. Sem a presença da tia-avó, estaria desnorteada naquele momento. Como Lucas.

— Este é um momento muito precioso — disse Izabel. — Você deve aproveitar o silêncio interior para se recompor. Não podemos fugir de nós mesmos, por mais que às vezes desejemos dormir para que o tempo passe e cure todas as feridas. Mas precisamos enfrentar a dor e encontrar forças onde não supúnhamos que elas existissem. Aproveite o momento para se reencontar consigo mesma e procure pessoas que estejam em sintonia com sua fase de recolhimento.

Ana Clara lembrou-se de Francisco e de Joana, que também tinham perdido a mãe, e quis tirar de sua mente todos aqueles acontecimentos trágicos.

As duas estavam com o pensamento tão longe que quase não viram a jovem que as aguardava na porta de casa, pedindo abrigo. Estavam cansadas demais para negar qualquer coisa a alguém e fizeram algumas perguntas à menina, antes de deixá-la se instalar naquela casa. Ambas tinham um coração generoso e não eram capazes de negar abrigo a quem quer que fosse.

Assim, Bárbara se instalava naquela casa mais uma vez. Izabel tinha a impressão de conhecê-la. Suas feições não eram estranhas, mas, como às vezes sua memória falhava, resolveu deixar para lá.

Não foi por acaso que Ana Clara sonhou que estava ao lado da avó, Maria, e que ela lhe dizia: "Quando tiver a oportunidade de transformar um inimigo em alguém de quem possa se orgulhar de ter por perto, então seu coração estará realmente apto a perdoar. É fácil ficar em paz com seus amigos. A maior missão é ficar em paz com seus inimigos."

"Em todo o universo, existem somente duas polaridades: a negativa e a positiva. Elas formam o magnetismo. Atração e repulsão."

Magnitude crística

Mesmo sentindo que havia algo contraditório no comportamento de Bárbara, Ana Clara resolveu confiar nela, com a concordância de Izabel. Ambas sentiam que a jovem não tinha intenções positivas em seu coração e que se esforçava para agradá-las de uma maneira que soava falsa. Quando estavam a sós, Izabel e Ana Clara conversavam sobre suas impressões a respeito da menina:

— Se a vida nos impõe certas dificuldades, devemos enfrentá-las de acordo com aquilo em que acreditamos. Podemos até mesmo receber uma pessoa mal-intencionada em nossa casa que conseguiremos neutralizar com nossos pensamentos e atos positivos, e assim fazer dela uma aliada.

Ana Clara olhou para Izabel, ainda desconfiada, embora concordasse com o que havia escutado. Mas ainda havia dúvidas em seu coração.

— Então, mesmo quando temos a sensibilidade de perceber que uma pessoa deseja nos fazer o mal, devemos acolhê-la? Não estaríamos sendo imprudentes?

— Todo pensamento e todo sentimento voltam ao seu emissor — explicou Izabel. — Os sábios dizem que, por meio de nossa existência, podemos reconhecer a história da criação e entender que a responsabilidade por ela está nas mãos de cada um. As formas de pensamento acabam pressionando as pessoas que são receptivas a elas. Assim se formam as relações entre as pessoas: porque elas se prendem a vibrações semelhantes. Isso explica por que alguns aborrecimentos chegam até nós por meio de terceiros, influenciando nosso destino.

Sem imaginar que fora Bárbara quem envenenara Rebeca, Ana Clara decidiu despertar nela o desejo de se tornar uma pessoa melhor.

"Todos conhecem a diferença que há entre uma ideia construtiva e outra destrutiva, bem como a diferença que existe entre o amor e a paz, a calma e a discórdia."

Saint-Germain

Na casa de José, a multiplicidade de sentimentos e humores tornava o ambiente um verdadeiro campo de batalha. Para ele, era mais difícil administrar as situações e brigas decorrentes da diversidade de opiniões dos filhos que digerir a morte de Antonia.

A filha mais nova, Eliza, resolvera culpar os irmãos, Joana e Francisco, pelo falecimento da mãe, e se apegara à religião como uma tábua de salvação. Já Francisco sofria em silêncio, evitando falar sobre o assunto. Além da perda da mãe, tentava sufocar o amor por Ana Clara, que imaginava ser sua irmã. Joana, por sua vez, não conseguia calar-se diante das ofensas de Eliza e a atacava por ter sido covarde e não os ter apoiado quando ela e Francisco foram atrás de José no leprosário.

José não tivera coragem de contar aos filhos a revelação que Antonia lhe fizera na hora da morte. Portanto, ninguém imaginava que Francisco não era seu filho. Estava aflito com isso, mas tinha decidido omitir a informação para não macular a imagem de Antonia.

Em uma tarde cinzenta e fria, Joana pediu ao irmão que a acompanhasse até a casa de Ana Clara. Queria se aconselhar com a amiga e levar alguns mantimentos, pois sabia que a menina poderia estar passando por dificuldades. Não foi difícil convencer o pai a encher a carruagem e pedir aos empregados que os levassem até lá. E foi José quem decidiu que aquilo deveria ser feito semanalmente.

— Papai foi generoso — contou Joana a Francisco. — Pediu que nos certifiquemos de que não falte nada a Ana Clara.

Francisco aprovou a ideia, mas sabia que o pedido do pai não tinha nada a ver com generosidade, e sim com culpa. Por ter deixado a filha desamparada por tanto tempo, José sentia-se na obrigação de sustentá-la na ausência de Rebeca.

Não houve espanto no vilarejo quando a carruagem dos filhos de José parou diante da pequena casa de blocos de pedra. Para o povo, a menina não tinha a quem recorrer, e o conde estava sendo apenas gentil. Para espanto de Francisco, foi Bárbara quem abriu a porta para eles.

A jovem pupila de Izolda já ouvira falar dos dois e ficou perplexa com o que estavam fazendo. Estava atenta a tudo desde que percebera que os pergaminhos não estavam escondidos na casa. Tentava decifrar as conversas entre Izabel e Ana Clara, mas nada descobria, o que a deixava mais aborrecida. Chegara a cogitar que a existência dos documentos não passava de lenda.

Não se sentiu mais culpada pela morte de Rebeca depois que Izolda lhe revelara parte de seu passado. Consternada diante da gentileza inabalável de Ana Clara, tentava a todo momento provocar sua ira. Percebia que a menina tentava lhe agradar, o que a irritava ainda mais. Embora acreditasse que estava cumprindo sua missão e logo a convenceria a morar no convento, desejava secretamente que Ana Clara tivesse um desvio de conduta para desmascará-la. E a invejava com todas as forças de seu ser.

No momento em que Ana Clara apareceu na janela e seu olhar encontrou o de Francisco, Bárbara percebeu que estava ali seu ponto fraco. Os dois se admiravam de maneira perturbadora. Mesmo a mais insensível das pessoas teria notado que Ana Clara enrubescera ao ver o rapaz e que ele não conseguia falar com ela sem gaguejar.

Uma ambivalência de sentimentos incomodava Bárbara. Sentia uma intensa euforia por ter descoberto a maneira de atingir Ana Clara. Ao mesmo tempo, sentia uma ira incontrolável. Decidiu que faria o possível para que o amor entre os dois não se concretizasse. A questão havia se tornado pessoal. Depois que descobrira que Rebeca se negara a acolhê-la, quando ainda era um bebê, porque já tinha que cuidar de Ana Clara, sentira-se duplamente renegada e na obrigação de se vingar das duas.

O que Bárbara jamais conseguiria enxergar era que havia sido apenas uma peça colocada estrategicamente no jogo manipulado por Izolda. E a raiva por Ana Clara já se sobrepunha à sua missão.

Pensou que Ana Clara finalmente lamentaria a perda de Rebeca, choraria toda a dor acumulada em seu peito e rogaria aos céus que a levassem, mas a viu sair de casa sorridente e abraçar Joana com a afeição de uma irmã, fazendo-a derramar lágrimas contidas. Bárbara, que jamais recebera tal demonstração de carinho, ficou perplexa com essa manifestação espontânea.

— Estou perdida — balbuciou Joana. — A culpa, o medo da morte, a perda, tudo isso me persegue. Perdi o rumo da vida. Não sei por que estou lutando e não vejo sentido em mais nada. É tudo um imenso vazio. Não imaginava que a morte de minha mãe abriria esse abismo entre meus familiares. É tão difícil...

Ana Clara sabia do que Joana estava falando. Segurou suas mãos e olhou dentro de seus olhos.

— Toda mudança faz refletir e traz um aprendizado. Certa vez um grande amigo que mora na floresta me disse que nesta vida ninguém escapa do nascimento, do envelhecimento, do confronto com aqueles que contrariam seus desejos, da perda de quem se ama, da impossibilidade de se obter tudo o que se deseja, das enfermidades e da morte. — Viu que Francisco também estava escutando. — Feridas e lágrimas teremos que suportar todos os dias, mas a paz e o riso vão confortar nossa alma.

Cada palavra dita por Ana Clara deixava Bárbara mais perplexa, imaginando de onde aquela menina tão jovem tirava tanta sabedoria. Ficou pensando se os pergaminhos realmente existiam e onde poderia encontrá-los. Precisava deles.

> *"O ego negativo tentará levar-nos para os caminhos da ilusão e da fascinação, que na verdade não são os caminhos que queremos percorrer."*
>
> *Joshua David Stone*

Enquanto isso, na floresta, Lucas enfrentava um dos maiores impasses da sua vida: recebera aquela incrível bola de cristal das mãos de Ana Clara, que lhe contara ter aberto os pergaminhos e implorara que ele não contasse a ninguém que ela era a Predestinada. Imaginava que o conteúdo dos documentos fosse precioso, já que Abigail falara deles antes de morrer, ao lado do pai, num vilarejo vizinho, e pedira ao filho que procurasse por Izabel.

Não podia trair a confiança de Izabel e Ana Clara, mas estava tentado. Caso vendesse o cristal para o clero, como prova de que Ana Clara detinha informações preciosas, conseguiria dinheiro suficiente para fugir dali e garantir seu sustento por toda a vida. Diria à Igreja toda a verdade.

E, para que acreditassem nele, apresentaria como prova a pedra que estava com ele.

Lucas estava indeciso. Seguiria seus princípios e objetivos, mantendo a integridade do segredo que lhe fora revelado por Ana Clara, ou se deixaria seduzir pela ambição? Seus pais, que eram o presente mais precioso de sua vida, já lhe tinham sido tirados. Não tinha nada mais a perder. Perguntava-se como a garota tivera a coragem de lhe confiar aquele tesouro.

Por fim, o rapaz se corrompeu, tomando a decisão que mudaria o rumo de sua vida, sem perceber que o dinheiro não pode comprar certos valores, e que esses sim são verdadeiramente preciosos.

"Aprendemos a voar como os pássaros, a nadar como peixes, mas nos esquecemos da simples arte de viver como irmãos."

Martin Luther King

Ao deixar a casa de Ana Clara, Joana levava uma nova esperança no coração. Tinha uma cumplicidade inexplicável com a amiga. Sentia que ela entendia, melhor do que ninguém, seu drama familiar.

Quando se preparavam para sair, Bárbara abordou Francisco discretamente e balbuciou no seu ouvido que tinha algo de seu interesse para lhe contar. Curioso, e imaginando tratar-se de alguma mensagem que Ana Clara resolvera transmitir-lhe pela nova hóspede, pediu que ela o encontrasse, em meia hora, em um beco perto da taberna principal. Imaginava que Bárbara tivesse conquistado a confiança de Ana Clara. Afinal, estava hospedada em sua casa. Nem lhe passou pela cabeça que estava sendo vítima de uma cilada.

Mas, ao mesmo tempo, achou estranho que Ana Clara quisesse lhe dizer algo. "Ela não sabe que a vi conversando com José na floresta. Nem imagina que sei que é filha dele. Será que quer me contar isso?", pensou. De qualquer forma, foi se encontrar com Bárbara no lugar marcado.

A pupila de Izolda sentia que parte de seu plano estava concluída. Agora só tinha que inventar uma mentira e fugir logo dali. Excitada e ansiosa pelo que poderia acontecer, ela imaginou como abordar o assunto que tinha a tratar com Francisco e, antes de sair, resolveu fazer uma última pergunta a Ana Clara, na tentativa de lhe arrancar alguma confissão.

— Você e Francisco estão juntos? — perguntou a ela. Ana Clara não conseguiu reunir forças para responder, mas Bárbara percebeu que o rosto dela estava quase em chamas e continuou: — Pode confiar em mim. Ele pediu que eu o encontrasse, pois quer mandar um recado para você. O que devo dizer a ele?

Ana Clara sentiu uma ligeira tontura. Havia ficado completamente perdida com a pergunta indiscreta e direta que a menina tinha feito. Ao mesmo tempo, se Francisco realmente pedira para se encontrar com Bárbara para lhe mandar um recado, deveria lhe dar alguma satisfação. Sem tempo para pensar, fez uma confissão inesperada.

— Diga-lhe que sei do amor que ele tem por mim e que o que sinto por ele é ainda maior, mas que jamais poderemos ficar juntos. Um dia ele entenderá meus motivos.

Ana Clara sabia que aquele amor jamais poderia se concretizar. Queria dizer a ele que também o queria, mas não podia contar a ninguém que era filha de José. Nem suspeitava de que ele tivesse presenciado a conversa dela com o pai.

O coração de Bárbara dava pulos. Estava no caminho certo. Deu um largo sorriso para Ana Clara e partiu em disparada ao encontro de Francisco. No caminho, pensava em todas as possibilidades, mas tinha criado um ódio cego por aquela família, e a vontade de destruir Ana Clara tornara-se um desejo pessoal, mais importante que o próprio pedido de Izolda. Ao chegar ao local combinado, Francisco estava lá. O beco era escuro, cheirava mal, e ela quase tropeçou nas pedras irregulares da rua.

O rapaz não viu problema em convidá-la a entrar na taberna que ficava perto dali. O lugar já estava cheio de homens acotovelando-se em busca de cerveja, mas poucos notaram a presença do casal, que sentou a uma mesa discreta, onde poderiam ver sem serem vistos.

Francisco estava morrendo de ansiedade. Queria saber que mensagem Ana Clara teria enviado pela misteriosa hóspede. Bárbara foi cautelosa. Teria que estender a conversa até que o momento propício chegasse. Pediu uma jarra de vinho e, enquanto o distraía com outros assuntos, observou a rapidez com que ele levava cada copo à boca. Naquele ritmo, estaria embriagado em pouco tempo, e ela o teria em suas mãos.

— Ela não o ama — ela disse, vendo-o arregalar os olhos. — Está apaixonada por um rapaz que conheceu recentemente.

Sentindo-se machucado pela crueldade das palavras de Bárbara, Francisco virou dois copos de vinho de uma vez e se fechou numa expressão de amargura. Bárbara viu que o golpe fora certeiro. Percebendo que tinha acabado de conquistar um aliado, apostou alto, convidando-o para um passeio.

Ele aceitou, e, quando estavam perto de um bosque deserto e sem iluminação, a jovem teve a ideia que mudaria sua vida. Deixou-o sozinho na escuridão da floresta, tentando recompor-se da embriaguez antes de voltar ao castelo, e se pôs a caminho da casa de Ana Clara. Tinha um plano, mas precisava agir rápido.

"Senhor, fazei-me instrumento de vossa paz.
Onde houver ódio, que eu leve o amor;
Onde houver ofensa, que eu leve o perdão;
Onde houver discórdia, que eu leve a união;
Onde houver dúvida, que eu leve a fé;
Onde houver erro, que eu leve a verdade;
Onde houver desespero, que eu leve a esperança;
Onde houver tristeza, que eu leve a alegria;
Onde houver trevas, que eu leve a luz.
Ó mestre, fazei que eu procure mais consolar, que ser consolado;
Compreender, que ser compreendido;
Amar, que ser amado.
Pois é dando que se recebe, é perdoando que se é perdoado, e é morrendo que se vive para a vida eterna."

Francisco de Assis

Izabel observava Ana Clara, que parecia absorta em seus pensamentos enquanto olhava pela janela, e percebeu que algo a afligia. Aproximou-se, colocou a mão na cabeça da jovem e afagou seus cabelos com ternura.

— O futuro se constrói agora, e você é responsável por ele — começou, despertando a atenção da menina. — Todos temos uma vida intensamente mágica, e é nossa responsabilidade torná-la agradável e prazerosa, priorizando as coisas realmente importantes. Sua preocupação neste momento é importante?

Ana Clara pressentia que um grande problema estava prestes a atingi-la com força total.

Então Izabel continuou:

— Os acontecimentos não são ruins. Você os encara dessa maneira. Muitas vezes é necessário que o mal se manifeste e que, ao seu contato, experimentando o seu amargor, busquemos meios mais nobres de conduzir nossa vida. A tristeza não lhe trará nenhuma luz, e o ressentimento só será um veneno letal para você mesma. Por maiores que sejam as decepções, tente se aprimorar para não sucumbir a elas.

Nesse momento, Bárbara entrou na casa. Quando a viram, as duas pararam imediatamente de falar. Sorriram para ela, perguntando se estava tudo bem, e ela respondeu que estivera com Francisco. Já começava a colocar a outra parte de seu plano em prática.

Mesmo sabendo que ele era seu irmão, Ana Clara não conseguia livrar-se de seus sentimentos contraditórios. Não conseguia imaginar o que Bárbara e Francisco poderiam ter feito durante todo aquele tempo juntos e imaginava que Bárbara iria lhe contar quando estivessem apenas as duas. Com evidente desconforto, pediu licença e foi respirar ar puro fora de casa. Não conseguia mais ficar perto da garota nem fingir que ignorava o fato de ela estar tendo alguma intimidade com Francisco.

Teve a impressão de que Bárbara a observava. Olhou para a casa e não viu ninguém. "Que audácia!", pensou. Caminhou por alguns minutos e tentou acalmar os pensamentos. "Não devia perder o controle", disse a si mesma. Havia algo em Bárbara que a perturbava, mas jamais deveria ter deixado transparecer que ficara irritada com o encontro dela com Francisco. Porém, não conseguia impedir seus pensamentos. "O que eles fizeram até agora?", perguntava-se. Ao mesmo tempo, lembrava que Francisco era filho de José. Não podia continuar alimentando esse tipo de sentimento por alguém que era seu irmão.

Por alguns minutos, Ana Clara deixou a imaginação solta. Tinha que ser capaz de controlar os próprios pensamentos. Não podia deixar que as emoções a dominassem. Mas era muito difícil. Começou a pensar em como eram complicados os assuntos do coração. Achava incrível como a força da atração se manifestava. "Como, entre tantas pessoas, uma delas desperta nosso interesse de uma maneira que não conseguimos mais esquecê-la?" O mais curioso, nesse caso, era que ambos estavam na mesma situação. "Por que escolhemos uma única pessoa, entre todas as que conhecemos, para sofrer por ela?" Não tinha percebido que o sofrimento só acontecia quando o amor não era concretizado.

Tentou desviar os pensamentos para outra coisa. Tinha se interessado por Francisco justamente porque ele era diferente. Não encontrara nenhum rapaz naquele vilarejo que fosse capaz de despertar sua atenção por tanto tempo. De certa forma, ficara interessada desde a primeira vez que o vira, porque ele tivera a humildade de esconder que era filho do conde. Francisco não era igual aos outros rapazes.

Às vezes tinha vontade de contar a ele o mistério dos pergaminhos e também confessar a Joana tudo que sabia. Dizer-lhes que, em breve, deveria sair em busca dos outros Filhos da Luz. Mas sempre recuava. Apesar de amigos, eram íntimos da igreja. Poderia ter problemas se contasse algo sobre os pergaminhos. Além disso, não tinha provas concretas. As palavras se dissipavam dos documentos à medida que as lia. Pergaminhos soltos, vazios, tinham sido encontrados. Se contasse tudo o que sabia, com certeza a julgariam louca. Ainda que apresentasse como provas o manto confeccionado com os fios que tinham caído do céu, o amuleto feito com a pedra em formato de estrela ou qualquer um dos presentes que recebera, seria difícil convencer as pessoas a acreditar nela. Exceto o cristal, tudo poderia ser interpretado como loucura. Ficou grata pela ideia de entregar o cristal a Lucas. O objeto daria a ela um poder com o qual não saberia lidar. Ver o futuro era algo para o qual Ana Clara ainda não estava preparada.

O céu estava cheio de estrelas. Sentiu uma bolha de ar estourando em seus braços e olhou para o lado. Bolhas enormes, azuis, caíam do céu e estouravam em contato com qualquer objeto. Olhou para elas, maravilhada. Eram de um brilho fantástico.

Um som repetitivo se propagava. Era um barulho parecido com um sopro de ar em uma garrafa de vidro. Ficou maravilhada quando viu, além das bolhas, luzes se movimentando no céu. Precisava estar preparada para aquilo, mas era difícil lidar com o novo.

Reagiu com um grito de espanto quando outra bolha de ar tocou seu corpo. Agora estava começando a ficar assustada. Se fosse em outra ocasião, teria corrido para casa, mas resolveu encarar seu medo do desconhecido. Recebeu um novo pergaminho, envolto em uma das bolhas de ar.

XI

Estamos ao seu lado. Não se esqueça de que não precisa provar nada a ninguém. Ninguém precisa acreditar na sua verdade. Deixe que cada um conceba a sua. Quando passar por uma alegria ou por uma depressão, não estará sozinha. Estaremos observando você.
Não tenha medo de expressar sua opinião, de falar sua verdade em todas as situações. Essa ação é necessária para iniciar o fluxo. Todos os Filhos da Luz serão reconhecidos pela inconfundível sinceridade. Suas pequenas

escolhas diárias, a confusão que sentem, a sensação de estarem perdidos, tudo isso os torna diferentes.
Você está dando um presente a toda a existência. Ser uma mensageira, um canal de luz, faz com que você toque especialmente o coração de quem recebe os ensinamentos que você propaga.
Filha da Luz, a hora de encontrar outros como você está se aproximando. Quando todas as coisas se acertarem e um grande presente do universo lhe for dado, essa hora chegará.
Nesse momento, você terá uma grande perda e receberá um enorme presente. Esse é o sinal de que os outros Filhos da Luz estão se aproximando.
E você não se sentirá mais sozinha no mundo, pois terá pessoas que pensam da mesma maneira que você.
Isso gerará tristeza e sentimentos de apego em alguns que a querem bem. Mas não tema. Cumpra sua missão e se desapegue do que não deve ser carregado com você.
Estas bolhas de ar estão imantando seu corpo com uma energia pura. Aproveite este momento e se recarregue.

Ana Clara fechou os olhos e deixou que as bolhas de ar caíssem sobre seu corpo. Nessa noite, apesar das preocupações, teve um sono tranquilo.

Dias se passaram, e Izolda não tinha notícias de Bárbara. Receosa de que seu plano não estivesse sendo executado, resolveu sair, às escondidas e disfarçada, para verificar como estava agindo sua pupila. Apesar de lhe ter confiado aquela missão, não tinha segurança quanto à astúcia da jovem, por considerá-la muito impulsiva. Sabia que poderia colocar tudo a perder, e ela não admitiria deixar rastros.

Saiu do convento rumo à casa de Ana Clara, a fim de verificar com os próprios olhos o que estava acontecendo no vilarejo.

"É possível enganar parte do povo todo o tempo, é possível enganar todo o povo parte do tempo, mas jamais se enganará todo o povo todo o tempo."

Abraham Lincoln

Semanas se passaram, e a semente da discórdia havia sido plantada. Bárbara dizia que tivera uma noite de amor com Francisco e que em breve teria um filho dele. Por mais absurda que parecesse a ideia aos olhos de Izabel e Ana Clara, a jovem parecia tão convicta ao contar os detalhes da história que havia inventado, que elas chegaram a desconfiar que fosse verdade. Apesar de tantos anos vivendo num convento, a moça estava acostumada com esses tipos de conversas com as outras internas. E já ouvira inúmeras histórias de algumas órfãs que haviam passado a viver lá depois de certa idade.

Izabel conhecia bem uma mulher grávida, sabia que a gestação poderia ser de apenas alguns dias, mas alguns costumes antigos sempre eram válidos. E não detectava um só sinal em Bárbara que pudesse comprovar o que ela dizia.

Mesmo em dúvida, Ana Clara estava sofrendo com o que o destino lhe preparara. Por mais difícil que fosse conviver com a ideia de que Francisco era seu irmão, não conseguia anular o amor que sentia por ele, nem a repulsa ao saber que ele se entregara a uma noite de prazer com Bárbara. O amor que sentia por ele a deixava desconcertada, sem conseguir raciocinar.

No castelo, Joana já recebera a notícia, mas como Francisco estava viajando para coletar impostos a pedido do pai, não tivera tempo de inquiri-lo a respeito do assunto.

Enquanto isso, Izolda fingia ser uma das inúmeras mulheres que transitavam pela feira no centro do povoado e acabou ouvindo uma conversa intrigante. Uma mulher dizia com todas as letras que "a menina que fugira do convento e se abrigara na casa da velha bruxa estava grávida do filho do conde". Tudo se tornara um grande escândalo.

Izolda percebeu que era hora de agir.

"Nada é permanente, exceto a mudança."

Heráclito

Quando Francisco chegou de viagem, foi surpreendido pela irmã, que, afobada, lhe contava a notícia que se espalhara na cidade. Disse que todos esperavam uma atitude dele. Era evidente que devia se casar com Bárbara, principalmente porque a jovem não tinha família. Francisco ficou desconcertado.

— Mas é impossível que esteja grávida. — Assim que disse isso, lembrou-se do dia da taberna, quando bebera demais e só acordara no dia seguinte, na floresta. Teria feito algo de que não se lembrava?

Relatou à irmã todos os detalhes da história, incluindo seu sofrimento desde que soubera que Ana Clara era sua irmã. Sem poupar palavras, contou a Joana que José tivera um relacionamento com Rebeca e que Ana Clara era fruto desse amor.

A menina franziu a testa e, incrédula, pediu que o irmão repetisse o que acabara de lhe contar.

— É isso mesmo que você ouviu, Joana. Ana Clara é filha de nosso pai. Ele amava Rebeca, e os dois tiveram uma filha.

Neste momento, Eliza, que os ouvia escondida atrás de uma porta, não conteve um grito de horror. E nem Joana nem Francisco tiveram coragem de brigar com ela por estar ouvindo a conversa alheia. Pálida, ela invadiu o aposento onde os dois estavam e se uniu a Joana, num ato impulsivo e incontrolável.

Perplexa, Joana não conseguia acreditar que o pai tivesse traído sua família dessa forma. Tinha que esclarecer imediatamente toda aquela situação. Procuraram José por todos os cantos do castelo e o encontraram lendo algumas de suas anotações.

Violentamente, Joana se postou diante dele e o interrompeu, aos berros. Ele arregalou os olhos, confuso com a atitude intempestiva da filha.

— O senhor me decepcionou! — esbravejou. — Francisco acaba de me contar que Ana Clara é sua filha. Por que você escondeu isso de nós durante todo esse tempo? Acha justo com a nossa família? Acha isso justo com ela?

José não disse nada. Não imaginava que a verdade ecoaria daquela maneira em seus ouvidos. Sentia-se um fraco por não ter tido a coragem de contar aos filhos toda a verdade. Mas, no fundo, um certo alívio o tirava do desespero de ter que omitir aquela história para sempre.

Com o peso da culpa sobre os ombros, ele relatou tudo o que ocorrera em seu passado, disse que Ana Clara sabia que ele era seu pai e que havia se reconciliado com Rebeca antes que ela morresse. Ela fora até a floresta conversar com José no dia em que ele voltaria para o vilarejo.

Eliza não conseguia conter o choro. Sentia-se desamparada e infeliz com as novas revelações. Sua irmã, Joana, apesar de achar tudo aquilo absurdo, queria discutir o futuro de Francisco naquele instante. Não admitiria que o irmão sofresse por conta do erro do pai.

— Francisco está apaixonado por Ana Clara. Morrendo de amor. Desde que descobriu que ela era sua filha, pai, ele não consegue dormir, comer, nem ver graça na vida. Tudo isso porque o senhor escondeu que tínhamos uma irmã. Acha justo esse sofrimento pelo qual ele está passando? Acha justo ter estragado a vida de seu filho?

José ficou calado. Não sabia das intenções de Francisco em relação à jovem e se viu diante de um impasse. Tudo estava acontecendo rápido demais, sem que ele tivesse tempo de pensar.

— Tenho outro segredo a contar — José disse, sem estar seguro em relação ao que pretendia fazer. Talvez revelando o que tinha a dizer conseguisse reverter a situação e proporcionar um pouco de felicidade na vida de seu filho. Se contasse, macularia a imagem de sua falecida esposa em prol da felicidade de dois jovens, mas, se omitisse o segredo revelado por Antonia no momento de sua morte, poderia colocar um ponto final na esperança de Francisco e Ana Clara. Já tinha cometido erros demais.

— Ótimo! Mais segredos? Vamos lá, papai. Conte-nos, porque agora estou curiosa! — disse Joana, irônica e cheia de raiva.

Eliza parou de chorar, curiosa e espantada com o rumo dos acontecimentos, e ficou olhando para o pai enquanto ele limpava o suor que lhe escorria da testa. José estava nitidamente nervoso.

— Antes de partir, Antonia me confessou que Francisco não é meu filho — ele disse. Depois que ouviu a si mesmo, percebeu que tinha agido certo. Não haveria tempo para rodeios. As coisas deveriam ser resolvidas naquele momento.

A notícia soava como uma bomba aos ouvidos de Joana. Confirmava a hipocrisia que a mãe demonstrara durante toda a vida. Para Eliza, as informações ainda se misturavam. Não tinha conseguido digeri-las.

— Mas, então, quem é o pai de Francisco? — perguntou Joana, sem saber o que pensar.

— Não sei — admitiu José, de cabeça baixa. — Ela se casou comigo quando já estava grávida. Na época, estranhei o fato de o pai dela ter me oferecido um dote tão grande, mas não suspeitei que ele tivesse pressa de casar a filha. Nos últimos dias, pensei muito se devia ou não contar tudo isso a vocês. Se revelasse esse segredo, macularia a honra de Antonia. Mas agora não posso deixar Francisco sofrer pensando que é irmão de Ana Clara.

Eliza se aproximou do pai e o abraçou. A reação inesperada fez com que Joana e Francisco se entreolhassem, confusos. Mas, depois da morte da mãe, a menina vinha apresentando um comportamento imprevisível.

Já Joana ficara pensando no que o pai dissera, palavra por palavra, e montava o quadro em sua mente. Tentava juntar aquelas peças para ver se tudo faria algum sentido. Talvez, naquele momento, o melhor fosse confortar Francisco.

Porém, o irmão não parecia estar sofrendo. À medida que absorvia as palavras do pai, o jovem ficava mais aliviado. O peso em seu coração já não existia mais. Não precisaria sofrer pelo resto da vida por um amor impossível. Ana Clara não era sua irmã.

O fato de José não ser seu pai biológico o incomodava, mas, naquele momento, nada era mais importante do que o amor que alimentava pela filha de Rebeca. Respirou fundo e encarou o pai por alguns instantes.

— Obrigado, pai — sussurrou. — A propósito, vou chamá-lo de pai para sempre. Para mim, é isso o que o senhor é. Não quero julgar minha mãe, porque ela não está aqui para se defender. Ela deve ter tido os seus motivos para fazer o que fez.

Mas Francisco ainda tinha algo a esclarecer. O boato de que Bárbara estava esperando um filho seu poderia atrapalhar todos os seus planos com Ana Clara. E precisava agir rápido.

"Somos o que fazemos repetidamente. Por isso o mérito não está na ação, e sim no hábito."

Aristóteles

Izolda não demorou a encontrar Bárbara na feira da cidade. Puxou-a pelo braço com violência, dando-lhe um susto. A menina não esperava que a madre superiora fosse procurá-la. Saíram dali rumo à floresta e, já no caminho, Izolda a questionou sobre a gravidez.

— Faz tudo parte de um plano — respondeu Bárbara. — Ana Clara está apaixonada por Francisco, e eu não estou grávida.

— Mas que estúpida você é, então! — vociferou Izolda. — Eu lhe pedi para conquistar a amizade de Ana Clara e levá-la ao convento com o pergaminho, não para se envolver com o homem pelo qual ela está apaixonada, fazendo com que ela a odeie eternamente. É essa sua intenção? Acha que vou acreditar que você não cometeu esse pecado? Como vou justificar seu retorno ao convento se todos sabem que você se entregou a um homem?

Bárbara tentou argumentar, mas Izolda não tinha tempo para continuar falando sobre aquilo, nem vontade.

— Você vai comer esta erva abortiva — disse, tirando um maço de uma planta de dentro da blusa. — Se estiver grávida, vai perder o bebê antes que ele se desenvolva em seu ventre. Se não estiver, não fará nenhum efeito. Esta é a prova que você vai me dar. Não sairemos daqui enquanto você não fizer isso.

Bárbara não tinha saída. Izolda era a única pessoa em quem confiava, e não poderia desapontá-la, então mastigou silenciosamente a erva amarga. Quando a madre teve certeza de que ela já tinha engolido tudo, começou a se afastar para ir embora, depois de mandar que ela ficasse ali até o fim do dia.

Em poucos minutos, sua vista ficou turva, e ela começou a gritar por socorro. Em vez de um abortivo, Izolda lhe dera uma erva venenosa, capaz de fazê-la perder os sentidos em pouco tempo. Mas o destino prepara suas surpresas e, nesse dia específico, armou uma coincidência inexplicável. Damião, que pouco antes chegara ao fim de um longo período de trabalho no leprosário e voltara a saquear viajantes desavisados, estava refugiado na floresta. De repente, encontrou aquela jovem desmaiada e a reconheceu de imediato.

Bárbara era tão parecida com a mãe que seria impossível não saber quem ela era. Vendo que um líquido verde escorria de sua boca, percebeu que havia algo errado com ela. Aproximou-se para que pudesse sentir o cheiro daquela erva e não teve dúvidas: era um veneno poderoso. Não sabia se era um castigo estar ali para ver a filha morrer ou uma bênção, por ter a chance de se despedir dela. Bárbara já estava sem ar quando ele a abraçou.

— Filha.

— Matei Rebeca. Deus me perdoe — ela ainda conseguiu balbuciar antes de cair em seus braços.

Damião demorou para assimilar essa informação, mas estava muito claro: sua filha havia assassinado sua irmã. E provavelmente estava tentando se matar. Mas por que teria feito aquilo?

Viu que tinha uma possibilidade de ajudá-la. Primeiro a obrigou a vomitar tudo o que ingerira. Por ter vivido tanto tempo na floresta, conhecia uma erva que funcionava como antídoto para aquele veneno. Correu para procurá-la e a fez mastigar uma grande porção.

Só horas depois ele teve certeza de que a filha não morreria. Teria então uma chance de se redimir como pai e modificar sua história.

Foi Izolda quem tratou de espalhar a notícia de que Bárbara fora encontrada morta nos arredores da floresta. Encarregara-se de contar às pessoas certas — aquelas que iriam disseminar o vírus da fofoca pelo vilarejo — toda a trajetória da moça. Havia sido abandonada pelos pais, mantida por anos no convento, mas fugira, pois queria experimentar o amor. Depois de uma aventura com um rapaz, engravidara e, tomada pela culpa, envenenara-se na floresta.

Foi assim que a madre superiora acreditou ter abreviado a vida de Bárbara. E foi assim que todo o vilarejo teve notícias da jovem ruiva que se hospedara na casa de Ana Clara.

"Quando perceber que está sem rumo, resgate a criança que havia em seu âmago. Estabeleça contato com a sua essência. Permita-se ser humilde para aceitar que não sabe a resposta. Você só alcançará a sabedoria que lhe trará as respostas para esta vida quando se desprender da verdade à qual está agarrado.

Jogue fora tudo que aprendeu até hoje, inclusive as velhas opiniões sobre si mesmo, e verá como tudo pode ser mais leve."

Allan Kardec

— De nada adianta tentar ajudar aqueles que não ajudam a si mesmos — comentou Izabel ao receber a notícia do repentino e misterioso suicídio de Bárbara na floresta. — Não escute o murmúrio das sombras, a não ser para socorrer as vítimas do mal, a fim de que os gemidos enganadores do nevoeiro não lhe anestesiem o impulso de seguir adiante.

Ana Clara nem ouviu o que sua tia-avó dizia. Estava dispersa. Tivera um sonho, em que alguém lhe dissera: "Os acontecimentos em sua vida estão tentando fazê-la enxergar um padrão tão antigo quanto a jornada da sua alma." Intrigada, ainda tentava decifrar o enigma.

Sem cerimônia, Francisco apareceu à sua porta, dizendo que precisava ter uma conversa séria com ela. Havia um emaranhado de mal-entendidos a serem desfeitos. Izabel deixou que os jovens conversassem a sós, pois pressentia que o entendimento estava próximo. Mas, antes, sussurrou ao ouvido de Ana Clara: "Ouça o seu coração e aja de acordo com ele, qualquer que seja o risco."

Os olhos de Francisco explodiam numa felicidade jamais vista. Estava diante da mulher que amava e descobrira todas as mentiras que os haviam afastado.

— Preciso lhe dizer tantas coisas... — começou. — Ana Clara ajeitou os cabelos de lado e o fitou, em silêncio, enquanto ele falava. — Minha vida mudou desde a primeira vez que a vi, naquele dia, logo depois de ter tropeçado perto da taberna... Desde então não consegui parar de pensar em você.

Tudo que Ana Clara queria era evitar aquela declaração. Por isso, resolveu acabar com as esperanças dele.

— Francisco, o destino nos colocou frente a frente, mas tenho meus motivos para não alimentar nenhum outro sentimento por você que não seja um enorme carinho.

Ele baixou os olhos e ficou com medo de perguntar, mas tinha que fazê-lo.

— Você me ama?

Ana Clara corou. Não tinha como disfarçar e não saberia como mentir para ele.

— Não posso amá-lo. Tenho meus motivos, como já disse.

— Ana Clara, enquanto você cuidava de meu pai na floresta, ouvi uma conversa entre vocês em que ele a chamava de filha. Desde então, sei que ele é seu pai. E quase morri por causa disso. — Agora era ela quem não estava entendendo. Se ele sabia que ela era filha de José, por que estava ali, perguntando-lhe se ela o amava? — Quando Bárbara me disse que tinha um recado seu, tive esperança. Não sei por quê, mas ela me procurou para dizer que você estava envolvida com outra pessoa.

— Que calúnia! — ofendeu-se a menina. — E então você caiu de amores por ela e a engravidou?

Ela já não conseguia controlar o que estava sentindo.

— Ela inventou essa história por algum motivo que ainda desconheço. Mas vamos descobrir. De qualquer forma, não foi isso o que vim lhe dizer. No caminho para cá, ouvi dizer que ela se matou. É verdade?

— Não sei. Ela não voltou à nossa casa e, enquanto esteve aqui, por mais que eu tentasse, nunca consegui entender nada a respeito dela. Às vezes parecia uma boa pessoa, mas às vezes alguma coisa nela me assustava.

Francisco tinha a mesma impressão, mas explicou que achava que as duas eram amigas e, por isso, tinha aceitado o convite de Bárbara.

— Foi tudo uma armadilha — ele concluiu —, mas deve haver alguém por trás disso. Ela não ia aparecer aqui só para gerar discórdia em sua casa...

Ana Clara pediu que deixassem aquela história de lado. Não queria falar mal de alguém que talvez tivesse acabado de morrer. Então Francisco voltou ao assunto que o levara a procurá-la.

— Hoje tive uma conversa com meu pai — começou, mas depois se corrigiu. — Com seu pai.

— Nosso pai — Ana Clara disse, e sorriu tristemente.

— Não, Ana Clara. Seu pai. Ele me revelou que, à beira da morte, minha mãe, Antonia, confessou seus pecados. E disse que não sou filho dele. Ela se casou quando já estava grávida.

— O quê? Então ele largou minha mãe para não ser difamado e se casou com uma mulher que estava grávida? O destino tem suas ironias...

— Ana Clara, você não percebeu o que quero dizer? — ele a fitou, sério. — Não somos irmãos.

Ela ficou em silêncio. Francisco não era filho de José. Que peças a vida era capaz de nos pregar...

— E agora eu quero saber a verdade — ele continuou. — Você me ama?

Ela abriu um sorriso que iluminou todo o seu rosto. Estava tão emocionada que lágrimas teimosas escapavam de seus olhos. Uma alegria indescritível a inundava, e não teria palavras para descrevê-la, mas estava ali, pronta para ser feliz com Francisco.

— Quero tê-la como minha mulher. — Ele se ajoelhou diante dela, segurando suas mãos delicadas. — Você aceita se casar comigo?

Ela apertou as mãos dele com força e não conseguiu responder. Fechou os olhos, relembrando todo o tempo em que tinha sonhado com um momento como aquele. Sentia a respiração de Francisco próxima de si, e parecia que ainda estava sonhando. Mas não queria acordar. Quando abriu os olhos, deparou com o rosto dele perto do seu. Analisou com cuidado cada traço e percebeu que ele estava tenso, com medo de que ela não aceitasse seu pedido. "Como eu poderia recusar?", pensou consigo mesma, desfrutando daquele momento. Sua mão não resistiu à vontade de tocá-lo. Com as pontas dos dedos, acariciou levemente a pele macia do rosto do rapaz.

— Eu te amo — ele sussurrou, fechando os olhos para se concentrar no toque das mãos de Ana Clara.

Se pudesse fazer um pedido, ela teria rogado que aquele momento durasse para sempre.

Com um abraço apertado, os dois selaram um pacto de amor.

"Desacelere, e tudo o que está perseguindo virá e alcançará você."

John de Paola

Naquela noite, Ana Clara sonhou. Sonhou acordada. E, em seu sonho, pediu que Izabel lhe ensinasse a ser feliz com a pessoa que amava.

— Pegue um pouco de areia e feche a mão com força — disse Izabel. — O que acontece?

Ana Clara obedeceu e imaginou que, quanto mais apertasse, mais rápido a areia escaparia.

— Agora imagine-se com um bocado de areia e abra a mão completamente — a velha senhora continuou.

Foi fácil perceber que qualquer vento levaria todos os grãos de areia.

— Então, imagine-se pegando a areia com a mão entreaberta.

Ana Clara refletiu. Além de não cair, a areia ficaria protegida do vento e não escaparia.

— Não deixe seu amado tão livre que ele escape com o vento — Izabel concluiu. — Não o prenda, para que ele não queira fugir. Mas deixe-o saber que pode ir no momento em que quiser, que não está preso. É assim que se faz um amor durar.

8

"Conhecereis a verdade. E a verdade vos libertará."

João 8,32

José sentia-se livre. Mesmo triste com a morte de Antonia e desolado com o misterioso assassinato de Rebeca, o conde estava aliviado por ter dito a verdade aos filhos. Resolveu que convocaria os habitantes do vilarejo à praça para anunciar que Ana Clara era sua filha e que, infelizmente, Francisco não tinha seu sangue correndo nas veias.

A notícia de que o conde faria uma revelação agitou o povoado. Todos queriam saber o que aquele homem importante e poderoso diria depois de tanto tempo viajando. Acreditavam que anunciaria uma nova esposa depois da morte de Antonia.

Quem não se aguentava de curiosidade era o padre Aurélio, que especulava a cada minuto com Izolda se a novidade de José os beneficiaria de alguma forma.

— Existe algo por trás dessa intenção do conde José — disse o padre. Izolda estava apreensiva e não via com bons olhos nenhuma novidade no condado. Tudo estava frágil demais para resistir a mudanças.

Quando finalmente chegou a hora de José descer do alto da torre para falar com o povo, o padre quase se engasgou com a própria saliva. Na opinião dele, o conde não estava fazendo bem a si mesmo ao se colocar no mesmo patamar dos habitantes do vilarejo.

— Reuni vocês, hoje, para fazer algumas revelações — José começou a dizer, sob o olhar curioso de Ana Clara.

Izolda sentiu um arrepio na espinha. Imaginou que ele fosse colocar tudo a perder, dizendo que a jovem herege o havia curado da lepra.

— Por muitos anos, vivi com uma culpa terrível em meu coração. Errei e sofri por causa do meu erro, mas percebi que posso fazer algo para consertá-lo e, assim, aliviar esse pesar — ele continuou.

Francisco e Joana olharam um para o outro. A jovem não conseguia conter a admiração pela atitude do pai. Finalmente, a verdade imperaria naquele condado.

— Quando era jovem, conheci uma moça chamada Rebeca. Ela era filha de um dos homens que trabalhavam para mim e que morreu em uma batalha, tentando salvar nosso condado. Como ele era muito corajoso, achei que merecia que eu fosse pessoalmente dar a notícia à sua família. Essa foi a primeira vez que vi sua filha, Rebeca.

O padre Aurélio não conseguia nem piscar, tamanha era sua incredulidade diante das revelações de José. Mas o conde estava apenas começando.

— Rebeca ficou triste com a morte do pai, e passei a visitá-la diariamente para oferecer meu apoio. Assim, estabeleceu-se um laço de amor entre nós. Certa noite, nos entregamos de corpo e alma a esse sentimento, sem pensar nas consequências.

O veneno já escorria da boca das mulheres maldosas do povoado, que estavam loucas para que o discurso terminasse e elas pudessem fazer seus comentários.

— Mas, na mesma época, tive que sair em uma viagem para fazer negócios em terras vizinhas. Durante essa viagem, os pais de Antonia me ofereceram uma grande quantidade de terras como dote para que eu me casasse com ela. A oferta era generosa, mas a condição era que o casamento fosse realizado imediatamente. Na época, cego pela ambição, nem desconfiei do motivo por trás daquela pressa.

Francisco começava a entender aonde o pai queria chegar.

— Então — José continuou —, aceitei a proposta. Foi um grande negócio, mas, ao voltar ao condado, recebi a notícia de que Rebeca estava esperando um filho. Desesperado e com medo de que aquilo fosse descoberto e atrapalhasse meu casamento, virei as costas para ela; então, Rebeca fugiu para a floresta, onde teve sua filha. Na mesma época, também perdeu sua mãe, que havia ficado sozinha em sua casa no vilarejo.

Naquele momento todos olharam para Ana Clara. Alguns ainda tentavam conectar os fatos, mas a maioria tinha percebido que a criança da qual José falava era ela. E que Maria tinha morrido justamente enquanto Rebeca paria a criança no meio da floresta. Todos se sentiram culpados por terem acusado Rebeca de um comportamento promíscuo. Perceberam que ela era a maior vítima dos acontecimentos e que fora José quem provocara sua desgraça. Um burburinho percorreu a multidão, mas José não se abalou.

— Sei que devem estar me achando um crápula. Mas quero que reflitam. O que fariam na minha posição? Nosso maior defeito é achar que temos que manter nossa boa imagem perante os homens. Errei porque acreditava que o condado precisava de um governante que agregasse terras a seus domínios e gerasse trabalho. E realmente imaginei que Rebeca seria uma mácula na imagem que eu tinha construído. O conde precisava de uma mulher também de berço. Dessa forma, escolhi Antonia. Casei-me com ela e, alguns meses depois, nasceu nosso primeiro filho.

Padre Aurélio suava profusamente. Com aquele depoimento, o conde estava transformando o vilarejo num lugar de promiscuidade, traições e paixões descontroladas. Tinha que contê-lo de alguma forma.

— Francisco nasceu antes do tempo — prosseguiu José, cada vez mais aliviado por se livrar do peso da culpa. — Achei-o grande demais para um bebê prematuro, mas não tinha motivos para desconfiar de minha mulher. E nunca desconfiei. Até que, à beira da morte, Antonia resolveu me contar a verdade. Precisava se redimir de seus pecados para se encontrar com Deus. Temia que Ele não a recebesse no Reino dos Céus.

O padre Aurélio pensou, em vários momentos, em interrompê-lo, mas não conseguiu. Sua curiosidade o estava impedindo.

— Foi então que Antonia revelou que Francisco não era meu filho. Casara-se grávida. E então entendi o porquê da oferta generosa de seu pai e da condição de que o casamento se realizasse imediatamente. Mas ela deu seu último suspiro antes mesmo de revelar a identidade do pai biológico de Francisco.

Até mesmo Izolda, que costumava se manter impassível diante das revelações mais assustadoras, sentiu calores pelo corpo. Já conseguia imaginar o que estava por vir.

— Eu não queria macular a imagem de Antonia, nem mesmo para meus filhos; mas ontem fui notificado por Joana de que Francisco estava apaixonado por Ana Clara e que ela não o aceitava. Sua mãe havia lhe contado que ela era minha filha, portanto ela acreditava que Francisco fosse seu irmão. — Optou por omitir toda a história da lepra; então, tomou fôlego e prosseguiu: — Senti-me na obrigação de contar aos meus filhos toda a história, e a todos vocês, que sempre acompanharam a trajetória de nossa família. Se não pude viver ao lado da mulher que amava, é justo que meus filhos tenham essa oportunidade.

A agitação foi geral. Não havia um habitante sequer do povoado que não sussurrasse algo no ouvido da pessoa que estivesse a seu lado.

— É com grande prazer, então, que eu anuncio o casamento de minha filha de sangue, Ana Clara, com meu filho de coração, Francisco — José concluiu.

Izolda sentiu que ia desmaiar. A jovem herege entraria no castelo. Procurou o padre Aurélio para fazer planos que impedissem que isso acontecesse, mas era tarde demais. Ele já estava ao lado dos noivos, cumprimentando Ana Clara e fazendo confidências a Francisco.

"Um santo é um pecador que nunca desistiu."

Paramahansa Yogananda

Damião soubera por seus informantes tudo o que acontecera no vilarejo. Refletiu durante horas antes de ir contar a Bárbara tudo o que tinha acabado de saber. Quando viu a menina sentada à beira de um riacho, pensativa, seu coração de pedra amoleceu. Não suportava vê-la sofrer. Sabia que, enquanto ela não se livrasse da culpa pela morte de Rebeca, jamais conseguiria viver em paz. Aproximou-se dela e se sentou ao seu lado, desajeitado. Contou-lhe sobre o casamento de Francisco e Ana Clara.

— Você precisa do perdão de Ana Clara — disse, olhando-a nos olhos. — Vamos até o vilarejo, para que você conte tudo a ela e peça que, como prova de seu perdão, ela denuncie Izolda. Agora ela poderá fazer isso. Ela vai entender que você agiu sem saber o que fazia e não é a responsável pela morte de minha irmã.

"A verdade oculta está dentro do eu verdadeiro e, repito, é tão simples como as pétalas de uma for. Bastam alguns raios de sol para revelá-las."

Philip Gardiner

Embora Ana Clara quisesse uma cerimônia simples, José fez questão de providenciar um grande banquete para a festa de casamento. A pedido da noiva, os mendigos, que geralmente vinham de longe para recolher as sobras de comida, foram recebidos com pratos generosos. Ignorando a hierarquia social, toda a aldeia estava reunida no castelo, e todos festejavam Ana Clara e Francisco, dando-lhes muitos presentes.

Foi diante da presença do bispo Dom Gregório de Nigris que Ana Clara teve um pressentimento estranho. Sua feição lhe parecia familiar, embora não conseguisse distinguir com quem ele se parecia. O religioso tinha feito uma longa viagem até ali. E Ana Clara achou curioso que até mesmo um cardeal íntimo do papa estivesse presente à cerimônia.

— Temos grandes chances de construir uma catedral neste condado, minha filha. Soubemos de sua boa conduta, e quanto o conde a estima. Temos certeza de que irá nos auxiliar na seara do bem — disse o cardeal Alberto quando cumprimentou a jovem.

— Estou sempre disposta a colaborar com as boas causas — entusiasmou-se Ana Clara. — Em que posso ajudá-lo?

— Vamos conversar sobre os detalhes na hora certa, mas acredito que possa nos dar a honra de emprestar sua majestosa sabedoria para convencer seu pai de que deve ser construído um lugar santo nesta cidade, uma catedral cuja magnitude seja reconhecida por todos os condados — disse o cardeal, indo direto ao assunto. — Essa obra vai gerar prosperidade para o vilarejo. Imagine quantos trabalhadores serão beneficiados quando tivermos uma grande catedral, atraindo pessoas de condados vizinhos para esta região. Penso em uma construção cuja arte chame a atenção de pessoas de todos os cantos. Com cores, vitrais... Como se fosse uma representação do paraíso na Terra.

O padre Aurélio, que escutava a conversa, começou a pensar em como poderia se beneficiar da influência de Ana Clara junto ao conde. Se a menina pudesse convencer José a destinar uma grande quantia em dinheiro à Igreja, certamente seria uma forte aliada. Todos tinham notado como o conde se empenhara em dar um casamento perfeito à filha, e como tentava agradá-la de todas as maneiras, a fim de se redimir de tudo que fizera. O padre tomou mais um gole de vinho e ficou pensativo. "Mas o bispo pode estragar meus planos", calculou friamente. "Se for construída uma catedral aqui no condado, ele vai querer se mudar para cá, e meus planos de crescimento irão por água abaixo."

Quanto mais se preocupava, mais agitado ficava. E tomava mais vinho, na tentativa de apaziguar os pensamentos. De longe, Charlotte percebeu que Ana Clara se sentia desconfortável na presença do cardeal e a tirou dali delicadamente.

— Com licença, reverendíssimo, peço sua permissão para falar com a noiva. — E puxou-a pela mão.

Ana Clara agradeceu, sorridente. Estava feliz. Pura e simplesmente feliz.

— Minhas pinturas estão fazendo muito sucesso na feira — contou Charlotte.

— Porque você as cria com o coração — respondeu Ana Clara. — Tudo que é feito com amor gera prosperidade. A pintura fez com que você colocasse seus medos para fora, e, com eles, toda a beleza que sufocava em si mesma. Essas pinturas têm sentimentos. Por isso são tão preciosas. Por isso tocam as pessoas. Você coloca sua energia e seus sentimentos nelas.

"Faz apenas o que amas e serás feliz. Aquele que faz o que ama está benditamente condenado ao sucesso, que chegará quando for a hora, porque o que deve ser será e chegará de forma natural."

Facundo Cabral

Joana se juntou a elas.

— Minha irmã — disse, abraçando Ana Clara. — Minha irmã....

Francisco as observava, emocionado, enquanto José providenciava que mais vinho fosse servido aos convidados.

"As pessoas são solitárias porque constroem paredes à sua volta em vez de construir pontes."

Isaac Newton

Cardeal reverendíssimo, tenho algo a lhe dizer — disse o padre Aurélio.

O religioso notou que o padre passara dos limites no consumo de vinho, mas mesmo assim resolveu ouvi-lo.

— Estou temeroso com uma situação, senhor cardeal. Se esta catedral for construída no condado, há uma pessoa que não tem a dignidade necessária para assumi-la. — O cardeal não sabia aonde o padre queria chegar, mas pediu que prosseguisse. — O bispo é um homem em pecado. —

O padre Aurélio quase tropeçava nas palavras.

— O senhor blasfemando contra o bispo Dom Gregório de Nigris? Como ousa?

— Não é blasfêmia. — E aumentou o tom de voz. — O pai do filho de Antonia, que não foi citado na confissão pública de José dias atrás, é o próprio bispo.

O enviado do papa fez um movimento rápido com os olhos. O padre Aurélio notou que ele observava Francisco e o bispo Dom Gregório de Nigris. E era nítida a semelhança entre os dois.

"O verdadeiro homem mede sua força quando se defronta com o obstáculo."

Antoine de Saint-Exupéry

Os portões que davam acesso ao vilarejo estavam abertos, e até os guardas estavam ligeiramente embriagados. Por isso, não notaram quando Bárbara passou, encapuzada, rumo ao imponente castelo. A jovem sentia que jogara sua vida fora ao deixar que Izolda a iludisse. Parou ao lado de uma imensa viga, onde poderia ficar escondida até a hora de encontrar Ana Clara. Dali, pôde observar Izolda.

Lembrou todos os tormentos por que passara depois de assassinar Rebeca. Era como se o inferno inteiro se levantasse para atormentar seus pensamentos. Não conseguia dormir, e até mesmo as tarefas mais simples, como comer, tornavam-se tortuosas por causa do trauma provocado pela ingestão das ervas que quase a mataram. Tinha tanto medo do que podia acontecer que fez algo que não fazia há muito tempo. Fechou os olhos com força e rezou. Pela primeira vez na vida, a oração saiu espontânea e sincera, e não decorada, como nas muitas vezes que rezara no convento. Agora a conversa era entre ela e Deus.

Bárbara pediu a ele que a perdoasse, que aliviasse seu sofrimento, que entendesse seu profundo arrependimento por tudo que fizera e que não a renegasse como sua filha. Admirada com a força daquelas palavras, ousou pedir que ele a ajudasse na difícil missão que estava prestes a executar. Queria que Ana Clara a perdoasse e que a justiça fosse feita com Izolda. Naquele momento, Deus parecia ouvir suas preces.

> *"Em todo lugar e em todo tempo, tua mais segura probabilidade de boa sorte reside em três coisas: decisão, justiça e tolerância."*
>
> *Goethe*

O jovem Lucas estava decidido: aproveitaria a presença do enviado do papa na cidade para contar dos pergaminhos e lhe provar que Ana Clara era a Predestinada. Achava que o cardeal o recompensaria com uma grande quantia em dinheiro.

Certo de que a manhã seguinte traria a oportunidade ideal para que seu plano funcionasse, imaginou como seria a aproximação. Procuraria o cardeal na igreja, aproveitando que todo o vilarejo ainda estaria sob os efeitos da festa da noite anterior, e lhe faria uma proposta.

Enquanto imaginava o desfecho da história, começou a pensar em Ana Clara. A moça pedira, pessoalmente, que fosse à sua festa de casamento, e parecia realmente estimá-lo. Mas ele não podia fazer isso, já que estava decidido a traí-la algumas horas depois.

"O amor puro é conhecimento que no coração se transforma em sabedoria."

Lady Nada

Os olhos de Ana Clara só procuravam por Izabel. Tentava distrair-se com as conversas que a rodeavam, mas não conseguia se despreocupar. Onde estaria a mulher a quem tudo devia? A suspeita que pairava em seu coração era de que a velha senhora não se ajustava àquela nova realidade. Ana Clara ficou triste só de pensar que Izabel poderia não aceitar a oferta que lhe faria. Queria que a tia-avó morasse com ela no castelo.

Foi Francisco quem a tirou de seus devaneios.

— Vejo que não está feliz — ele disse, com medo de que a noiva tivesse se arrependido do casamento.

Ela sentiu um vazio por dentro. Não queria que pensamentos ruins perturbassem aquele momento mágico, mas sentia que algo estava prestes a acontecer.

— Posso ouvir o som das preocupações nesse castelo. As pessoas enchem a boca de palavras e não dizem nada. Mas pensam muito. Arquitetam planos, lançam olhares, carregam medos e sonhos. E toda essa agitação que não se pode ver, eu consigo sentir. Deve ser por isso que às vezes fico perturbada em ambientes com muitas pessoas — desculpou-se.

Ele pegou sua mão de um jeito quase infantil.

— Vamos fugir! — ele disse.

Assustada como um coelhinho, Ana Clara deu um pulo e arregalou os olhos.

— Fugir por quê, se estamos casados?

Ele a puxou pelas mãos.

— Para um lugar onde só existamos nós dois. Eu e você — ele sussurrou em seu ouvido delicado.

— O sol e a lua — ela disse, participando da brincadeira.

Então os dois saíram discretamente por uma das portas laterais do salão. Atrás de uma viga, uma sombra se projetava, atraindo a atenção do casal.

"Se você não for melhor que hoje no dia de amanhã, então para que você precisa do amanhã?"

Rabbi Nahman de Brastslav

Bárbara usava um capuz azul-escuro que o pai lhe emprestara e lhe cobria todo seu rosto. Era o mesmo que ele vestia quando tinha que se esconder dos viajantes na floresta. Ela não esperava que Ana Clara saísse tão depressa do salão. Imaginou encontrá-la sozinha, mas ela estava com Francisco.

Sentia as batidas de seu coração refletirem até mesmo na ponta dos dedos. Estava nervosa. Quando os dois se aproximaram, assustados pela projeção de sua sombra, ficaram paralisados. Ana Clara ficou tão branca que Bárbara pensou que ela fosse desmaiar. Ficou apática diante da presença da jovem que quase destruíra seus planos com Francisco e que fora dada como morta pela madre superiora.

A lua estava bem no meio do céu, grande e cheia, iluminando o lugar onde estavam. As pedras da rua ganhavam contornos assustadores. Foi Bárbara quem acabou com o silêncio.

— Preciso falar com você — sussurrou —, e é muito importante.

Ana Clara olhou para Francisco. Sentia-se mais segura ao seu lado, mas não queria que ele ficasse perto de Bárbara.

— O que você quer? — perguntou.

— É arriscado que eu fique aqui. Por favor, pelo amor da Virgem Maria, venha comigo. Preciso falar com você com urgência ou meu coração vai começar a sangrar.

Ana Clara hesitou. "Se Izabel estivesse aqui, seria mais fácil", pensou. Mas não a via desde que a festa começara.

— Vá embora! Se não morreu de verdade, não é bem-vinda neste vilarejo — advertiu Francisco.

Mas Bárbara estava decidida a não sair dali sem falar com Ana Clara.

— Vamos até um lugar seguro — pediu, antes de olhar para Francisco. — Você pode nos levar a um local do castelo onde ninguém nos veja e possamos ficar a sós?

Mesmo sem concordar com a ideia, Francisco as conduziu até o calabouço, que ficava no subterrâneo do castelo. Aquele era um dos poucos que não era utilizado como prisão. Concordara em levá-las até lá desde que pudesse ouvir toda a conversa.

Bárbara ficou assustada. O acesso ao lugar era difícil, e a iluminação, quase inexistente. Havia tanta poeira ali que mal podia respirar. Por um momento, passou por sua cabeça que Ana Clara sabia de tudo e que aquela fosse uma cilada para mantê-la presa naquele calabouço.

— O que você faz aqui? — perguntou Ana Clara.

— A história é longa, mas preciso lhe contar — começou Bárbara, que, naquele momento, agradecia por haver pouca luz no local. Não queria que Ana Clara a visse chorar. — Quando eu era apenas um bebê, minha mãe resolveu me abandonar num convento.

A paciência de Ana Clara, que sempre fora inesgotável, estava por um fio.

— Você já contou tantas mentiras que é difícil acreditar em qualquer coisa que você diga.

— Damião, meu pai, levou-me ao casebre onde Rebeca vivia quando você era criança — Bárbara prosseguiu, apesar da desconfiança de Ana Clara. — E sua mãe se recusou a cuidar de mim.

Ana Clara prestava atenção. Francisco se continha para não dizer nada.

— Foi quando fui deixada num convento.

Aos poucos, Bárbara contou a Ana Clara toda a verdade a respeito de Izolda: as instruções que ela lhe dera sobre os pergaminhos, as falsas acusações a Ana Clara e a ordem de levá-la para o convento, depois de roubar os documentos de sua família. Bárbara contou que desconfiava até mesmo de que esses pergaminhos não existissem, mas que seguia as ordens impostas por Izolda com medo do que poderia lhe acontecer.

— Eu não sabia que aquelas ervas eram tóxicas. Izolda só havia me dito que fariam qualquer pessoa dormir...

Ana Clara não conseguia ouvir mais nada. Seu corpo ficou mole. Teve medo de perder os sentidos. Sentou-se no chão gelado, com o vestido azul feito especialmente para a noite de casamento e colocou as mãos no rosto. Francisco a abraçou e gritou para que Bárbara fosse embora, do contrário ele chamaria os guardas do castelo. Mas Ana Clara o impediu. Queria entender por que ela estava ali, contando-lhe tudo aquilo.

Bárbara ajoelhou-se e segurou as mãos de Ana Clara.

— Quero o seu perdão. Preciso dele. Não consigo mais viver com essa culpa. Se soubesse que aquelas ervas poderiam matá-la, não teria feito aquilo! Vou entender se você não conseguir me perdoar, mas peço que desmascare Izolda. Uma mulher como ela não pode continuar à frente daquele convento.

Francisco ficou perplexo, principalmente com a história que Izolda inventara sobre a morte de Bárbara. Aquela era a prova de que fora a madre superiora a responsável por todos os acontecimentos. Era evidente que ela tentara calar a única testemunha. Ana Clara pediu a Bárbara um tempo para pensar.

— Se está realmente arrependida, não precisa de meu perdão. Deus a perdoará. Amanhã resolveremos o que fazer sobre Izolda. Esteja aqui ao meio-dia.

Antes que a menina fosse embora, os portões de ferro que davam acesso ao calabouço rangeram, fazendo um barulho assustador. Ouviram passos no corredor e ficaram em silêncio, aguardando.

"Mãos que ajudam são mais santas que lábios que oram."

Sathya Sai Baba

O enviado do papa não sabia mais o que fazer para calar o padre Aurélio. Quando se lembrou do antigo calabouço abandonado, conduziu-o para lá.

Francisco ouviu os passos na escadaria e se escondeu com Ana Clara e Bárbara em um vão mais escuro. Nem o cardeal nem o padre perceberam que, a alguns passos dali, os jovens estavam escutando toda a conversa.

— Padre Aurélio, o senhor está bêbado — repreendeu-o o cardeal Alberto. — Um homem da Igreja não pode ser visto nessas condições. Como poderá acusar o bispo se sua integridade não for mantida?

Os três jovens pareciam ratos encolhidos. Não moviam um só músculo para não serem descobertos. O cardeal continuou, agora falando mais baixo.

— O papa tinha desconfianças a respeito do bispo, e só precisávamos de provas concretas. Agora podemos fazer uma acusação formal. Vou convocar um julgamento amanhã, ao meio-dia, na praça principal, e todos saberão que Francisco é filho dele.

Ana Clara prendeu a respiração. Francisco ficou chocado. Toda a verdade estava vindo à tona ao mesmo tempo. Os pensamentos das mais diversas origens invadiam a mente de Ana Clara com tal força que ela não conseguia se livrar deles. Estava destroçada por dentro. Saber de toda a conspiração de Izolda para destruir sua família, da fogueira de vaidades que era a Igreja e da ambição do padre a deixava desnorteada. Além disso, não conseguia digerir a notícia do envenenamento de sua mãe. Antes, não se conformava em não saber quem a tinha assassinado, mas agora que tinha uma resposta, não sabia o que fazer.

Francisco percebeu que tudo fazia sentido.

> *"Quando nos voltamos para dentro de nós e sondamos nossas profundezas, precisamos, sobretudo, de motivação. Ela é a força pela qual nos interiorizamos e nos direcionamos a um objetivo. Nossa razão sempre vai nos testar se quisermos realmente sondar as profundezas de nossa alma. Os limites de nossa paciência são testados. E nossa disciplina é colocada à prova."*
>
> *Anita Bind Klinger, Aura Soma*

Izabel escolhera aquela noite para caminhar. O encontro com Izolda, na cerimônia de casamento, deixara-a pensativa. Agora estava se lembrando de como brincavam, as duas e Maria, quando crianças. E de como Izolda, desde pequena, tentava dominar todas as pessoas por meio de seu temperamento intempestivo. Recordou, com tristeza, do dia em que os pais tentaram resgatá-la do convento, mas ela os rejeitara, amargurada. "Quero que morram todos vocês", ela gritara, diante do portão de ferro do convento.

Os pais choraram durante horas, implorando que ela voltasse com eles, mas Izolda era orgulhosa e não admitia ter sido abandonada, mesmo temporariamente. Mesmo sendo uma criança, tinha atitudes compatíveis às de um adulto. Um adulto rancoroso.

"Orientação é a palavra-chave neste momento, pois significa mais do que apenas indicar fisicamente uma determinada direção para alguém. Refere-se também à nossa orientação interior, quer seja em direção a nós mesmos ou em direção a algo muito maior."

John Baldock

Quando deixaram o calabouço, Ana Clara estava muito assustada. Francisco percebeu que ela não queria conversar e simplesmente a abraçou. O carinho funcionou como um encantamento capaz de libertar todos os sentimentos que tinham sido sufocados.

— Não é vergonha nenhuma chorar. Uma vez você me disse isso — sussurrou Francisco, apertando-a com força contra o peito.

E Ana Clara chorou. As lágrimas que escorreram como pequenos fragmentos de medos e mágoas soterrados ecoaram pela noite vazia.

"Não procure a verdade. Apenas não se apegue a certezas."

Seng Tsan

"Os anjos foram programados para nos despertar num determinado momento da história... Para nos preparar para a profunda transformação que está prestes a ocorrer."

Joshua David Stone

No dia seguinte, ao meio-dia, o cardeal saiu da igreja e foi para o meio da praça convocar toda a cidade para um julgamento de emergência. Mandou avisar José, assim como todos os envolvidos, e, em pouco tempo, todos largaram seus afazeres e foram ao local indicado.

A curiosidade das pessoas era grande. Seria a primeira vez que o enviado do papa falaria em público. Num misto de ansiedade e medo, a população tratara de espalhar a notícia. Ansiosa, Ana Clara apertava com força a mão suada de Francisco. Em poucos minutos, todo o vilarejo conheceria a verdade sobre o bispo.

Quando Izolda chegou à praça, Ana Clara imediatamente procurou por Bárbara. Temia que ela não tivesse coragem de aparecer e dizer toda a verdade a respeito da madre superiora.

Um burburinho crescente se formava. O cardeal iniciou o julgamento, fazendo o bispo formalizar um juramento, para se certificar de que ele não mentiria, e citou a acusação.

— O crime a ser julgado aqui, hoje, é muito sério — começou. — Este julgamento servirá para esclarecer todos os fatos.

A agitação era geral. Ana Clara observou o padre Aurélio. Sentia que ele estava em estado de êxtase, numa espécie de transe por ter provocado aquela situação. Seu desejo de se beneficiar com a queda do bispo o cegava.

A jovem já sabia a intenção dos homens da Igreja: queriam erguer uma grande catedral no condado e, para convencer José a doar o dinheiro que viabilizasse a construção, usavam o argumento de que ela traria prosperidade à região. O jogo de interesses era macabro. Ana Clara não via nada de errado em construir uma catedral, desde que não fosse apenas para extorquir dinheiro dos peregrinos e desde que contasse com religiosos capazes de tocar a alma dos fiéis, levando paz ao coração de todos, e não gerando mais conflitos, como via acontecer diariamente naquele vilarejo.

As máscaras caíam, uma a uma, e a verdade aparecia. Tudo se invertia. Rebeca, que fora considerada por anos uma mulher promíscua e vulgar, passara a ser lembrada, depois de sua morte e da revelação de José, como um exemplo de compreensão e resignação, quase uma santa. Antonia, que fora enterrada como esposa exemplar, tinha agora todos os segredos mais escabrosos revelados. Deixou que seu pai enganasse José, convencendo-o a se casar com ela, para que seu filho tivesse um pai. Além disso, o pai de seu filho deveria ser um celibatário.

Enquanto o cardeal Alberto iniciava o julgamento, Francisco refletia sobre os enganos da vida e sobre os pequenos julgamentos que as pessoas faziam todos os dias, culpando inocentes e absolvendo culpados.

— As pessoas deveriam ter mais cautela antes de analisar as situações pelo que elas aparentam ser — sussurrou ao ouvido de Ana Clara.

A menina, que pensava exatamente a mesma coisa, sentiu o coração apertado, porque sabia que seu marido sofria. O caráter da mãe dele seria revelado, e ninguém poderia defendê-la.

O bispo mantinha uma pose autoritária, como se não fosse ele que estivesse sendo julgado. Sua convicção de que ninguém jamais revelaria aquele segredo era tão grande que ele realmente não se sentia culpado. Era algo que já enterrara em seu passado. E rezava todos os dias, agradecendo a Deus, por Antonia ter encontrado um marido. Caso contrário, ela teria contado a todos a história e destruído sua carreira na Igreja logo no início.

Inabalável, Izolda não tirava os olhos de Ana Clara. Sorria discretamente para a menina, pensando em como conquistar sua confiança. Mas a jovem já sabia a verdade a respeito dela e nem ao menos retribuía os sorrisos. Não via a hora de contar às pessoas tudo o que Izolda planejara contra sua família.

— Estamos aqui hoje para julgar o bispo Dom Gregório de Nigris — o padre disse quando a multidão se acalmou.

A comoção foi geral. Todos se entreolharam, surpresos, enquanto o padre Aurélio sentia o gostinho da vingança e antevia seus planos sendo concretizados.

— Recebemos uma acusação muito séria e temos provas de que é verdadeira — o cardeal continuou. Depois, parou por um segundo, pensando se deveria dizer que a acusação se baseava apenas no depoimento do padre da região, mas resolveu omitir o fato. Poderiam concluir que ele violara o segredo da confissão, e a coisa ficaria muito pior. — Não importa quem fez a acusação. O que importa é que o bispo enganou toda a Igreja e todos vocês durante anos.

Ele já não conseguia conter o falatório entre o povo. Pediu silêncio duas vezes, mas ninguém o respeitou. Teve que gritar para ser ouvido.

— O bispo, que deveria defender a moral e os bons costumes, vivia em pecado.

O acusado começava a suar frio e a temer que todos os seus segredos fossem revelados.

— Investigamos seu passado e descobrimos que ele teve relações com uma mulher da região. Essa mulher ficou grávida, e seus pais fizeram de tudo para casá-la com o conde, dando a ele o maior dote de que já se teve notícia nessas paragens. Estamos falando de Antonia, a falecida esposa de José. O filho nascido desse pecado está aqui, diante de nós. Trata-se de Francisco.

O rebuliço foi geral. Mulheres desmaiavam, homens se exaltavam, ouviam-se gritos, contestações e todos os tipos de reações exageradas. O padre Aurélio franziu as sobrancelhas, como quem estivesse surpreso e desaprovasse o gesto. Izolda colocou as mãos sobre a boca, mostrando-se inconformada com a revelação.

O cardeal deu a palavra ao bispo, que não conseguia pronunciar nenhum som. Estava incrédulo, de fato, porque não esperava que tudo aquilo viesse à tona. Acreditava que enterrara aquela história com a morte de Antonia. Olhou para o padre Aurélio, que o enfrentou com expressão séria, e viu que todos ali o queriam morto.

O enviado do papa determinou que o bispo seria excomungado. Pediu que entregasse todos os seus pertences e saísse, apenas com a roupa do corpo e a pé, pela floresta. Que procurasse abrigo sozinho, pois a igreja não sustentaria seus pecados. Todos aplaudiram essa decisão e vaiaram o bispo, atirando-lhe pedaços de pau, restos de comida e pedregulhos.

Ana Clara sentiu que a hora de seu pronunciamento estava próxima. Viu que Bárbara estava escondida com seu capuz azul e que ninguém notara sua presença. Olhou para Francisco, que beijou suas mãos e lhe desejou sorte, e pediu licença ao cardeal. Os homens da igreja que ali estavam sorriram para a jovem. Precisavam conquistar a simpatia dela.

— Já que foi aberto um julgamento, também tenho algo a dizer — começou, pedindo ao seu anjo da guarda que guiasse suas palavras.

O padre Aurélio lembrou-se de que a menina se pronunciara, naquele mesmo lugar, sobre Rita, salvando-a do apedrejamento, e chegou a pensar que ela agora faria a mesma coisa, falando em defesa do bispo.

— Também tenho uma acusação séria a fazer. — Olhou na direção de Izolda, para se certificar de que ela não fugira. — Descobri que minha mãe foi assassinada.

Todos se calaram para ouvi-la. A morte súbita de Rebeca tinha gerado comentários, mas ninguém sabia dizer como tinha acontecido.

— Minha mãe foi assassinada — continuou —, e tentaram envenenar a única pessoa que pode provar isso.

Izolda prendeu a respiração. Estava convencida de que nenhuma prova poderia incriminá-la. Bárbara estava morta.

— A responsável por tudo foi a madre superiora do convento, Izolda. Ela enviou uma jovem até minha casa para roubar alguns documentos e deu-lhe algumas ervas, garantindo que só fariam minha mãe dormir. Mas as ervas a envenenaram.

— Calúnia! — Izolda gritou ao ouvir o que a menina tinha dito. — Como ousa fazer uma acusação dessas? Como ousa tentar destruir minha reputação, sua herege?

O cardeal viu-se em posição desconfortável, mas Ana Clara não se intimidou.

— Como eu estava dizendo, Izolda enviou uma jovem chamada Bárbara à minha casa. Essa moça é a mesma que fingiu estar grávida de Francisco. Quando soube da história, Izolda foi atrás dela e lhe deu um chá supostamente abortivo. — Todos a ouviam com atenção. — Mas era uma erva tóxica, capaz de matar.

Os nervos de Izolda estavam à flor da pele.

— Você está inventando essa história! Como pode provar estas acusações, já que Bárbara está morta? Eu a vi morta na floresta!

Ana Clara sorriu.

— Está mesmo? — perguntou, calmamente. Virou-se para o povo. — Alguém viu o corpo de Bárbara ser enterrado?

Ninguém se manifestou. Todos só tinham ouvido o boato de que a jovem se suicidara na floresta. Ana Clara fez sinal para que Bárbara se aproximasse. Trêmula, a jovem caminhou até o centro da praça e tirou o capuz. A agitação foi geral.

— Bárbara, o que aconteceu com você? — Ana Clara inquiriu.

A filha de Damião relatou em detalhes o ocorrido. E admitiu que fizera tudo o que Izolda tinha lhe ordenado. Contou que a madre a obrigara a mastigar a erva e também como Damião a salvara da morte. Reclusa na floresta, só esperava o momento propício para desmascarar a madre superiora.

O cardeal já não tinha dúvidas de que a história era verdadeira. E, ainda que tivesse, não iria se opor a Ana Clara, a filha do conde que tanto lhe seria útil no futuro. Olhou para o padre Aurélio, fazendo um sinal afirmativo com a cabeça.

— As acusações são sérias. Izolda foi a responsável pela morte da mãe de Ana Clara e tentou assassinar esta pobre jovem, que dedicou a vida ao convento. Sua pena será a morte. Ela será enforcada aqui mesmo, nesta praça — determinou, antes que Izolda pudesse ao menos tentar se defender.

Apavorada, Izolda implorou, de joelhos, que a perdoassem. Disse que estava arrependida e que jejuaria até a morte. Pediu que, em nome de Deus, a deixassem ir apenas com a roupa do corpo até a floresta, mesma pena aplicada ao bispo.

— O bispo violou as regras da Igreja referentes ao celibato. A senhora cometeu assassinato. E vai pagar com sua vida — sentenciou o cardeal.

Ana Clara afastou-se. Não queria presenciar aquela cena. Nem ao menos sabia se era a favor do enforcamento de Izolda. Mas não podia voltar atrás. Pediu a Bárbara que corresse para a floresta antes que decidissem julgá-la também e, no meio do burburinho e da confusão, ninguém percebeu que as duas tinham ido embora.

"O que quer que possa fazer ou sonhar em fazer, comece-o; existe algo de genialidade, de poder e de magia na coragem."

Goethe

Lucas estava na praça principal. Depois de assistir ao primeiro julgamento, achou que o momento era ideal para agir. Com o cardeal na cidade, poderia pedir uma grande quantia em dinheiro em troca da pedra que estava em seu poder e de seu silêncio. Poderia viver sem trabalhar pelo resto da vida com o que conseguiria.

Porém, quando ouviu o pronunciamento de Ana Clara, sua consciência começou a atormentá-lo. Percebeu que o sofrimento pela morte de Rebeca ainda estava latente e lucrar com a informação que tinha era, no mínimo, inescrupuloso. Pensou, então, em desistir do plano.

Por outro lado, teria o dinheiro fácil. Não precisaria encarar Ana Clara e Izabel depois disso. Simplesmente desapareceria sem deixar pistas depois que tivesse recebido a recompensa pelas informações e pelo cristal. Mas então pensou em Abigail. Sua mãe, que fora enforcada injustamente e lhe confiara aquele segredo, pedira que ele procurasse por Izabel e a alertasse de que os pergaminhos corriam perigo. Prometera à mãe algo que não poderia cumprir. Como devolver um tesouro que lhe fora entregue com tanta inocência? Tendo um grande trunfo nas mãos, não o usaria a seu favor?

Sentimentos ambivalentes o assaltavam. Deus e o diabo duelavam pela alma do jovem. "Se eu entregar o cristal", pensou, "a Igreja poderá fazer uso dele, eu terei muito ouro, e elas jamais saberão o que fiz." Em resposta ao próprio pensamento, ponderou: "Eu saberei o que fiz." A consciência já lhe pesava, e ele nem mesmo tinha consumado o ato.

Tentava em vão enganar seu coração, dizendo a si mesmo que não sofreria com a culpa, mas o destino lhe reservava uma grande surpresa. No auge da agonia e da indecisão, pediu com toda a força de sua alma que a mãe lhe desse uma resposta.

Então, quando Ana Clara chamou Bárbara para dar seu depoimento, Lucas quase perdeu os sentidos. Era como se Abigail estivesse diante dele. Aquela era a irmã que fora abandonada por Abigail no convento. E ela falava de culpa. Dizia que não conseguia viver com o segredo da morte de Rebeca e que procurara Ana Clara para lhe contar toda a verdade.

Para Lucas, foi um sinal enviado diretamente por Abigail. Um sinal de que a consciência não abandona o homem. Como poderia ter uma vida tranquila com o peso da culpa sobre os ombros? Não, não decepcionaria sua mãe.

Naquele momento, sentiu-se envergonhado por quase ter cedido à tentação. Mas conseguira resistir graças ao exemplo de Bárbara. Quando viu as duas se afastando da praça, ele as seguiu. Precisava devolver o cristal. Gritou o nome de Ana Clara, que o recebeu com um sorriso. Mas ele não tirava os olhos de Bárbara. Era como se estivesse diante de sua mãe.

— Meu nome é Lucas. Sou filho de Abigail. Ela estaria orgulhosa de você.

A menina não conseguia entender de onde aquele estranho surgira, mas Ana Clara os apresentou.

— Tenho muito o que conversar com você — disse Lucas, com os olhos fixos na face rosada da irmã.

Bárbara teve vontade de chorar, mas tinha que ser forte. Aprendera no convento que as emoções deviam ser sufocadas. E não perdera o costume de engolir as lágrimas.

— E você — disse, dirigindo-se a Ana Clara —, fique com isto. — Entregou-lhe a bola de cristal lapidado sob os olhos curiosos da irmã. — Desculpe, Ana Clara, mas não posso ficar com ele. É tentador demais ter um tesouro como este em minhas mãos. — Ana Clara aceitou a devolução e ficou surpresa com a franqueza do rapaz.

Lucas, então, convidou Bárbara para acompanhá-lo até a floresta, onde lhe contaria toda a história de Abigail. E os dois irmãos partiram, com o coração aliviado.

A vida no vilarejo estava de cabeça para baixo. As recentes descobertas a respeito dos membros da Igreja tinham abalado os moradores de toda a região. Para enfrentar a crise que se instaurara, os habitantes tentavam se concentrar em suas atividades, mas era visível que uma espécie de "lei da verdade" se instalara e que nenhum segredo ficaria impune.

No convento, a amável irmã Ruth assumira o lugar da madre superiora, levando mais tranquilidade à vida no local.

Depois da derrocada do bispo, o cardeal deixara a cidade.

Em meio ao vendaval de novidades, Ana Clara se destacava, levando ideias inovadoras ao pai, que as acatava de imediato. Algumas eram revolucionárias, e deixariam os religiosos de cabelos em pé. Entre elas, um audacioso projeto para diminuir os impostos.

Além disso, entre uma polêmica e outra foi anunciada sua gravidez.

"E se todos nós fôssemos realmente personagens de uma história? E se o que experimentamos como nossa vida fosse uma obra de ficção? Como poderíamos sabê-lo? Como um personagem saberia que pertence a uma história? Evidentemente, só algo alheio à própria história... Algo que viesse de mais além poderia atrair a atenção de um personagem sobre a natureza da história que está vivendo."

Robert Hopcke

Ana Clara percebia que suas sensações haviam mudado com a gravidez. Sensível como sempre fora, notava que seu humor era outro nos últimos dias. Estava mais emotiva e se sentia sonolenta com frequência. Além disso, sentia mais fome. Mas, ao contrário do que outras moças diziam, não sentia nenhum mal-estar.

Certa noite, pensamentos insistentes a levaram até a torre do castelo. Estava tendo sonhos e visões. E, apesar das inúmeras provas que recebera anteriormente, estava confusa em relação às mensagens do pergaminho.

Apesar da forte neblina que invadia Montecito, a lua cheia se mostrava imponente no alto do céu. Ela sabia que a lua modificava seus humores. Estava agitada.

Tentou acalmar a mente e fechou os olhos, inspirando o ar com força. Quando os abriu, uma surpresa fez seu coração saltar no peito. Avistou um jato de luz que parecia se movimentar no céu, como uma tempestade no espaço. O êxtase diante da cena foi tão grande que ela teve vontade de gritar por Francisco, mas sua voz não saiu. Era como se assistisse a um espetáculo da natureza.

E, mais uma vez, teve a sensação de estar sendo observada. Ouviu um ruído, mas, ao seu redor, apenas uma coruja podia ser vista. Sabia que essa ave simbolizava a sabedoria e que tinha a capacidade de desvendar o oculto e o inconsciente. Dizia-se que era um animal conhecedor dos mistérios. Izabel lhe contara que a coruja podia ensinar muitas coisas a um ser humano. "Como ela vê na escuridão, ultrapassa as limitações do perceptível e mostra as realidades, das quais o mundo material é apenas uma parte", dizia Izabel.

Os comandos de luz continuavam a trilhar seus caminhos no céu. E Ana Clara se deixou levar por aquela onda de contentamento ao observar o universo.

Na neblina, as cores das luzes ficavam ainda mais bonitas. Ela mal percebeu quando a coruja se moveu e deixou cair um pergaminho em seus braços.

"Isso está cada vez mais estranho", pensou. O pergaminho estava enrolado em argolas de galhos de salgueiros e com algumas cordas de fibras de plantas. Com ele, também havia uma prova de que a coruja participara do processo: uma pena da ave ficara presa em seus cabelos. Ana Clara soltou o galho e as fibras do pergaminho, que se abriu como das outras vezes.

XII

Um alinhamento planetário está se formando no céu neste momento. E você faz parte dos que participam desta etapa da vida na Terra.

Os pontos de luz estão cumprindo seu papel e acendendo mais pontos de luz em todo o planeta.

Compreenda que existem condições externas ao sistema solar que fazem com que a estrutura de espaço-tempo varie em torno de nós. Mas você não precisa compreender isso, embora já saiba, dentro de você, de onde veio e para onde vai. Já parou para sentir isso? Já se conectou com o universo hoje e sentiu a beleza da vida?

Quem é você? O que faz aqui? Tem a resposta para estas perguntas? Reflita sobre isso antes de questionar quem somos nós que levamos as mensagens até você.

Só quando conhecer a si mesma você abrirá sua mente para entender aquilo que não vê. Sua energia estará no lugar para o qual você dirigir sua atenção.

Buscar forças ou enviá-las é quase automático na escala que você está atingindo. Explore todas as suas possibilidades. Não tenha medo de ser quem você está destinada a ser. Não tenha medo das noites e dos sonhos. Eles estarão presentes quando a sua mente estiver conectada com energias do universo. Mesmo que esteja dormindo.

Use esta argola para construir um amuleto que vai capturar todos os sonhos ruins. Dentro dela, amarre a corda com a pena da primeira ave que encontrar. No centro do filtro dos sonhos ficará um pequeno buraco por onde passarão os sonhos bons, que se carregam com a energia dos objetos da natureza.

Construa essa teia antes do amanhecer, para que possa capturar o nascer do sol assim que a primeira luz da manhã cintilar no orvalho. Os sonhos ruins ficarão presos na rede e, com os primeiros raios do sol, os maus sonhos perecerão.

Ana Clara estremeceu. E sentiu uma leve tontura que atribuiu à sua primeira gravidez.

"Os homens não inventam ou produzem ideias; as ideias existem, e os homens têm a capacidade de alcançá-las."

Paracelso

Nove meses tinham se passado desde que Izabel se mudara para a floresta. Estava feliz com as conquistas de Ana Clara, que, por meio de suas virtudes, mostrava ao condado uma nova maneira de governar. Com sua simplicidade, foi atraindo a atenção dos moradores do povoado, que faziam fila no castelo para receber o conselho da filha do conde.

Inicialmente, ela só intervinha em algumas situações levadas ao pai pelos moradores da região, pois estava sempre por perto quando ele os aconselhava, mas, aos poucos, foi se espalhando pela região a notícia de que seus sábios conselhos ajudavam a solucionar problemas e deixavam as pessoas mais felizes. Os moradores lhe levavam todo tipo de questões. Queixavam-se de dores físicas, emocionais e psíquicas. E Ana Clara os auxiliava com orações, conselhos e discretos rituais.

Francisco orgulhava-se da esposa. Sabia como lhe fazia bem poder ajudar a todos.

Certo dia, ele voltou da casa de Izabel preocupado. Tinha levado mantimentos à tia-avó de Ana Clara e vira suas condições de saúde. Não queria alarmar a esposa, mas sabia que ela morreria em breve, pois estava idosa e enfraquecida. Atravessou o salão principal do castelo em busca de Joana. Não quis falar de imediato com Ana Clara, para que ela não percebesse sua aflição. A irmã estava na cozinha, animada no preparo de um pato, e selecionava algumas especiarias para torná-lo mais saboroso.

— Joana — Francisco a interrompeu —, preciso conversar com você. — Joana assustou-se com o semblante do irmão. — Temos que levar Ana Clara até Izabel.

Joana ponderou que o bebê de Ana Clara estava para nascer e que ela poderia sofrer com a viagem. Seria muito arriscado.

— Não há tempo — disse Francisco. — Izabel até já se despediu de mim. E pediu que eu não contasse a Ana Clara, mas ela não vai me perdoar se eu não lhe disser nada.

Francisco tinha razão. Ana Clara conversava com uma das mulheres que tinham ido lhe pedir conselhos no castelo quando sentiu um repentino mal-estar. Izabel lhe invadia o pensamento com a força de um trovão.

— Izabel... — balbuciou, depois pediu licença à mulher e foi procurar Francisco e Joana.

Como sabiam que Ana Clara tinha o poder de pressentir as coisas — ela já havia provado isso minutos antes da morte de Rebeca —, os irmãos não tiveram coragem de mentir quando ela lhes perguntou se estavam sabendo de algo. Corajosamente, ela lhes informou de que iria à floresta, com ou sem eles para acompanhá-la.

— Não vou deixá-la morrer sozinha, como minha avó e como minha mãe morreram. Estarei com ela no minuto final — a jovem disse.

Francisco relutou, mas não teve escolha. Ana Clara já arrumava roupas e alguns pertences. Preparava-se para dar à luz ao lado de Izabel. Enquanto fazia sua bagagem, lembrou-se dos amuletos e presentes que recebera com os pergaminhos. Resolveu levá-los. Poderiam ser úteis.

José, a essa altura, já tinha sido avisado da decisão da filha, à qual se opusera com veemência. Achava uma irresponsabilidade que ela se arriscasse na floresta com um bebê no ventre.

— Meu neto está para nascer. Não posso permitir que uma coisa dessas aconteça — disse autoritariamente.

Mas Ana Clara segurou as mãos dele com a delicadeza de quem segura uma rosa e disse, fitando-o nos olhos:

— O senhor se lembra de como fomos curados naquela floresta? Suas palavras o tocaram. Ele é quem tinha sido curado, não os dois.

— Eu fui curado por você.

— Nós dois fomos curados — ela disse. — Pelo amor. Eu fui curada de minha mágoa e de meus medos. O senhor foi tão importante para mim quanto eu para o senhor. — José continuou ouvindo, para ver aonde ela queria chegar. — Ninguém quer morrer sozinho — ela continuou. — E, por mais que nos preparemos para esse momento, quando estamos próximos dele sentimos medo de deixar esta vida.

Joana a interrompeu. Achava que Izabel não passaria por esse sofrimento, mas Ana Clara estava determinada. Ficaria com a tia-avó na floresta pelo tempo que fosse necessário.

"Eu lhe dou a vida, eu lhe dou a morte, é tudo uma coisa só. Você anda pela estrada em espiral a caminho do eterno, que é a existência sempre se transformando, sempre crescendo, sempre mudando. Nada morre que não nasça outra vez, nada existe sem ter morrido. Quando vier até mim eu lhe darei as boas-vindas, então o acolherei no meu útero, meu caldeirão de transformação, onde você será misturado e

peneirado, fundido e triturado, reconstituído e depois reciclado. Você sempre volta para mim, você sempre vai embora renovado. Morte e renascimento nada mais são que pontos de transição ao longo do caminho eterno.”

O oráculo da deusa

Quando Ana Clara entrou no coração da floresta, pediu que Francisco a deixasse a sós com Izabel. As árvores pareciam proteger aquela casa, e a menina pediu licença a elas. Um vento gelado fez galhos e folhas se mexerem. O movimento da natureza preparava os acontecimentos.

Ela entrou com o pé direito. Segurou as lágrimas, de modo que Izabel não pudesse vê-las. Mas a velha senhora as sentia.

— Entre, Ana Clara — disse, com um fio de voz quase irreconhecível. — Estava deitada, e sua expressão era de serenidade, uma tranquilidade pura de quem não tem medo da morte. — Obrigada por vir se despedir — ela continuou, sorrindo.

Todo o conhecimento conquistado até ali foi deixado de lado. Ana Clara se entregou às emoções.

— Como poderei viver sem a senhora?

Agora ela já não conseguia conter as lágrimas. Seu coração estava cheio delas. Izabel usou o resto de suas forças para acalmá-la.

— Você não deve chorar. Cumpri minha missão. Estou feliz por deixá-la aqui, vendo quanto você evoluiu. Já plantei todas as sementes que poderia plantar. Agora elas ficarão florescendo, e eu serei designada para uma missão maior.

Mas Ana Clara tinha sentimentos tão profundos por aquela mulher que não conseguia desapegar-se.

— Estarei com você todos os dias, em todas as coisas. Volto a fazer parte do fluido universal. Volto ao universo. Volto a ser parte de um todo — disse Izabel. Depois parou um pouco para respirar. — Não há tristeza nisso. Só beleza. O corpo hospeda uma vida. Não se apegue a ele. Estaremos sempre conectadas.

"Ao morrer, o último pensamento é que determina o lugar para onde você vai."

Bhagavad Gita

Ana Clara sentiu uma presença no infinito. Era algo que não poderia descrever, mas existia e estava ali naquele momento.

— Que a senhora seja bem-recebida — disse.

Izabel sorriu e fechou os olhos, com tanto contentamento dentro de si que não seria possível descrever. Já visualizava a sua passagem. E ela era tranquila.

— Vou me desprender deste corpo — esclareceu. — Fique em paz. Seja sempre luz.

Foram suas últimas palavras. Izabel foi ao encontro do eterno.

Ana Clara fechou os olhos e fez uma oração de gratidão por ter presenciado aquele momento. Sentiu o amor universal entrando por todos os seus poros. Já sabia distingui-lo, e estava feliz. Aquele não era o fim de Izabel. Era só o começo.

Uma luz dourada invadiu a cabana com uma névoa branca. Ana Clara estava tão emocionada que não conseguia pronunciar uma só palavra. A sensação de leveza e bem-estar era inexplicável. Era como se nuvens estivessem sob seus pés, como se estivesse flutuando sem sair do lugar.

Sentia um misto de esperança, entusiasmo, uma espécie de irradiação potente e inspiradora, além de um aroma delicado de flores do campo.

"Para onde será que nós vamos depois desta vida?", perguntou a si mesma, imaginando para onde Izabel estaria indo.

O perfume das flores estava cada vez mais forte. Abriu os olhos. Uma leve brisa invadia o casebre, levando para dentro pétalas das mais variadas flores. Junto com as flores, rolou lentamente pelo chão sujo um pergaminho envolto em um material que jamais vira. Estava cercado por uma luz tão forte que poderia iluminar uma noite escura. Aproximou-se, com medo de se queimar ao tocar naquela luz, embora ela não parecesse fogo. Era como se uma espécie de eletricidade envolvesse o pergaminho. Quando o tocou, seus fios de cabelo ficaram levemente arrepiados. Era como se uma corrente de energia invadisse seu corpo.

Uma rara espécie de pássaro se aproximou dela no momento em que o pergaminho se desenrolava diante de seus olhos, e ela ficou contente. Essas aves eram conhecidas por serem mensageiras entre os homens e os deuses. A presença de um pássaro daquele tipo indicava proteção, expressão do sagrado e indício de caminho correto. Izabel dizia que ele sempre trazia uma orientação espiritual importante.

XIII

Todos vocês têm uma coisa em comum: estão em busca de algo. E muitos não sabem ao certo o que estão buscando. Saibam que o que procuram chama-se plenitude. É mais que prazer momentâneo, temporário. É uma felicidade plena, como se todo o ser fosse invadido por um amor universal que nos recarrega e nos dá força.

Aprendemos que podemos crescer com vigor, como uma planta que, mesmo diante de tormentas, surge com força. Há muitos mistérios que ainda vão conhecer. E milhares de anos não serão suficientes para que os compreendam. Este mundo é apenas um globo giratório que, em nossa galáxia, representa uma minúscula partícula de pó.
Hoje os homens rastejam penosamente pela Terra. Um dia se transportarão de um lugar para outro, roçando a superfície do solo como um pássaro no ar ou um peixe na água.
Nesse tempo, não haverá enfermidades, nem aquelas que nascem dos excessos de todas as espécies. Não haverá desordem.
A comunicação será feita por meio do pensamento, e a intuição sobre o futuro trará uma segurança sem temores. A morte não causará apreensão. Chegará sem medo. Será uma simples transformação.
Existe um mundo, distante daqui em tempo e espaço, onde o mal não existe. Mas vocês já podem começar a construí-lo dentro de si. Saibam que a humanidade sofrerá com os próprios avanços, mas se moverá de uma maneira inimaginável.
Chegará o dia em que as pessoas clamarão para voltar no tempo. Mas não conseguirão entender que os problemas nascem de dentro, independentemente da época em que estão vivendo.
As emoções são as mesmas.
O coração é o mesmo.
As intenções é que se modificam à medida que os tempos anunciam mudanças drásticas.
Vocês agora estão preparados para o encontro com os outros Filhos da Luz. Daqui para a frente, receberão informações uns dos outros, até que o ciclo se feche.

As pétalas de flores são um presente. Toda vez que olharem para uma flor, vocês se lembrarão da delicadeza e da leveza de espírito necessárias para tornar a vida mais colorida.
Sejam sempre um ponto de luz.

Mas a paz que habitava em seu espírito logo foi invadida por uma dor que, daquela vez, não tocava sua alma. Era seu corpo dando sinais de que sua hora de dar à luz estava chegando. Tentou ir atrás de Francisco, mas o início das contrações não deixou. Não conseguia se levantar. Pediu que as forças ali presentes a ajudassem. Sentia muita dor, mas, entre uma contração e outra, conseguia respirar aliviada. Finalmente, Francisco apareceu.

Ali, naquela cabana, ele lhe deu todo o apoio de que uma mulher precisa durante o trabalho de parto. Ana Clara pensava em Rebeca. A mãe a tivera sozinha, sem a ajuda ou o consentimento de José. E teve forças, como se uma legião de amigos espirituais estivesse ao seu lado naquele momento.

O parto foi mais doloroso e demorado do que imaginara. Mas, a cada segundo de dor, sentia seu corpo fortalecido para entregar uma criança ao mundo. Ficou atenta aos pensamentos; não queria sentir medo. O medo só tiraria a beleza do momento. Olhou para Francisco, que corajosamente ajudava, e sentiu ainda mais gratidão. Tinha um marido que estaria ao seu lado para sempre.

Quando finalmente o bebê veio ao mundo e chorou, Ana Clara se permitiu chorar também. Deixou que as emoções aflorassem, lágrimas que eram um misto de alegria e dor, que traduziam tudo o que aprendera. Era um menino.

Enquanto Francisco cuidava dos procedimentos após o nascimento e colocava o bebê nos braços de Ana Clara, a jovem olhou para o corpo sem vida de Izabel e não conseguiu evitar pensar que queria muito que ela tivesse esperado para conhecê-lo. Apesar de entender que era a ordem natural das coisas e que a renovação acontecia a cada instante, ainda sentia o amargor da perda.

"De tudo ficaram três coisas:
A certeza de que estamos sempre começando,
A certeza de que é preciso continuar,
E a certeza de que podemos ser interrompidos antes de terminar.
Fazer da interrupção um novo caminho;
Fazer da queda um passo de dança;
Do medo uma escada;
Do sonho uma ponte;
E da procura um encontro."

Fernando Sabino

Não muito longe dali, uma jovem chamada Lourdes descansava antes de seguir viagem rumo a Montecito. Expulsa de seu povoado, ela procurara abrigo no vilarejo vizinho. Como não conseguira, resolvera seguir viagem por dias e noites, em busca de um porto seguro longe do seu local de origem.

Estava sendo perseguida pela igreja e pelos moradores de sua aldeia, que a consideravam louca por afirmar que recebia mensagens por meio de um pergaminho que surgia inadvertidamente nos locais mais inesperados. Além disso, ela via raios, luzes e coisas que ninguém comprovara existirem.

Depois de dias enclausurada na própria casa, Lourdes resolvera fugir. Mas alguns dias bastaram para que seus pais a encontrassem e a açoitassem, deixando-a de castigo por intermináveis noites, trancada num quarto escuro e úmido.

A jovem tinha fé de que aquele tormento acabaria e os pergaminhos a instruiriam sobre a melhor maneira de proceder em relação àqueles que não acreditavam no que dizia; mas a cada dia mais pessoas se aglomeravam diante de sua casa para lhe jogar pedras e dizer ofensas. Mesmo assim, ela continuava afirmando que seres especiais traziam notícias de um mundo melhor e mais humano. Seus pais acabaram cedendo à pressão e a expulsaram de casa.

A princípio, Lourdes teve medo, mas resolveu seguir viagem, com fé e esperança de encontrar em algum lugar alguém que também tivesse recebido as mensagens. Os pergaminhos falavam de outros Filhos da Luz, e ela estava ansiosa pelo encontro. Sabia que os reconheceria de imediato.

Quando não foi aceita no vilarejo vizinho, pensou que aquilo podia ser um sinal. E resolveu seguir viagem com enviados do conde que voltavam de uma visita ao papa. Eram do vilarejo de Montecito. Certa de que seria bem-recebida no local, colocou suas trouxas na carroça assim que os viajantes lhe deram permissão para que ela os acompanhasse.

Lourdes sonhara com uma jovem bonita, com rosto de anjo. Em seu sonho, a jovem ficava ainda mais iluminada com a presença de um bebê. Mas uma voz lhe dizia que, quando encontrasse essa mulher, a vida das duas iria mudar, pois essa jovem teria que abandonar as pessoas que mais amava para seguir sua missão. Deveriam ir juntas até uma montanha cujo mapa chegaria às mãos de Lourdes. Aquele seria o lugar do grande encontro.

Nem Lourdes, nem Ana Clara sabiam, mas suas vidas estavam prestes a se cruzar.

Ana Clara e Francisco ficaram sentados durante horas, descansando ao lado do filho. Pensavam em um nome que trouxesse significado à sua existência. Já anoitecia quando Ana Clara teve um lampejo.

— Joaquim. Vai ser este o seu nome. Significa "o preferido de Deus".

Francisco gostou do nome, e o bebê, que dormia nos braços da mãe, parecia ter esperado muito tempo para que ela o segurasse no colo.

Antes do anoitecer, Francisco decidiu que enterrariam ali mesmo, ao lado daquela casa, o corpo de Izabel. Achava que ela iria preferir continuar na floresta, e Ana Clara concordou. Pegou a bola de cristal que estava misteriosamente esfumaçada e teve algumas visões. Viu a imagem de uma viajante com o rosto iluminado se aproximando da cabana e intuiu que aquela era a visão de um futuro próximo.

Antes de tentar interpretar as imagens, mudou de ideia e pediu que Francisco enterrasse aquele cristal junto ao corpo de Izabel. Não queria poder saber o futuro.

— Se esta verdade tiver que ser descoberta, um dia irão encontrá-la.

Enquanto segurava Joaquim, via o corpo de Izabel sendo levado.

E foi assim que vida e morte continuaram seu curso.

Bibliografia

ANDRADE, Carlos Drummond de. *Poesia completa*. Rio de Janeiro: Nova Aguilar, 2002.

ARMOND, Edgard. *O redentor*. São Paulo: Aliança, 1999.

ASSIS, Machado de. *Obra completa* (4 v.). Rio de Janeiro: Nova Aguilar, 2008.

BENNET, William J. *O livro das virtudes*. Rio de Janeiro: Nova Fronteira, 1995.

BOTSARIS, Alexandros Spyros. *Fórmulas mágicas — Como utilizar e combinar plantas para o tratamento de doenças simples*. Rio de Janeiro: Nova Era, 2006.

BOURNE, Edmund e Garano, Lorna. *Acabe com a ansiedade antes que ela acabe com você*. São Paulo: Gene, 2008.

BOWEN, Will. *Pare de reclamar e concentre-se nas coisas boas*. Rio de Janeiro: Sextante, 2009.

BRENNAN, Barbara Ann. *Mãos de luz*. São Paulo: Pensamento, 2000.

CANETE, Ingrid. *Crianças índigo — A evolução do ser humano*. São Paulo: Novo Século, 2008.

CAPRA, Fritjof. *Pertencendo ao universo — Explorações nas fronteiras da ciência e da espiritualidade*. São Paulo: Cultrix, 1998.

CHOPRA, Deepak. *Conexão saúde*. Rio de Janeiro: Best Seller, 2007.

CLEMENT, Catherine. *A viagem de Teo.* São Paulo: Companhia das Letras, 1998.

COELHO, Paulo. *O manual do Guerreiro da Luz.* São Paulo: Planeta do Brasil, 2006.

______. *Brida.* São Paulo: Planeta do Brasil, 2006.

COVEY, Stephen R. *Os 7 hábitos das pessoas altamente eficazes.* Rio de Janeiro: Best Seller, 2009.

CROSSAN, John Dominic. *O essencial de Jesus — Os ditos originais.* São Paulo: Jardim dos Livros, 2008.

CURY, Augusto. *Filhos brilhantes, alunos fascinantes.* São Paulo: Academia da Inteligência, 2007.

DAS, Lama Surya. *O despertar do coração budista.* Rio de Janeiro: Rocco, 2002.

DRUMMOND, Henry. *O dom supremo.* Adaptação de Paulo Coelho. Rio de Janeiro: Rocco, 2005.

DUFAUX, Ermance; OLIVEIRA, Wanderley S. *Reforma íntima sem martírio.* Minas Gerais: Dufaux, 2007.

EDWIN, John; PUTNAM, Bill. *O tesouro de Rennes-Le-Chateau — Um mistério resolvido.* São Paulo: Barcarolla, 2005.

EMMANUEL. *Há 2000 anos.* São Paulo: Elevação, 2008.

FELLOWS, Earle H. *Haja luz.* Porto Alegre: Ponte para a Liberdade, 2003.

FLANDRIN, Jean Louis. *História da alimentação.* São Paulo: Estação Liberdade, 2008.

FOLLET, Ken. *Mundo sem fim.* Rio de Janeiro: Rocco, 2008.

______. *Os pilares da Terra v. 1 e 2.* Rio de Janeiro: Rocco, 1992.

GARDINER, Philip. *Gnose — A verdade sobre o segredo do templo de Salomão.* São Paulo: Pensamento, 2008.

GODOY, Paulo Alves. *As maravilhosas parábolas de Jesus.* São Paulo: FEESP, 1999.

GOLEMAN, Daniel. *Inteligência emocional*. Rio de Janeiro: Objetiva, 1996.

HAY, Louise L. *Você pode curar sua vida*. Rio de Janeiro: Best Seller, 2009.

HICKS, Ester; HICKS, Jerry. *Peça e lhe será concedido*. Rio de Janeiro: Sextante, 2007.

JORDÃO, Sonia. *A arte de liderar*. Rio de Janeiro: Gryphus Editora, 2006.

KARDEC, Allan. *O livro dos espíritos*. Brasília: FEB, 2007.

______. *O livro dos médiuns*. São Paulo: Boa Nova, 2004.

LEWIS, H. Spencer. *A vida mística de Jesus*. Rio de Janeiro: Editora Renes, 1995.

MALACHI, Tau. *Cristo cósmico*. São Paulo: Pensamento, 2009.

MANDINO, Og. *O maior sucesso do mundo*. Rio de Janeiro: Record, 1997.

______. *O maior milagre do mundo*. Rio de Janeiro: Record, 2003.

MCCOY, Edain. *A Witch's Guide to Faery Folk*. Minnesota: Llewellyn Worldwide Ltd, 1994.

MORAES, Vinicius de. *Poesia completa e prosa*. Rio de Janeiro: Nova Aguilar, 2004.

OSHO. *Corpo e mente em equilíbrio*. Rio de Janeiro: Sextante, 2008.

______. *Faça o seu coração vibrar*. Rio de Janeiro: Sextante, 2005.

POSSATO, Lourdes. *Equilíbrio emocional*. São Paulo: Lúmen, 2008.

READ, Piers Paul. *Os templários*. Rio de Janeiro: Imago, 2001.

RUIZ, Don Miguel. *Os quatro compromissos — O livro da filosofia tolteca*. Rio de Janeiro: Best Seller, 2005.

SABINO, Fernando. *Obra reunida* (3 v.). Rio de Janeiro: Nova Aguilar, 1996.

SAGE, Angie. *Magya — Septimus Heap*. Rio de Janeiro: Rocco, 2005.

SARACENI, Rubens. *O livro das energias*. São Paulo: Cristális, 1998.

______. *O Guardião do Fogo Divino*. São Paulo: Madras, 2008.

SCHREIBER, David Servan. *Anticâncer — Prevenir e vencer usando nossas defesas naturais*. Rio de Janeiro: Fontanar, 2008.

SCHURÉ, Edouard. *Os grandes iniciados*. São Paulo: Martin Claret, 2003.

SOUZA, Elzio Ferreira de Souza *et al*. *Saúde integral: os chacras e a bioenergia*. São Paulo: Escala.

SPIGNESI. Stephen J. *Os 100 maiores mistérios do mundo*. Rio de Janeiro: Difel, 2009.

TAYLOR, Terry Lynn. *Anjos mensageiros da luz*. São Paulo: Pensamento, 1991.

TOLLE, Eckhart. *O poder do agora*. Rio de Janeiro: Sextante, 2005.

XAVIER, Francisco Cândido. *Nos domínios da mediunidade*. São Paulo: FEB, 2000.

YOGANANDA, Paramahansa. *Onde existe luz*. São Paulo: Self Realization Fellowship, 2008.

CIP-BRASIL. CATALOGAÇÃO NA FONTE
SINDICATO NACIONAL DOS EDITORES DE LIVROS, RJ.

B792a
Braga, Ana Maria, 1949-
À espera dos Filhos da Luz : mensagens / Ana Maria Braga. - Rio de Janeiro : PocketOuro, 2011.
18 cm

ISBN 978-85-7955-081-2

1. Citações - Ficção. 2. Espiritualidade - Ficção. 3. Romance brasileiro. I. Título.

CDD: 869.93
CDU: 821.134.3(81)-3

Este livro foi composto em Adobe Caslon Pro, e impresso pela Edigráfica sobre papel Offset 63g/m^2 para o PocketOuro em 2011.

Sobre a autora

Ana Maria Braga, paulista de São Joaquim da Barra, cursou biologia em São José do Rio Preto. Com o diploma em mãos, ela foi para São Paulo se especializar em sua área e, para pagar os estudos, conseguiu um emprego na extinta TV Tupi, onde apresentou telejornais, shows e estreou num programa feminino ao vivo.

Disposta a investir no novo segmento, Ana Maria cursou a faculdade de jornalismo. Com o fim da TV Tupi, foi assessora de imprensa e diretora comercial das revistas femininas da Editora Abril. Longe da televisão por mais de dez anos, Ana retornou em 1992, dirigindo, produzindo e apresentando por sete anos o programa *Note e Anote*, na Rede Record.

Ana Maria Braga foi para a Rede Globo em julho de 1999 e estreou o programa *Mais Você*, ao lado de seu fiel companheiro, o Louro José. Apaixonada pelo que faz, ela se considera uma mulher realizada.

PocketOuro

As memórias do livro, *Geraldine Brooks*
O livro de ouro da Bíblia, *J.W. Rogerson*
Falando com os anjos, *Roberto B.O. Goldkorn*
Gente como a gente, *Max Lucado*
A montanha e o rio, *Da Chen*
O Tigre Branco, *Aravind Adiga*
Os manuscritos de Jesus, *Michael Baigent*
O livro de ouro das religiões, *John Bowker (org.)*
A cabeça de Steve Jobs, *Leander Kahney*
O livro de ouro do Universo, *Ronaldo Mourão*
Conversando com Deus, vol. I, *Neale D. Walsch*
Conversando com Deus, vol. II, *Neale D. Walsch*
Churchill, Hitler e "a guerra desnecessária", *Patrick J. Buchanan*
O livro de ouro dos sonhos, *Gayle Delaney*
Quem Jesus foi? Quem Jesus não foi?, *Bart D. Ehrman*
Comporte-se como uma dama, pense como um homem, *Steve Harvey e Denene Millner*
Resistência, *Agnès Humbert*
Um presente de Deus, *Glenn Beck, Kevin Balfe e Jason Wright*
O beijo no asfalto (graphic novel), *Nelson Rodrigues, Arnaldo Branco e Gabriel Góes*
O último templário, *Raymond Khoury*
O vencedor está só, *Paulo Coelho*
Autoestima, *Luis Rojas Marcos*

Emagreça sem sacrifícios, *Pierre Dukan*
Talento para ser feliz, *Leila Navarro*
Moby Dick, *Herman Melville*
Agosto, *Rubem Fonseca*
Coma e seja feliz, *Elizabeth Somer*
O livro da bruxa, *Roberto Lopes*
O que muda com o novo Acordo Ortográfico, *Evanildo Bechara*
Todo dia é um dia especial, *Max Lucado*
Ame a você mesmo, *Eva-Maria Zurhorst*
A fé começa em casa, *Kurt Bruner e Steve Stroope*
Contos e lendas orientais, *Malba Tahan*
Lições de vencedor, *Silas Malafaia*
O Castelo de Vidro, *Jeannette Walls*
Bem-vindo, Espírito Santo, *Benny Hinn*
Direto ao ponto, *Steve Harvey*
Halo, *Alexandra Adornetto*
O céu é de verdade, *Todd Burpo e Lynn Vincent*
O poder da oração para mulheres, *Jackie M. Johnson*
À beira do Apocalipse, *Tim LaHaye e Craig Parshall*
Começar de novo, *Jackie M. Johnson*
Deus tem um plano para você, *Daniel Godri Jr. e Henrique Watanabe*
O Natal de Poirot, *Agatha Christie*
Os 100 melhores jogadores brasileiros de todos os tempos, *André Kfouri e Paulo V. Coelho*
Quatro vidas de um cachorro, *W. Bruce Cameron*
À espera dos filhos da luz, *Ana Maria Braga*
Além do topo, *Zig Ziglar*
Jogue fora 50 coisas, *Gail Blanke*
Nas mãos de Deus, *Charles Stanley*
Uma dose mortal, *Agatha Christie*